www.tredition.de

M. EL-ATTAR

***

DIE REPORTAGE - DAS GEHEIMNIS DER 70 PARADIESISCHEN JUNG-
FRAUEN

Jenseits von Uruk-Gart

© 2019 M. El-Attar

Verlag und Druck: tredition GmbH, Halenreie 40-44, 22359 Hamburg

ISBN
Paperback: 978-3-7482-5680-9
Hardcover: 978-3-7482-5681-6
e-Book: 978-3-7482-5682-3

I. Die Huris

Als ich an jenem heißen und schweißtreibenden Sommertag gerade emsig, aber vergeblich dabei war, meinen Schreibtisch in den Redaktionsräumen des Magazins „Thot" vor dem Wochenende ein wenig Ordnung zu verleihen, konnte ich nicht ahnen, welchen Verlauf der bevorstehende Abend nehmen würde.

Das im Kölner Süden in einem Hintergebäude herausgegebene Magazin war nach dem altägyptischen Gott Thot benannt, der unter anderem für die Wissenschaft und die Schreibkunst zuständig war. Es erschien monatlich und wurde von einer Handvoll Mitarbeiter geführt, die es verstanden, Neuerscheinungen von Büchern aller Richtungen kritisch unter die Lupe zu nehmen und im Rahmen eines kurzen Beitrags zu präsentieren. Ein beachtlicher Teil des Magazins bestand aus eigenen Beiträgen zu den verschiedenartigsten Themen.

Ich hatte mich auf das Verfassen von Reportagen über historische Themen spezialisiert, vornehmlich über das Alte Ägypten, die hin und wieder auch bei der einen oder anderen Regionalzeitung in verkürzter Form untergebracht werden konnten.

Wegen der soliden Berichterstattung fand das Magazin einen guten Absatz, der ein Fortbestand des Verlags über die Jahre hinaus sicherte. Inzwischen konnte man sogar mit Stolz feststellen, dass etablierte Verlage darauf zurückgriffen und regelmäßig ganzseitige Anzeigen schalteten.

Mein Zimmergenosse und mir gegenübersitzendes Urgestein Willi, eigentlich Wilhelm, führte bereits seit einiger Zeit ein scheinbar nicht endend wollendes Telefonat, in das er hoffnungslos vertieft war. Zuvor war er den ganzen Tag außer

Haus auf der Suche nach Puzzleteilen für seine Story, an der er seit Tagen eifrig und diskret bastelte.

Als ich den Computer mit dem üblichen lang gezogenen „Sooo!" ausschaltete, um mich diskret aus dem Raum zu stehlen, presste Willi seine Hand hastig auf die Muschel des Telefons und zischte mir zu: »Hiergeblieben! Ich muss mit dir reden – ich bin gleich fertig.«

Wenig begeistert ließ ich mich in meinen Drehstuhl zurückfallen.

Kurze Zeit später legte Willi den Hörer mit einem lauten Knall auf und murmelte dabei vor sich hin: »Ich komme und komme einfach nicht weiter.«

»Wie, nicht weiter – geht es um diese geheimnisvolle Reportage, von der du seit Tagen dumpfe Andeutungen machst?«

Er lächelte gequält und starrte dabei nachdenklich auf eine dünne Akte, die aufgeschlagen auf seinem Schreibtisch lag.

»Ja!«, meinte er nach einer Weile des Schweigens, »und ich muss mir unbedingt etwas Neues einfallen lassen, um meine Seiten für die nächste Ausgabe zu füllen.«

Seit einiger Zeit laborierte er an einem Bericht herum, ohne auch nur andeutungsweise zu verraten, worum es sich dabei handelte.

Gelegentlich bekam ich mit, dass er am Telefon von »Luxemburg« sprach. Aufgrund seiner Geheimniskrämerei glaubte ich, er sei Steuersündern auf der Spur.

Vor einem Jahr hatte er versucht, einen Beitrag über Schwarzgeld auf den ersten Seiten des Magazins zu platzieren, und war damit kläglich gescheitert, weil die Mehrheit der Redaktion nicht willens war, in Richtung Enthüllungsjournalismus zu driften. Unmittelbar danach trat der verärgerte Willi seinen Urlaub an, um einigen Mitarbeitern aus der Redaktion für eine Weile aus dem Weg zu gehen.

Ich gehörte nicht dazu.

Sollte er also wieder so eine Reportage, die Anstoß erregen würde, am Wickel haben?

Doch ehe ich zu grübeln beginnen und Fragen stellen konnte, fuhr er seinen Rechner auch herunter und zog aus der stets verschlossenen, großen mittleren Schublade seines Schreibtischs ein Buch hervor.

Er schaute mich kurz an und stellte mir eine Frage, die mir zunächst seltsam erschien.

»Ich gehe doch richtig in der Annahme, dass du der arabischen Sprache mächtig bist?«

»Wie kommst du ausgerechnet jetzt auf so was?«

»Ja oder nein?«

Ich fuhr mir verlegen mit meiner Hand durchs Haar und erklärte dann zögerlich, dass dies wohl bedingt zuträfe.

»Was soll das heißen?«, setzte er bissig nach.

Ich erklärte, dass ich in Alexandria geboren wurde, wo ich meine Jugend verbrachte, ehe ich mich einige Jahre später in Bonn damit quälte, unter anderem Geschichte zu studieren, um dann in der Domstadt Köln nach dem Studium endgültig hängen zu bleiben und alle Brücken nach Ägypten nach und nach abzubrechen.

»Damit will ich andeuten, es sind mittlerweile gut 40 Jahre her, als ich dem Land am Nil den Rücken gekehrt habe. Also von Beherrschen kann wohl nicht die Rede sein. Inzwischen denke ich sogar in Deutsch.«

Willi grinste auf seine hinterhältige Art, legte das Buch zwischen uns so hin, dass ich den Titel nicht lesen konnte, und meinte in ironischem Ton: »Wie dem auch sei mein Freund, den Traum von 70 Jungfrauen nach dem Tod kannst du wohl endgültig aufgeben.«

»Hääh?«, seufzte ich mit gerunzelter Stirn.

Er griff erneut zum Buch und lachte gekünstelt: »Es steht jedenfalls schwarz auf weiß hier in diesem Buch.«

Dann machte er eine ernste Miene.

»Es war nur ein Scherz. Ich weiß, dass du von Religionen nichts hältst und mit Gott auf Kriegsfuß stehst.«

»Ich verstehe immer noch nichts.«

Endlich lüftete er das Geheimnis.

Er drehte das Buch um und positionierte es vor meiner Nase.

Laut begann ich den Titel zu lesen: »Die syro-aramäische Lesart des Korans– Ein Beitrag zur Entschlüsselung der Koransprache.«

Und erst jetzt, als ich den Namen des Autors las, wurde mir klar, dass mein Zimmergenosse keinen Steuersündern in dem kleinen Großherzogtum nachspüren wollte: der Autor hieß Luxenberg.

Eine Verwechslung war damit vorprogrammiert.

Als ich Willi mit großen Augen anzustarren begann, ersparte er mir jede weitere Frage. Er erklärte, dass das Buch von einem deutschen Koranforscher namens Christoph Luxenberg verfasst worden sei.

»Doch eins musst du jetzt schon wissen, es handelt sich bei dem Namen um ein Pseudonym.«

Er erklärte, dass die Identität dieses Semitisten nach seinem Wissensstand bis heute unbekannt sei. Offenbar wisse der Autor, dass selbst eine konstruktive und sachliche wissenschaftliche

Textkritik bzw. Deutung des Korans gleichzeitig eine Kritik an den islamischen Ländern darstellt und für den Betreffenden mit einem gewissen Risiko verbunden sein kann.

»Eine Art Satanische Verse also?«, unterbrach ich.

»Absolut nicht. Hier geht es um den Versuch, mit wissenschaftlicher Methodik bestimmte linguistisch begründete Vermutungen zu untermauern.«

»Nur ein Versuch?«, giftete ich.

»Na ja, die philosophische Ebene ist eben kein naturwissenschaftliches Feld, auf dem man mit handfesten mathematischen Formeln konkrete Ergebnisse erzielen kann.«

»Ich versteh trotzdem nichts. Vor allem müsstest du mir erst mal erklären, warum deine Bemühungen nun gänzlich gescheitert sind?«

Nach einer kurzen Atempause ergänzte ich schulterzuckend: »Und was soll das mit der arabischen Sprache überhaupt?«

Willi lehnte sich in seinem Stuhl zurück, setzte seine Brille ab und begann nachdenklich an die Decke zu starren.

Doch seine Konzentration war nur von kurzer Dauer, da plötzlich aus dem angrenzenden Flur ein höllischer Lärm zu vernehmen war.

Kurz darauf stand unsere Putzfrau Schelma mit all ihren Utensilien in der Tür. Sie schaute uns abwechselnd verdutzt an, warf einen flüchtigen Blick auf die Wanduhr, um dann erleichtert mit einem gezwungenen Lachen zu sagen: »Entschuldigung, bitteh! Ich wollen aber jetzt putzen.«

Willi verkniff sich das Grinsen nicht und erwiderte: »Und ich gehen jetzt nach Hause«, worauf Schelma ihn giftig anschaute.

»Aber, aber, liebe Schelma! Du bist bei uns seit zehn Jahren beschäftigt und weißt inzwischen genau, was an deiner Aussage eben falsch war.«

Schelma, die zerstreut wirkte, unterbrach ihn mit herausforderndem Blick und wiederholte störrisch: »Bitteh, ich wollen jetzt putzen.«

Ich merkte an ihrem Verhalten, dass sie irgendwie deprimiert war. Daher vermied ich jeden Augenkontakt mit ihr und schob mein Handy in die Hosentasche. Auch Willi erkannte die explosive Situation, hob kapitulierend seine Hände und murmelte leise: »Wir sind schon auf dem Weg.«

Als ich aus dem Zimmer an Schelma vorbeizog, flüsterte sie leise: »Tut mir leid«, worauf ich kurz tröstend ihre Schulter streichelte.

Kaum hatte Willi den Flur erreicht, drehte er sich hastig um und stürmte in den Raum zurück. Er hatte sein Buch auf dem Schreibtisch liegen gelassen.

Auf dem Weg nach unten blieb er auf dem Treppenpodest stehen, verstaute es in seiner Aktentasche und fragte erwartungsvoll leise: »Hast du es eigentlich eilig? Ich lade dich zum Kaffee ein, dann können wir unsere Unterredung von vorhin fortsetzen.«

Ich schaute kurz auf meine Uhr, dann nickte ich zustimmend, wenn auch zögerlich.

Auf der Straße angekommen, griff ich zum Handy und während die Verbindung hergestellt wurde, meinte ich: »Ich bin heute Abend verabredet, ich verschiebe den Termin vorsichtshalber um eine Stunde. Ach ja, die arme Schelma! Ich glaube, sie hat mal wieder Probleme mit ihrem ältesten Sohn.«

Nach wenigen Minuten erreichten wir unser Stammcafé mit dem passenden Namen „Der Süden".

Kaum das Lokal betreten, schon erscholl die übliche Begrüßung der stets fröhlichen Eigentümerin Annette uns entgegen: »Guten Abend die Herren Journalisten!«

Als Willi beim Vorbeigehen an der Theke nach den dort ausgestellten Kuchenstücken schielte, riet sie uns mit einem diskreten Wink davon ab, worauf Willi um zwei Kannen starken Kaffee bat.

Die Kuchenstücke waren wohl bereits einige Tage alt.

»Zwei Kannen?«, fragte ich verwundert, »was hast du denn um diese Zeit vor?«

Willi grinste, zeigte auf unseren Stammtisch am hinteren Ende des schmalen Raums und meinte, dass wir dort ungestört unsere Unterredung von vorhin weiterführen können.

Nachdem Annette uns den duftenden Kaffee eingeschenkt und dabei die üblichen Schmeicheleien von Willi über sich ergehen lassen hatte, legte er das Buch auf den Tisch und griff nach seiner Tasse.

Als nach einiger Zeit nichts kam, fixierte ich den Titel des Buches und machte selbst den Anfang.

»Wieso eigentlich syro-aramäische Lesart, wenn der Koran in Arabisch verfasst ist?«

Er runzelte die Stirn und meinte: »Ja, ja, genau hier liegt der Hund begraben.«

Ich nahm das Buch in die Hand und blätterte die Seiten im Schnellverfahren durch, dann sah ich Willi fragend an.

»Okay! Ich will versuchen, dir mit wenigen Sätze den Kern der Theorie zu umreißen, und bitte um Verständnis, wenn ich dich dabei ab und zu mit Aussagen konfrontiere, die du bereits seit deiner Jugend kennst.«

Im Koran, fuhr er fort, sei an verschiedenen Stellen die Rede von „Huris", die nach islamischen Glauben Jungfrauen sind und im Paradies als Belohnung für die Seligen dienen.

»Aha! Deshalb deine krumme Zahl 70 von vorhin«, unterbrach ich leise.

Er nickte kurz und meinte, dass die wahre Bedeutung und damit der Sinn des Wortes im Kontext des Korans eigentlich unbekannt sei. Meist werde es jedoch als „Jungfrauen" gedeutet und nicht selten würden ihnen auffallend große Augen angedichtet.

»Ich kann mich daran erinnern«, unterbrach ich, »dass man ihnen sogar einen transparenten Hals nachsagte.«

Willi lachte, griff zum Buch und führte, gelegentlich nach markierten Seiten Ausschau haltend aus, dass die Huris als blendende Schönheiten beschrieben werden, die in immer frischen und reich bewässerten Gärten in Lauben auf grünen Kissen und den schönsten Teppichen ewig im Paradies ruhen.

Erneut fiel ich ihm ins Wort: »Ach ja, ach ja! Frauen als die reinsten Lustobjekte– wie oft habe ich mich selbst in meiner Jugend über derartige Geringschätzung aufgeregt.«

Willi schüttelte abblockend den Kopf: »Lass mich doch bitte erst zu Ende reden.«

Dann erklärte er weiter, die Beschreibungen der Huris im Koran seien im Laufe der traditionellen Überlieferung und der Exegese mit Einzelheiten versehen und ausgeschmückt worden. Dabei mangelte es nicht an anatomischen Merkmalen, die Charles Darwin sicherlich in arge Verlegenheit gebracht hätten. So wurde beispielsweise in einem Vers, der besagte, dass sie weder von Menschen noch von einem Dschinn, also Geist entjungfert wurden, die Existenz von zwei Arten Huris vermutet, nämlich solche von menschlicher Natur und solche mit der Natur des Dschinns.

Dann lächelte er beim weiteren Durchblättern des Buches, schaute mich an und meinte:»Und die Andichtung von allen möglichen und unmöglichen Details geht konsequent weiter. So sollen auf der Brust der Huris jeweils zwei Namen eingeschrieben gewesen sein: Der Name Gottes und der ihres Ehemannes. Sie selbst waren nach der weiblichen Form des Namens ihres Gatten benannt. Immer wieder werden ihre Jugendlichkeit und die stets erneuerte Jungfräulichkeit betont.«

Während Willi sich unkultiviert am Kopf kratzte, meinte er, dass wir uns wohl besser jede weitere Ausführung über diese geheimnisvollen Wesen ersparen sollten.

»Damit wollte ich eigentlich nur kurz umreißen, wie uneins sich die Kommentatoren in diesem Punkt seit ewigen Zeiten und wie umstritten ihre Erklärungen sind.«

Erneut griff Willi zu seiner Tasse, doch kaum hatte er sie mit seinen Lippen berührt, seufzte er: »Ach ja! Und noch was ganz Verrücktes: Die Huris sind in der arabischen Sprache maskulin!«

Als ich nun meinen Gesprächspartner mit einem verhöhnenden Seitenblick fixierte, hob er mir die Hand entgegen und ermahnte mich beschwörend:»Bitte erspare uns das, was du gerade denkst«, dann klappte er das Buch mit einen lauten Knall zu, klopfte mit dem Zeigefinger darauf und meinte resümierend: »Und genau hier an diesen Punkt setzt nun unser Freund Luxenberg an.«

Er erklärte, dass der Autor von einer fehlerhaften Übersetzung des Begriffes „Jungfrau" ausgehe, und da die arabische Sprache keine überzeugende Definition oder schlüssige Kommentierung des Begriffs zu bieten hätte, suche er die Lösung ganz woanders, nämlich in anderen Sprachen aus dem orientalischen Raum. Schließlich wurde er in der syro-aramäische Lesart fündig, die nach seiner Auffassung eine völlig andere Bedeutungszuschreibung erlaube.

»Huris soll nun nach seiner Überzeugung „weiße, kristallklare Tauben" bedeuten.«

»Wie– das ist der ganze Zauber, der hinter diesem Buch steckt?«, fragte ich verwundert und zog die Stirn in Falten.

»Wenn du so direkt fragst, im Grunde ja!«

»Das ist aber mager, sehr mager!«

Willi wandte sich behäbig seiner Tasse Kaffee zu und begann in Erwartung einer Reaktion von mir einen Schluck nach dem anderen zu nehmen und mich dabei über den Rand seiner Brille hinweg mit großen Augen anzuschauen.

Doch ich schüttelte gleich den Kopf und erklärte: »Erwarte jetzt keine Weisheiten von mir. In der kurzen Zeit kann ich sicherlich keine Erklärungen abgeben. Zudem bin ich wie ein Automotor, der seine Zeit braucht, bis er rundläuft.«

Kurz darauf meldete ich mich doch zögerlich zu Wort.

»Na ja! Auf Anhieb würde ich vorerst spontan sagen, dass der Begriff Taube im Koran oft vorkommt. Warum also sollte ausgerechnet hier, bei einem so fundamentalen Thema wie dem Paradies ein fremdes Wort verwendet werden, das im Arabischen ungeläufig ist? Dies würde wahrlich keinen Sinn ergeben.«

»Du hast die mögliche Antwort selber in deiner Frage geliefert«, erwiderte Willi, »das Thema berührt ja das Paradies. Und gerade hier müsste man auf bereits bestehende, aber wohl auch auf sehr alte Überlieferungen zurückgreifen, die eben solche, für die späteren Verfasser des Korans unverständliche Begriffe enthielten.«

»Na gut! Du willst mich unbedingt rundlaufen lassen, okay.«

Ich erklärte, wenn dem so sei, dann könne der Begriff erst recht weder aramäisch noch syrisch sein. Die aramäischen Sprachen bildeten eine genetische Untereinheit der semitischen Sprachen, die wiederum einen Zweig der afroasiatischen Sprachen darstellten. Aramäisch und Kanaanäisch seien die Hauptzweige des Nordwestsemitischen. Und die Trennung des Aramäischen vom Kanaanäischen habe im Laufe der ersten Hälfte des 2. Jahrtausends v. Chr. stattgefunden. Alle aramäischen Sprachen gingen auf das Altaramäische zurück, das seit Beginn des ersten vorchristlichen Jahrtausends belegt sei.

»Mit anderen Worten«, verkündete ich selbstsicher, »diese Sprache reicht einfach nicht tief genug in den historischen Boden, um uns Originalbegriffe der ersten Stunde über das Paradies zu liefern.«

»Und warum nicht?«

»Aber Willi!«, rief ich ungehalten, »das erste Volk, das über das Paradies zu berichten wusste, soll das Sumerische gewesen sein und das war vor gut 6000 Jahren. Hier darf ich an den Sumerologen Samuel Kramer erinnern, der anhand der sumerischen Literatur nachvollziehbar belegen konnte, dass die Geschichte sozusagen mit Sumer beginnt, und dies mit nicht weniger als 80 sogenannten Erstmaligkeiten, also kulturelle Errungenschaften, die zum ersten Mal in der historischen Zeit eingeführt wurden.«

»Aber, aber, mein Freund! Wenn du so argumentierst, dann darf ich meinerseits an Abraham erinnern, der aus demselben Mesopotamien stammte und bekanntlich auch der Stammvater des Islams ist. Also selbst hier kann eine Verbindung zum sumerischen Erbe vermutet werden. Und dass die aramäische Sprache auf dem theologischen Gebiet eine gewichtige Rolle spielte, veranschaulicht die Tatsache, dass Jesus in Aramäisch predigte und viele Passagen des Alten Testaments, insbesondere die Bücher Daniel und Esra sowie ein großer Teil der rabbinischen Literatur, in dieser Sprache geschrieben wurde ...«

Als ich an dieser Stelle unterbrechen wollte, blockte Willi energisch ab.

»Ich merke schon, du läufst allmählich bedrohlich warm. Aber glaube mir, jede weitere Diskussion in dieser Richtung ist einfach sinnlos.«

»Wie, sinnlos?«

»Ganz einfach deshalb, weil die Übersetzung ohnehin aus einem anderen wichtigen Grund unzutreffend ist. Lass mich aber erst mit meinen ursprünglichen Ausführungen fortfahren.«

Nach der ersten Lesung, so Willi weiter, habe er sich spontan entschlossen, das Buch zum Thema für unser Magazin zu machen und die Recherchen dazu wegen der Brisanz der Materie zunächst völlig diskret zu betreiben.

»Ich wollte erst handfeste Ergebnisse haben, bevor ich euch damit konfrontiere.«

»Handfeste Ergebnisse? Du kennst dich auf dem Gebiet doch überhaupt nicht aus.«

»Eben deshalb!«

Für ihn sei es von fundamentaler Bedeutung zu hören, was die andere Seite, also etwa ein Islamgelehrter, mit dem man sich auf Deutsch verständigen kann, dazu sagt.

Aus diesem Grund begann er die ihm bekannten Türken nach einem solchen Fachmann zu fragen, selbst Schelma habe er darauf angesprochen.

Dann begann er kindisch zu kichern.

»Was gibt es da zu lachen?«

»Weißt du, wie Schelma auf meine Anfrage reagiert hat?«

Dabei lachte er ununterbrochen weiter aus dem Bauch heraus, sodass auch ich, ohne den Grund für seine Heiterkeit zu wissen, angesteckt wurde.

Dann aber beruhigte er sich und lieferte die Erklärung.

»Sie schaute mich mit verdutzter Mine an und fragte: „Wollen du Moslem werden?"«

Schließlich sei er bei seinem türkischen Gemüsehändler Mehmet fündig geworden. Dessen Neffe bekleidete das Amt eines Imams in einer provisorischen Moschee im Kölner Stadtteil Ehrenfeld.

Als Mehmet zum Telefon greifen wollte, um ein Treffen zu arrangieren, machte Willi jedoch ein süßsaures Gesicht und war zunehmend unruhiger geworden.

»Auf keinen Fall wollte ich den Scheich in seiner Wirkungsstätte aufsuchen. Wer weiß, ob nicht hinter der Gardine im Haus gegenüber ein übereifriger Verfassungsschützer mit seinem Fotoapparat auf der Lauer gelegen hätte.«

Doch irgendwie, so Willi weiter, erahnte Mehmet das Problem. Er stellte die Verbindung her und führte ein kurzes Gespräch, von dem Willi nur den Begriff „Alemani" verstand. Als er dann bekundete, dass das Treffen gegen 21 Uhr in der Wohnung von Mehmets Neffen stattfinden solle, war die Erleichterung in seinem Gesicht nicht zu übersehen.

Willi bereitete sich gründlich auf die Verabredung vor, er stellte eine Liste von Fragen auf, die unbedingt beantwortet werden sollten.

Bei Mehmet angekommen, wurde er von einer älteren Dame empfangen und ins Wohnzimmer geführt, wo ein Tisch mit schwarzem Tee und verlockenden Süßigkeiten gedeckt war.

Kurz darauf betrat der Imam den Raum, begrüßte ihn mit einem heftigen und langanhaltenden Händedruck und bat ihn im Namen des Barmherzigen Platz zu nehmen. Ob er wollte oder nicht, er musste zunächst die türkische Gastfreundlichkeit und die verführerischen Petit Fours über sich ergehen lassen. Nach der zweiten Tasse Tee bat der Imam seinen Gast, sein Anliegen vorzutragen, was auch in groben Zügen geschah.

Der Imam bekundete kurz darauf, weder vom Buch noch von dem Autor je etwas gehört zu haben.

Auch schien er nicht ganz zu verstehen, worum es genau ging.

Willi musste notgedrungen präziser werden und warf mehrfach den Begriff „Huris" in die Waagschale.

Der Imam konnte damit aber ebenfalls nichts anfangen.

Das „s" am Ende des Wortes verfremdete den Klang in seinen Ohren. Also wiederholte Willi den Begriff, erklärte mit Händen und Füßen und führte weitere Begriffe wie „Paradies" und die Zahl 70 an.

Da hob der Imam plötzlich seine Hand als Zeichen der Erleichterung und meinte: »Aha, Hoor al Ayn!«

»Nein, nix da, Huriiiis, Huriiiiis«, kam prompt die Erwiderung des allmählich verzweifelnden Willi.

Nichts ahnend betrat Mehmet den Raum und begann sich sogleich bei den Köstlichkeiten ausgiebig zu bedienen und die beiden freundlich anzulachen.

Plötzlich glaubte Willi, die aussichtslose Situation meistern zu können. Mehmet war in Deutschland geboren und sprach, wenn die Situation es erforderte, akzentfreies Deutsch. Willi wechselte den Platz, quetschte sich auf das kleine Sofa neben Mehmet und zeigte ihm einige Seiten des Buches, in denen das Thema behandelt wurde. Dann unterstrich er das Wort „Huris" und erklärte, dass der Autor des Buches es als „weiße Tauben" übersetzt haben will.

Mehmet nickte, fragte aber dennoch, was Willi genau wissen wolle. Dieser präzisierte notgedrungen seine Frage: »Kann man Huris womöglich mit „weiße Tauben" übersetzen?«

Einige Zeit verging, in der Mehmet seinem Neffen auf Türkisch den Kern der Frage erklärte. Doch auch nach dem Vortrag war der Begriff dem Imam nach wie vor völlig fremd und seine verkrampften Gesichtszüge ließen allmählich Böses erahnen.

Dann wiederholte er verächtlich: »Haris ... Haris«, und schüttelte dabei grimmig den Kopf.

Plötzlich kam Willi die zündende Idee. In dem Buch waren ja die Suren und die Verse angegeben, wo der Begriff vorkam.

Er zitierte aus dem Buch und bat Mehmet zu veranlassen, dass der Imam den betreffenden Vers jeweils prüft. Mehmet brauchte erst gar nicht zu intervenieren, der Imam hatte alles mitbekommen und blätterte bereits in dem vor ihm liegenden Koran nach den entsprechenden Seiten.

Schnell war die betreffende Stelle gefunden.

Der Imam begann nun seinen Oberkörper mal nach vorne, mal nach hinten zu schwingen und die Sure laut vorzutragen. Dann betonte er langanhaltend den letzten Begriff, zeigte mit dem Finger darauf, bis Mehmet den Kopf zu schütteln begann, um dann ins Deutsche zu wechseln: »Das sage ich doch die ganze Zeit: nix Haris!«

Der Imam schaute danach Mehmet an und meinte: »Willst du es deinem Freund sagen?«

»Und das, was dann darauffolgte«, beteuerte Willi, »war für mich enttäuschend und die Diskussion nahm ein jähes Ende.«

»Wie, war der Imam beleidigt oder warst du unvorsichtig und hast den Koran berührt?«

»Ach wo!«

Er erklärte, Mehmet hätte ihm eine der relevanten Suren im Koran gezeigt, dann seinen Finger auf eine Stelle des Textes gelegt und gemeint: »Von wegen Huris!«

Währenddessen schaute der Imam Willi sichtlich erfreut, aber schadenfroh an und meinte lästernd: „Mein deutscher Freund, Ihr deutsches Buch da ist nix - gar nix!"

Willi erwartete nun eine lange Erklärung, doch die Lösung war simpel und jenseits alles akademischen Gezänks. Einige Minuten lang verlor er die Sprache, um sich dann mühsam für das Gespräch zu bedanken und zu verabschieden.

»Stell dir das mal vor«, erklärte er mir anschließend zähneknirschend, »die betreffende Bezeichnung im Koran besteht aus zwei sich ergänzenden Worten, nämlich „Hoor al Ayn".«

Spontan unterbrach ich wiederholend: »Hoor al Ayn, Hoor al Ayn?«

Willi nickte, öffnete das Buch und zeigte mir eine Eintragung auf der Innenseite des Rückumschlags: »Den Begriff hat Mehmet, wie er im Koran vorkommt, hier in Arabisch eingetragen.«

»Tatsächlich: „Hoor al Ayn", las ich laut in Hocharabisch.

»Das sagte ich doch!«

Ich kreuzte meine Hände hinter dem Kopf, schaute kurz nachdenklich zur Decke, lächelte Willi süßlich an, ohne etwas zu sagen.

Ich war einfach sprachlos!

Erst als Willi mit einem Fußtritt unterm Tisch meine Fassungslosigkeit beenden wollte und die Frage stellte, was ich dazu zu sagen hätte, beendete ich kopfschüttelnd mein Schweigen.

»Eins kann ich dir hier und heute schon definitiv sagen«, versicherte ich, »ich brauche weder einen Syrer noch einen Aramäer, um den Begriff zu deuten. Hier haben wir es mit kristallklarem Arabisch zu tun.«

Ich lehnte mich weit zurück und erklärte weiter: »Der zweite Teil, „al Ayn" bedeutet zweifellos auf Arabisch „das Auge".«

Willi musterte mich anerkennend, so in der Art, als ob er dies bereits wüsste.

»Und „Hoor" – kannst du vielleicht auch dafür so eine Erklärung aus dem Ärmel schütteln?«, fragte er erwartungsvoll.

»Hoor, Hoor!«

Es folgte meinerseits eine längere Überlegungsphase, um dann doch resignierend zu gestehen: »Tut mir leid, ich muss passen. Dafür brauche ich meine Literatur von zu Hause.«

Dann nahm ich einen kurzen Schluck von meinem inzwischen erkalteten Kaffee, kniff die Augen wegen des bitteren Geschmacks zusammen und meinte mit einem hämischen Lächeln: »Völlig egal, was das erste Wort bedeutet, eins steht inzwischen fest: Die Übersetzung des Herrn Luxenberg ist irrig und ...«, ich rümpfte meine Nase, ehe ich dann leise gestand: »... und die Gleichsetzung mit Jungfrauen nach islamischer Tradition ist ebenso gewiss falsch.«

Willi konnte nur noch seine uneingeschränkte Zustimmung durch ständiges Kopfnicken signalisieren, stellte dennoch die Frage: »Wenn ein Wort „Auge" bedeutet, könnte sich dann nicht womöglich, wenn auch im weitesten Sinne, durch den ersten Begriff eine Übersetzung ergeben, die da lautet: „Tauben mit großen Augen"?«

»Nein – definitiv nicht!«, antwortete ich grantig.

»Das ist aber nicht gerade eine befriedigende Erklärung«, konterte er lachend.

»Ich erkläre es dir, aber bitte auf meine Art. Es ist das zweite Wort, also das „Auge", um das es bei dem Begriff insgesamt, also in der Hauptsache geht. Es wurde aus einem wohl noch nicht ganz nachvollziehbaren Grund an dieser Stelle platziert – wissentlich platziert. Aus den vorliegenden Überlieferungen, auf denen der Koran-Text aufbaut, konnten die Verfasser den betreffenden Begriff eindeutig als „Auge" interpretieren. „Hoor" dürfte also etwas umreißen, was offensichtlich dieses Auge besonders hervorhebt ...«

Willi ergänzte: »... und sollte wohl seine sonderbare Rolle im Paradies untermauern.«

Ich nickte zustimmend.

Mehrfach korrigierte ich die Position in meinem Stuhl, dann nahm ich das Buch in die Hand, ohne drauf zu blicken, wedelte damit in der Luft herum und erklärte: »Wir können nun gewiss, aber locker daraus einige Schlüsse ziehen.«

Der Begriff der Begierde, fuhr ich fort, bedeutet nichts anderes als „Auge". Als sich die islamischen Gelehrten im 7. Jahrhundert daranmachten, das theologische Erbe aus der Fülle der vorliegenden Überlieferungen zu verwalten und einen Leitfaden für die Gläubigen zusammenstellten, gab es eindeutige Hinweise darauf, dass ein „Auge" eine wichtige Rolle in Zusammenhang mit dem Paradies spielte. Dass dieser Begriff in mehreren Suren vorkommt, unterstreicht wohl seine wichtige theologische Rolle im Rahmen der überlieferten Tradition und schließt eindeutig aus, dass es eine einmalige Fehlübertragung war. Im Paradies hat es also „auffällige" Augen gegeben, die irgendwelchem unbekannten Wesen gehörten, die auch noch dazu eine wichtige Aufgabe zu erfüllen hatten. Es handelt sich hier also um eine alte, aber verpflichtende Tradition, die fortgesetzt wird.

»Und ausgerechnet die krumme Zahl 70 – was hat die denn wohl aus dieser Sicht zu bedeuten?«, fragte Willi mit faltiger Stirn.

»Aber Willi, Willi«, antwortete ich in tadelndem Ton, »vor nicht einmal einer Stunde wusste ich überhaupt nichts über das Thema des Buches. Da kannst du wohl von mir jetzt wahrlich keine Antworten auf etwas erwarten, über das sich seither Generationen vergeblich den Kopf zerbrochen haben.«

»Nein, wirklich nicht?«, stichelte er mit entsprechender Mimik.

»Natürlich kann ich irgendwie einfach loslegen. Aber was bringt das hier und heute?«

Willi schaute mich immer noch über seinen Brillenrand hinweg gespannt an und zog dabei herausfordernd die Augenbrauen hoch, bis er mir ein Lächeln entlocken konnte.

»Okay«, begann ich doch zögerlich zu reden, »trotz der arabischen Sprache hast du dennoch nicht jemanden vor dir sitzen, der vom Islam wirklich etwas versteht.«

Hierzu erklärte ich, dass ich in Alexandria zunächst eine französische Schule besuchte, um nach vier Jahren auf eine staatliche zu wechseln. Religionsunterricht hatten wir nie gehabt, noch hatten wir uns, bis auf wenige Ausnahmen, dafür interessiert. Nur ab und zu befassten wir uns während des arabischen Unterrichts mit philosophischen Themen, die auch theologische Standpunkte berührten.

»Und ich kann mich gut daran erinnern, dass die Zahl 70 in Bezug auf die Jungfrauen stets im Zusammenhang mit dem Paradies erwähnt wurde. Diese Zahl und das Paradies scheinen also tatsächlich in enger Beziehung zueinander zu stehen – das steht schon mal definitiv fest.«

Als ich dann schwieg, schob Willi die Brille auf seiner Nase nach hinten und lächelte gequält: »Ist das alles, hast du nichts mehr dazu zu sagen?«

Ich antwortete mit tiefem Schweigen und gequältem Lachen, was Willi erneut auf den Plan rief: »Wirklich nichts, gar nichts?«

Verneinend schüttelte ich erneut den Kopf.

Er schaute mich mit provozierenden Blicken an und überzog sein Gesicht dann mit einem hinterhältigen Grinsen.

Aus Erfahrung war ich davon überzeugt, dass er etwas Bestimmtes zu sagen hatte.

»Ich habe übrigens gründlich über das Thema im Internet in allen Richtungen nachgeforscht und bin so nebenbei auf ein interessantes Buch gestoßen«, meinte er weiterhin grinsend.

»Aha!«

»Das Buch habe ich auch runtergeladen, bin aber noch nicht dazu gekommen, es richtig durchzulesen. Heute Abend hole ich dies nach.«

»Aha!«

»Du fragst ja nicht einmal, was das für ein Buch ist!«

»Du wirst es mir bestimmt gleich verraten.«

»Nein, nicht bevor ich es gelesen habe.«

Noch konnte ich nicht ahnen, was er mit all diesen Anspielungen sagen wollte.

Plötzlich begann mein Handy auf dem Tisch zu wandern. Ich schaute erschrocken auf die Armbanduhr, nahm das Mobiltelefon und drückte es an meine Brust.

»Meine Verabredung– da gibt es gleich Zoff.«

Fünf geschlagene Minuten dauerte die Diskussion, bis meine Entschuldigung halbwegs angenommen und eine neue Verabredung vereinbart worden war. Als ich mein Handy danach ausschaltete, schaute Willi mich reuevoll an.

»Es tut mir leid, wenn ich dir Unannehmlichkeiten bereitet haben sollte.«

Ich antwortete mit einer relativierenden Geste.

Für einige Augenblicke verloren wir danach den Faden.

Dann dachte ich einige Sekunden konzentriert nach, um daraufhin zu brummen: »Aber jetzt verstehe ich wirklich überhaupt nichts mehr. Du warst bei deinen Recherchen doch erfolgreich. Wieso bist du da nicht weitergekommen?«

»Ach ja! Das ist der zweite Akt des Dramas.«

Willi erklärte, dass er nach dem Gespräch mit dem Imam unbedingt den Autor mit seinem Wissensstand konfrontieren wollte. Recherchen im Internet ergaben, dass er der „taz" bereits ein Interview gegeben hatte. Daraufhin rief Willi bei dem entsprechenden Buchverlag in Berlin an, stieß dort aber auf taube Ohren. Datenschutz war das Zauberwort.

Auch die Hinweise auf die „taz" bewirkten wenig.

Frustriert hinterließ Willi seine Telefonnummer und bat, es dem Autor zu überlassen, ob er mit ihm reden wolle oder nicht. Doch nichts geschah.

»Und als ich zum letzten Mal mit dem Verlag telefonierte«, beteuerte Willi, »das war vorhin, als du im Büro Feierabend machen wolltest. Man hat mir deutlich genug klargemacht, dass es mit einem Interview nichts wird. Somit hänge ich mitten in meiner Reportage in der Luft und komme nicht weiter.«

»Aber warum schreibst du keine Reportage über den bisherigen Verlauf?«

»Überleg mal. Die Reportage zum Schluss mit einem Interview mit dem Autor zu garnieren und angesichts der neuen Situation seine Meinung zu hören, das würde sie sozusagen abrunden.«

Verständnislos schaute ich Willi lange an, um dann zu zischen: »Das war ohnehin pure Naivität von dir. Hast du etwa im Ernst geglaubt, dass dir der Autor ein Interview über seine Fehlübersetzung geben würde?«

Willi machte eine wegwerfende Handbewegung, griff zum Kaffee, entdeckte jedoch nur einen abgestandenen Rest in der Tasse und streckte seine Zunge angeekelt raus. Dann rief er Annette laut zu, sie möge eine neue Runde ausschenken.

»Für mich bitte nicht«, rief ich hinterher.

Halbherzig schaute ich auf die Uhr, ohne die genaue Zeit wirklich zu erfassen.

»Es gab schließlich einen wichtigen Grund, der gegen die Veröffentlichung sprach«, bemerkte Willi nach einer Weile leise, »der Begriff „Hoor" ist ja noch nicht geknackt.«

»Aber das hat auch der Autor selber, wie wir gerade herausgefunden haben, nicht geschafft.«

»Das ist aber eine andere Geschichte.«

»Alles schön und gut, aber warum wolltest du unbedingt mit mir darüber reden? Und vor allem, was sollte das mit der arabischen Sprache?«, fragte ich, ohne auf seine Bemerkung einzugehen, aber auch einfach so, ohne zu überlegen.

Willi legte kurz seine Brille ab, rieb seine inzwischen sichtlich ermüdeten Augen und schüttelte mehrfach den Kopf.

»Was für eine Frage! Beherrschst du nun die arabische Sprache oder nicht?«

»Die Frage habe ich doch vorhin beantwortet.«

Ich rieb kurz mit der flachen Hand an meinem Kinn und ergänzte: »Aber müsste ich ein Sprachwissenschaftler sein, um auf dem Gebiet etwas zu bewegen? Was hat dein Semitist mit seiner studierten Weisheit und seinem Wildern im fremden Revier erreicht? Nichts, aber auch gar nichts! Der Staub, den er womöglich in gehörigem Maße aufgewirbelt hat, hat sich längst gelegt. In weniger als einer Stunde haben wir hier ohne fremde Hilfe einen wichtigen Teil seiner Theorie, wie ein Kartenhaus zusammenkrachen lassen.«

Danach war ich, entgegen meiner sonstigen Gepflogenheit, innerlich stark aufgewühlt und nahe daran, das vor mir auf dem Tisch liegende Buch in Stücke zu zerreißen, obwohl ich es noch nicht einmal gelesen hatte. Denn das Thema berührte mich auf eine andere, besondere Weise und meine diesbezüglichen Erinnerungen waren einfach niederschmetternd.

Es kostete schließlich viel Überwindung, nach außen Gelassenheit vorzuspiegeln und Willi in besonnenem Ton kurz und bündig zu erklären, dass ich mich vor einiger Zeit selber mit der Materie ausgiebig befasst hatte.

»Und eins kannst du mir glauben«, setzte ich zögerlich fort, »viele Geheimnisse aus der Vergangenheit, insbesondere auf dem theologischen Gebiet, lassen sich mit einfachen Regeln knacken, weil sie einfacher Natur sind und damals von einfachen Menschen erschaffen wurden. Da brauchst du kein Semitist, Arabist oder Islamwissenschaftler zu sein, der sich sowieso am Ende in seinem philosophischen Geplänkel verheddert und dabei sogar die Lösungen übersieht, die schreiend vor seinen Augen herumtänzeln.«

»Sondern?«

»Du brauchst detektivischen Instinkt und ein gewisses Gespür, um insbesondere zwischen den Zeilen nach dem ewig Verborgenen zu suchen; du brauchst Kombinationsgabe, um zum Beispiel wie vorhin einen Begriff wie „Jungfrauen" zu isolieren und nachzuforschen, wieso ausgerechnet diese mit dem Paradies in Zusammenhang stehen und was sie in den Urtexten für eine Rolle spielen, wenn sie es überhaupt tun. Du musst diese armen Frauen völlig aus der geistigen Umklammerung durch spätere männliche Kommentatoren befreien und dabei grundsätzlich zunächst vom Gegenteil dessen ausgehen, was man ihnen nachsagt. Und du musst ein Analytiker, ein Kriminologe sein, der rücksichtslos in alle Richtungen ermittelt.«

Inzwischen hatte Willi die Hände vor die Brust gekreuzt, sich nach hinten gelehnt und seine Brille weit nach vorne auf die Nase geschoben. Ein Anzeichen dafür, dass er nun bereit war, stundenlang zuzuhören– aber auch zu diskutieren.

»Willllli! Wir wollen aber hier nicht übernachten«, rief ich ihm warnend zu.

Von meinen Ausführungen offensichtlich fasziniert, blieb er dennoch völlig ungerührt.

»Und, und? Was ist mit den Jungfrauen, wie würdest du sie isolieren und aus dem Paradies wohin vertreiben?«, kam die erwartungsvolle Reaktion.

Doch plötzlich war ich nicht mehr willens, die Diskussion zu vertiefen.

Ich erahnte unschwer den Weg, auf dem ich früher oder später zusteuern würde, und beschloss nach einer kurzen Verschnaufpause, abrupt das Thema zu wechseln.

Gelegentlich auf die Uhr schauend, fragte ich: »Es ist aber Zeit, dass du mir endlich erklärst, warum wir reden sollen.«

»Ich möchte, dass du meine Reportage zu Ende führst.«

Über seinen Wunsch war ich recht überrascht, doch eine spontane Reaktion darauf blieb zunächst aus.

»Hast du gehört, was ich sagte?«, fragte er nach einer Weile.

»Ich sitze ja vor deiner Nase. Aber warum ausgerechnet ich?«

Er musterte mich mit einem schiefen Blick.

»Darauf muss ich wohl nicht antworten, oder?«

Dann schob er doch eine Erklärung nach.

»Du hast einfach die besseren Aussichten als ich, die Spur der Jungfrauen zurückverfolgen zu können.«

Doch Schmeicheleien waren hier fehl am Platz und konnten bei mir wahrlich nichts bewirken.

Ich fühlte mich nicht wohl in meiner Haut, denn vor fast zehn Jahren hatte ich eine Enttäuschung erlebt. Doch darüber wollte ich mit Willi an diesem Abend nicht reden. Womöglich niemals!

Es dauerte einige Zeit und es kostete Willi noch einen Espresso, bis ich endlich doch Bereitschaft signalisierte, das Buch des Anstoßes wenigstens durchzulesen.

»Und dann sehen wir weiter. Aber eins kann ich jetzt schon sagen: Ich habe momentan einiges zu tun.«

»Niemand steht uns bei der Sache auf den Füßen und außer uns beiden weiß keiner etwas davon.«

Kaum hatte er den Satz beendet, schob er das Buch in meine Richtung und flüsterte: »Nimm es mit, das reicht wohl für den Anfang.«

»Nein, nein! Du hast angedeutet, einiges recherchiert zu haben. Ich will alles auf dem Tisch haben.«

Willi durchstöberte hastig seine Aktentasche und macht kurz darauf ein saures Gesicht.

»Tut mir leid, mein Notizbuch liegt wohl zu Hause«, dann kratzte er in seinem Kopf und fragte: »Was hast du eigentlich morgen vor?«

»Bis jetzt habe ich nichts Konkretes geplant, warum?«

Er erklärte mir, dass seine Frau seit Donnerstag wegen eines Klassentreffens auf Besuch in Münster sei und vor kommenden Montag nicht nach Hause kommen würde.

»Und jedes Mal, wenn sie für einige Tage verreist, hat sie Angst, dass ich verhungere und kocht auf Vorrat die üppigsten Gerichte. Hast du nicht Lust auf eine sattige Rinderroulade mit allem, was nach deutscher Kochkunst dazugehört– willst du nicht mal deinem Junggesellenfraß aus den Industrielaboren für einen Tag entfliehen?«

»Eigentlich will ich morgen eventuell zum Griechen«, heuchelte ich und gab nach einer kurzen Atempause doch meine Zustimmung: »Okay, Punkt 12 Uhr bin ich bei dir.«

Willi war sichtlich erfreut aber auch erleichtert.

Oft hatte er schon versucht, mich zu sich nach Hause einzuladen. Allerdings ausgerechnet immer dann, wenn seine Frau gerade vereist war. Das kam mir ein wenig verdächtig vor. Diesmal aber überwogen wohl die saftigen Rinderrouladen bei weitem alle meine Bedenken.

Er drückte mir das Buch in die Hand, zückte sein Portmonee und schaute in Richtung Theke. Doch Annette war mit dem Rücken zu uns am telefonieren– auf Kölsch.

Willi scherzte: »Dat kann aver ewich dauern!«

Nach einigen Minuten standen wir auf und Willi zahlte die Zeche an der Theke.

Als wir das kleine Lokal verließen und draußen erst einmal die frische Luft tief einatmeten, gab mir Willi die Hand zum Abschied, zwinkerte lässig mit den Augen und meinte: »Gleich nehme ich das Buch aus dem Internet auseinander, von dem ich vorhin gesprochen habe.«

Ich zwinkerte zurück und trat den Nachhauseweg an.

Kaum hatten wir uns getrennt, schon rief er mir grinsend hinterher: »Und bring morgen bloß keine Blumen mit!«, worauf ich mit einer wegwerfenden Handbewegung antwortete.

In der Wohnung angekommen, warf ich das Buch auf den betagten englischen Ohrensessel in meine Leseecke neben das Nordfenster des Wohnraums. Dann nahmen die allabendlichen, monoton wiederkehrenden Rituale eines Junggesellen ihren unabwendbaren Lauf, bis ich mich endlich gegen 20 Uhr auf die Couch fallen ließ, die Beine auf den Beistelltisch über Kreuz legte, um, nachdem ich endlich die richtige Lage gefunden hatte, festzustellen, dass die Fernbedienung außerhalb meiner Reichweite war.

Qualvolle anderthalb Stunden sollten schließlich vergehen, bis ich endlich die erlösende Aus-Taste betätigt und die Fernbedienung verächtlich dorthin geschmissen hatte, wo ich sie am darauffolgenden Abend von Neuem suchen würde.

Plötzlich fiel mir das Buch von davor ein.

Ein doppelter Espresso war schnell auf dem Beistelltisch platziert. Ich nahm in dem Ohrensessel Platz, legte das Buch auf den Schoß und genoss den duftenden Kaffee in kurzen Schlucken.

Draußen begann unverhofft ein heftiger und Wind zu pfeifen.

Schließlich wurde ich von einem unangenehmen Luftzug erfasst, welcher durch die undichten alten Holzprofile des Fensters kroch, und begann an diesen schwülen Sommertag zu frieren.

Um meine Lesestunde fortzusetzen, blieb mir nur noch eine Wahl: das Bett.

Kurz entschlossen schlüpfte ich in meinen Pyjama, kroch unter die Decke, nahm eine gemütliche Lesehaltung ein und schaltete die Nachttischlampe an, die eigentlich mehr Schatten als Licht spendete. Ich rückte nah heran und begann bei diesen ungünstigen Lichtverhältnissen mich dem Buch zu widmen.

Die Minuten verrannen, ohne dass ich von irgendetwas Notiz nahm. Irgendwann aber erreichte ich eine Phase, in der ich nicht mehr mit der gebotenen Objektivität weiterlesen konnte.

Mit jeder weiteren Seite wuchs meine Verwunderung und fast nach jedem Satz schüttelte ich verständnislos den Kopf über das mir Dargebotene. Dies ging so lange, bis ich endlich genervt die Augen schloss, um ein Resümee zu ziehen.

Der Autor sah seine Studie eigentlich als eine philologische Untersuchung, die, von einem sprachhistorischen Ansatz ausgehend, den Korantext mit textkritischen Methoden untersuchte. In der Diskussion um Mündlichkeit und Schriftlichkeit der frühen Koranüberlieferung nahm er im Gegensatz zur traditionellen islamischen Ansicht eine fehlende Kontinuität des mündlichen Teils an. Da die frühen Koranhandschriften sowohl auf diakritische Punkte zur Unterscheidung der Konsonanten als auch auf Vokalzeichen verzichteten, ging er von einer Fehllesung zahlreicher ursprünglicher Ausdrücke durch Exegeten aus, da ihnen das mündliche Korrektiv gefehlt hatte. Folglich sei der historische Irrtum anzunehmen, dass die nachträgliche Punktierung auf einer mündlichen Überlieferung beruhte. Der Autor erörterte dann, dass bei diesen Abschriften Übertragungsfehler wie Auslassungen, Ergänzungen und Umdeutungen gemacht wurden, aber ebenso willkürliche oder intendierte Veränderungen wie Verbesserungen und Analogieschlüsse. Durch diese Fehllesungen seien die vielen unklaren Stellen des Korans, deren Existenz auch andere Gelehrte nicht bestritten, erst entstanden. Auf der Suche nach Belegen für seine Lesart diente ihm die Textgrundlage der kanonischen Fassung der Kairoer Koranausgabe aus dem Jahr 1923/24. Die betreffenden Ausdrücke wurden dann einem sprachlichen Ausleseprozess unterzogen und zwar so lange, bis sie syrisch-aramäisch glänzten. Und das sah so aus: Für den gewünschten Begriff aus der Koranausgabe wurde nach einer anderen Bedeutung des arabischen Ausdrucks gesucht und darauf nach einer homonymen Wurzel im Syro-Aramäischen, im Grunde eigentlich im Syrischen. Schließlich wurde der sich ergebene Begriff schwankend verwendet, um eine andere Lesart des

Arabischen unter Abänderung der diakritischen Punkte zu er-möglichen, danach wurde eine andere aramäische Wurzel ge-sucht. Dann erfolgte eine Rückübersetzung ins Aramäische und die Suche nach Lehnbildungen, das syrisch-arabische Lexika des 10. Jahrhunderts n. Chr. wurde konsultiert sowie echte arabische Ausdrücke nach dem syrischen Lautsystem gelesen, um letztend-lich die Entschlüsselung über die syro-aramäische Syntax vorzu-nehmen.

Nach dieser linguistischen Tortur hätten sich die Jungfrauen ebenso gut in weiße Mäuse umwandeln lassen, wenn man das ge-wollt hätte!

Ich begann mich nach und nach über die „wissenschaftlich fundierte" Vorgehensweise in dem Buch zu wundern, die sich all-mählich als ein semitistisches Grundwissen, verquickt mit weit-schweifenden Phantasien entpuppte. Vor allem erschien mir die fragwürdige Tendenz erkennbar zu sein, dass der unkundige Le-ser aus dem Hintergrund der Abhandlung heraus suggestiv ge-zielt fehlgeleitet wird, um ausgerechnet den Propheten Moham-med und den Islam als Religion in Frage zu stellen. Um beispiels-weise eine Antwort auf Fragen hinsichtlich des Lebens Moham-meds zu finden, wurden Quellen über den Propheten bemüht, die letztlich den Forschungsgegen-stand selbst eliminieren sollten, indem in der Herkunft des Namens „Mohammed" Jesus vermutet wurde. Auch der Koran und somit der Islam überhaupt sollten nicht anderes sein als ein umgewandeltes Urchristentum ir-gendwo im syrisch-arabischen Raum, um endlich den Arabern die jüdische und christliche Verkündigung nahezubringen. Die Moslems seien somit in Wirklichkeit, ohne es zu wissen, Chris-ten– man müsste ihnen nur endlich Syrisch-Aramäisch beibrin-gen!

Doch all die Ergebnisse solch fragwürdiger Forschungsarbeit hatten letztlich etwas gemeinsam: Sie stellten sich von dem Au-genblick an als völlig wertlos heraus, in dem die Authentizität des

Korans selbst und damit die geschichtliche Existenz seines Ver-
künders in Frage gestellt wurde.

Mit derselben Methodik und Hartnäckigkeit könnte man letztlich auch Abraham, Moses und Jesus vergeblich in den Annalen
der Geschichte suchen und auf keinen einzigen historisch-archä-
ologischen Beleg für deren einstige Existenz stoßen. Jeder von
ihnen hat auf seine eigene Weise spektakulärste Botschaften auf
unserem Planeten verkündet, die uns bis heute tief tangieren und
in unversöhnliche Lager gespalten haben. Dennoch gelang es keinen von ihnen, seine Visitenkarte in der jeweiligen Epoche zu hin-
terlegen, so dass man an ihrer einstigen Existenz nach streng wissenschaftlicher Norm letztlich zweifeln müsste.

Lange Zeit befasste ich mich damit, ich begab mich auf die Suche nach den verwehten Spuren von Abraham, Moses und Jesus,
die einst alle mit Ägypten in Berührung gekommen waren.
Schließlich wunderte ich mich so nebenbei feststellen zu müssen,
dass ausgerechnet der Prophet Mohammed als Einziger unter all
seinen Vorgängern den traditionell üblichen historischen Trip
nach dem einstigen Land der Pharaonen nicht unternahm, dass in
seiner Geschichte das heilige Ägypten keine Erwähnung fand, ja
nicht die geringste Rolle spielte. Das Reich am Nil schien im Leben und Wirken des Propheten keine Rolle gespielt zu haben.

Und als ich, von derselben Neugier geplagt, den Werdegang
des Propheten mit den Augen eines Forschers betrachtete und
zwischen den Zeilen beharrlich und nachbohrend verweilte, öffnete sich auf einmal ein Zeitfenster, durch das der Blick auf ein
Stück atemberaubende Geschichte frei wurde.

Es war also ausgerechnet die Geschichte des Propheten Mohammed und dessen Existenz, die zu der entscheidenden Spur
führte: zur arabischen Sprache– zu der Sprache, die ich zu verler-
nen im Begriff war.   Fast zehn Jahre lang hatte ich mich
dann aus den unterschiedlichsten Motiven mit dieser Sprache befasst. Ich verfolgte eine bestimmte Spur, die auf meine Schulzeit

zurückging und deren Ausgangserlebnis ich damals eigentlich eher als amüsant empfunden hatte. Dabei wollte ich weder Christentum noch den Islam in Frage stellen oder die Existenz ihrer beiden Propheten in Zweifel ziehen.

Ich musste auch nicht an der Sorbonne in Paris pauken, das Wissen eines Professors der al-Azhar-Universität in Kairo besitzen und schon gar nicht in Erfahrung bringen, was der Begriff Semitist bedeutet.

Der sich öffnende Weg war viel zu einfach, als dass man ihn mit komplexen linguistischen Formeln versperren sollte; es bedurfte keiner komplizierten Lehrsätze und ausschweifender wissenschaftlicher Erklärungen, die letztlich sicher die aufgespürte Spur verwischen und uns dorthin führen würde, wo wir heute mit unserem Wissen stehen.

Das einzige Glück, das notwendig war, um hier erfolgreich zu sein, war schlicht und einfach, in der damals noch liberalen Stadt Alexandria das Licht der Welt erblickt und in ihren Straßen und Gassen die Jugend verbracht zu haben– wodurch mir die arabische Sprache in die Wiege und an den Gaumen gelegt wurde. Und hier lag der sprachlich uneinholbare Vorsprung, den keiner nachträglich irgendwo auf einer Universität mit dem Erlernen einer Fremdsprache wettmachen noch mit einem Professorentitel je kompensieren konnte.

Als ich das nicht zu Ende gelesene Buch aufgeschlagen auf meine Brust legte, mit offenen Augen zunächst meinem verloren gegangenen Alexandria der Vorrevolution nachzutrauern begann, wo sich die ersten Spuren offenbart hatten, und dann den langen Weg gedanklich umriss, an dessen Ende sich die gesuchte „linguistische Formel" offenbarte, mit dem die verschiedenen historischen Begriffe und Namen zu reden begannen, stand bei mir zu dieser späten Stunde schon der Entschluss fest: Die Ehre der paradiesischen Frauen zu retten und den Ausdruck „Hoor al

Ayn" so zu entschlüsseln, dass sich am Ende eine plausible Definition ergeben würde.

Und vor allem wollte ich ergründen, warum ausgerechnet dies und die Zahl 70 mit dem Paradies in Verbindung gebracht wurden, warum nach islamischer Tradition ein großes „Auge" mitten im Garten Eden platziert war.

Dann vertiefte ich mich immer mehr in die unerschöpfliche Materie und eine unabwendbare Müdigkeit, begünstigt durch die spärliche Belichtung der Nachttischlampe, überzog nach und nach meinen Geist. Mitten in diesem Zustand streckte ich meine Hand aus, um nach einem Kuli auf dem Nachttisch zu greifen. Mir war gerade etwas eingefallen, das ich unbedingt auf den Innenumschlag des Buchs notieren wollte. In meiner Jugend hatte ich etwas über eine der vielen Moscheen der Hafenstadt in der Schule erfahren, womit wir uns einige Zeit damit beschäftigt hatten. Und soeben war es mir so vorgekommen, als hätten vor meinen Augen für eine kaum messbare Zeitspanne in der Tiefe des dunklen Raumes die Schattenrisse einer Moschee geflackert.

Doch kaum setzte ich zu schreiben an, schon hielt ich inne.

Ich konnte mich plötzlich nicht mehr daran erinnern, was mir soeben durch den Kopf gegangen war. Auch fielen mir weder Einzelheiten des damaligen Vorfalls noch der Name der Moschee ein, was mich dazu anstachelte, bohrend in meinem Gedächtnis die Gedanken daran zu vertiefen.

Bald darauf wurden aber meine Augenlider immer schwerer und eine unabwendbare schleichende Müdigkeit bemächtigte sich meines Geistes.

Als ich mit halb geschlossenen Augen die Nachttischlampe ausschaltete, stellte ich draußen eine himmlische Ruhe fest– die Sturmböen hatten sich verzogen.

Doch das war nur die trügerische Ruhe vor dem großen Sturm!

II. Die Attarin-Moschee

Als ich am nächsten Morgen aufwachte, war es bereits hell und sonnig und die Luft war vom Gesang der zahlreichen Amseln erfüllt.

Doch sogleich bemächtigte sich eine lähmende Müdigkeit meiner Glieder und eine Unzufriedenheit überzog mein Gesicht.

Auf dem Boden neben dem Bett lag Willis Buch. Kaum hatte ich es erblickt, erinnerte ich mich spontan an meine gestrige Gedächtnislücke und die schattenhaften Umrisse der Moschee, die ich zu erblicken glaubte.

Ich stieg widerwillig aus dem Bett, stolperte sogleich über das auf dem Boden liegende Buch. Mit Mühe bückte ich mich, um danach zu greifen. Kaum hatte ich das Buch berührt, klickte es in meinem Kopf und erinnerte mich plötzlich daran, um welches Gotteshaus es sich handelte: es war die sagenumwobene Attarin-Moschee.

Ich schloss die Augen und begann krampfhaft nachzudenken, um mich kurz darauf doch an eine Geschichte zu erinnern.

In der ersten Hälfte der fünfziger Jahre des vorangegangenen Jahrtausends wartete die Lokalpresse mit einem Sensationsbericht auf, in dem behauptet wurde, dass ein griechischer Kellner im Besitz von einem alten Dokument sei, woraus sich die Lage von Alexanders Grab ermitteln lässt. Er investierte alle seine bescheidenen Ersparnisse, um eine kleine Grube im Bereich der Napi-Daniel-Straße auszuheben. Doch nach wenigen Metern in der Tiefe stießen die Ausgräber auf Grundwasser und der Traum vom Ruhm war verflogen.

Von diesem Ereignis angesteckt, entfachten wir während des Geschichtsunterrichtes eine lebhafte Diskussion darüber, während dessen der Lehrer mit einer eigenartigen Geschichte aufwartete. Seiner Aussagen nach, so soll Napoleon fest daran geglaubt haben, den Leichnam Alexander in der Attarin Moschee zu finden. In einer Halle soll er dem Vorsteher der Moschee einen wertvollen Säbel geschenkt haben und danach die Moschee von seinen Spezialisten gründlich durchforsten ließ. In demselben Raum soll es ein Rundum-Fries unterhalb von Oberlichtern in Arabisch gegeben haben. Auf dem Fries in einer Nische soll der Satz *„Alexander der Große, unser Prophet und Meister"* gestanden haben. Der Lehrer war der Überzeugung, dass dies ein eindeutiger Hinweis darauf ist, dass in dieser Nische einst der Leichnam Alexander nach islamischer Sitte aufgebahrt war. Diese Begegnung wurde neben weiteren Motiven von dem französischen Maler Denon festgehalten.

Diese Moschee liegt in einem nach ihr benannten Bezirk, dessen Straßen und Gassen ich in meiner Jugend oft durchwanderte, ohne von ihr überhaupt Notiz zu nehmen.

Alles, was mit Religion zu tun hatte, wirkte damals auf die meisten jungen Leute alles andere als anziehend, berührte uns nicht.

Doch hätte ich in meiner Jugend geahnt, auf welche Vergangenheit diese Moschee zurückblickte und welche Legenden sich um sie rankten, hätte ich ihr damals schon unendliche Bewunderung gezollt.

Denn keine andere Moschee in der von Alexander dem Großen im Jahre 332 v. Chr. gegründeten Stadt hatte die Fantasie der Menschen so beflügelt wie sie.

Die ersten Hinweise auf die Moschee gehen auf Johannes Leo Africanus zurück. Dieser Gelehrte, ein in Granada geborener Maure, der 1520 von Papst Leo X. auf den Namen Johann Leo getauft wurde, veröffentlichte im Jahre 1550 seine „Descrittione dell'Africa", in der unter anderem von älteren einheimischen Überlieferungen berichtet wird.

Es wird erwähnt, dass mitten in der Stadt Alexandria unter den Ruinen ein kleines, einer Kapelle ähnliches Gebäude zu finden sei, worin sich ein von den Mohammedanern zutiefst verehrtes Grab befinde.

Wessen Grab die Moslems hier verehrten, ließ aufhorchen: In den von Africanus wiedergegebenen Texten hieß es, dass der Leichnam Alexanders des Großen in diesem Heiligen Grab aufbewahrt wurde, den der Koran als einen großen Propheten und König bezeichnet. Dieser Umstand muss weit über die Grenzen des Landes hinaus bekannt gewesen sein. Denn es wird weiter berichtet, dass viele Fremde aus entfernten Ländern kamen, um diesem Grab ihre Ehre zu erweisen, zudem schickten sie viele und große Almosen dahin. Was bedeutete, dass die Grabanlage, wer auch immer darin ruhte, eine „internationale" Pilgerstätte war.

Die arabische Überlieferung, die Africanus wiedergab, wusste detailliert darüber zu berichten, wo sich die Grabanlage befand: im Hof der alten Attarin-Moschee.

Dass sich die Leiche des Makedoniers in Alexandria befand, berichteten verschiedene Überlieferungen, wenn sie auch auf unterschiedlichen Wegen zustande kamen. Zwei Jahre nach Alexanders Tod in Babylon im Jahre 323 v. Chr. sicherte sich Ptolemaios I. in Syrien die wertvollste Reliquie der hellenischen Welt, dessen Mumie das Zweistromland in einem prächtigen Leichenwagen in Richtung Makedonien verlassen hatte.

Doch bevor Alexander in seiner Stadt zur Ruhe gebettet wurde, musste er erst einmal in Memphis nach makedonischer Sitte in einem Kuppelgrab beigesetzt werden.

Wahrscheinlich noch während der Satrapen-Herrschaft des Ptolemaios erfolgte jedoch die Überführung des Leichnams in die neue und prächtige Hauptstadt Alexandria. Doch auch damit hatte der Makedonier die ewige Ruhe noch nicht gefunden.

Denn gegen Ende des 3. Jahrhunderts v. Chr. ließ Ptolemaios IV. eine neue Grabanlage, das sogenannte Sema errichten, ein riesiges Mausoleum, das als Gemeinschaftsgrab für Alexander und die zuvor getrennt bestatteten ersten drei ptolemäischen Könige einschließlich ihrer Gemahlinnen konzipiert war. Dieses Familiengrab, möglicherweise um das erste Grab Alexanders herum angelegt und durch eine Umfassungsmauer geschützt, lag nach Zeugnis des Historikers Strabons im Palastareal und sehr wahrscheinlich, wie eine Textstelle nahelegt, im „inneren Palastbezirk".

Dort entstand in Form eines großen Tumulus-Grabes ein Denkmal mit unterirdischen Grablegen der Ptolemäer und die letzte uns bekannte Ruhestätte des mumifizierten Alexander.

In dieses unterirdische Gewölbe stieg Cäsar hinab, um den Leichnam Alexanders zu sehen, und aus diesem Gewölbe ließ Octavian die Mumie des Makedoniers heraufholen, um sie mit Blumen und einem goldenen Kranz zu ehren. Das Sema stand noch zu Beginn des 3. Jahrhunderts n. Chr. und als letzter prominenter Besucher im Jahr 215 n. Chr. ist Kaiser Caracalla bekannt.

Damit aber brachen die Überlieferungen hinsichtlich des berühmten Leichnams ab.

Es ist nicht bekannt, wann und auf welche Weise er vom Erdboden verschwand.

Auf jeden Fall war ein Jahrhundert später bereits jegliche Kenntnis von ihm verloren gegangen. Denn als der Bischof Johannes Chrysostomus gegen Ende des 4. Jahrhunderts n. Chr. die Hafenstadt aufsuchte, fragte er ihre Bewohner voller Spott: „Wo ist denn das Grab Alexanders? Zeigt es mir doch." Keiner von denen, an die die provokative Frage sich richtete, konnte – oder wollte – eine Antwort darauf geben.

Irgendwann in der Zeitspanne zwischen dem Besuch Caracallas und dem Auftauchen von Chrysostomus muss also der Leichnam aus seinem Grab entwendet und an einem unbekannten Ort begraben worden sein.

Seit dieser Zeit bis in unsere Tage wurde die Suche nach dem verschwundenen Makedonier nicht aufgegeben und die widersprüchlichen Angaben über die Lage des Grabes führten immer wieder zu wilden Spekulationen und vergeblicher Suche.

So sprechen manche Überlieferungen von einer „Stadtmitte" als Standort des Grabes, während andere, die allerdings kein Grab erwähnen, einen offensichtlich im Zentrum der damaligen Stadt gelegene „Alexander-Platz" oder ein „Alexander-Viertel" erwähnen.

Falsche Interpretationen führten dazu, die Grabanlage an der Stelle einer anderen Moschee zu vermuten, nämlich der Nabi-Daniel-Moschee. Das Grab dieses Propheten befand sich in einem unterirdischen Gewölbe, über dem sich eine Moschee erhob. Der Vorgängerbau soll nun angeblich die Moschee Alexanders des Großen gewesen sein. Eine Moschee Zhul'l Qarnains (des „Zweihörnigen": Alexander mit den Hörnern des Ammon Zeus), in der Nähe eines Stadttores gelegen, gab es laut einer arabischen Quelle des 9. Jahrhunderts tatsächlich in Iskanderia (Alexandria), das auch heute noch nach seinem Gründer Iskander (Alexander) heißt. Aufgrund dieser lokalen, durch nichts zu erhärtenden Legende um den Zusammenhang zwischen den Gräbern Alexanders und Nabi Daniels hatte sich in Alexandria des frühen 19. Jahrhunderts ganz allgemein die Auffassung durchgesetzt, das Grab des großen Makedoniers müsse am Ort der Nabi-Daniel-Moschee gesucht werden.

Doch spätere Grabungen um 1920 konnten an den vermuteten Stellen in und um die Moschee nicht die geringste Spur eines Alexander-Grabes zutage bringen.

Auch die von Leo Africanus gegebenen Hinweise über die Attarin-Moschee konnten nicht zu den mumifizierten und angeblich mit einem wertvollen Diadem geschmückten Leichnam Alexanders in einem Glasschrein führen.

Dennoch barg ausgerechnet diese Moschee einen sensationellen Fund, der bis heute immer noch viele Rätsel aufgibt.

Vor der Eroberung Ägyptens durch Napoleon war die Attarin-Moschee streng bewacht und kein Ungläubiger durfte sich der Anlage nähern. Mit der Eroberung Alexandrias am 1. Juli 1798 begann die Erforschung der versunkenen ptolemäischen Residenz- und Königsstadt.

Die Armee Napoleons wurde begleitet von 167 Gelehrten, Ingenieuren, Landvermessern und Kartografen, die im Auftrage des späteren selbsternannten Kaisers das gesamte Nilland zu erkunden und dort alles Wissenswerte und Merkwürdige zusammenzutragen und zu dokumentieren hatten. Diese zivile Expedition stand unter der Leitung des ebenso gelehrten wie vielseitig talentierten Dominique-Vivant Denon. Die Ergebnisse dieses Forschungsteams mündeten später in die im Jahre 1809 in Paris erstellte vielbändige und monumentale „Description de l'Egypte".

Denons Beharrlichkeit ist es zu verdanken, dass diese erste Bestandsaufnahme der Hafenstadt entstand.

Denon und seine Mitarbeiter skizzierten, zeichneten und vermaßen die gegen Ende des 18. Jahrhunderte in der Nilmetropole noch sichtbaren antiken Reste, ohne allerdings ins Erdreich vorzudringen. Sie erstellten den ersten genauen Plan Alexandrias und seiner weiteren Umgebung. Denon war ein sehr aufmerksamer Beobachter, der es meisterlich verstand, seine Beobachtungen zeichnerisch festzuhalten. Auch der Attarin-Moschee stattete er einen Besuch ab. Dabei konnte er etwas Eigenartiges beobachten, das er ebenfalls zeichnerisch festhielt. Im Innenhof der Moschee befand sich eine kleine Kapelle, die damals von Einheimischen angebetet wurde. Als er sich der offenen Kapelle näherte, entdeckte er darin etwas Absonderliches, das eigentlich in einem islamischen Gotteshaus nichts zu suchen hatte: einen pharaonischen Sarkophag aus Granit.

Seine Verwirrung war zunächst groß, weil er die reichlich darauf eingetragenen Texte nicht entziffern konnte. Dieser Fremdkörper sollte angeblich den mumifizierten Leichnam Alexanders beherbergt haben, was zu wildesten Spekulationen führte. Erst nachdem die Hieroglyphen im Jahre 1822 durch Champollion entziffert worden waren, konnte man den Sarkophag seinem Besitzer zuordnen: Pharao Nektanebos II., der letzte einheimische Herrscher, der um 343 v. Chr. spurlos im Dunkel der Geschichte verschwand.

Doch damit waren die Spekulationen um Alexanders Leiche keineswegs verstummt. So gab es etwa um die Mitte des 19. Jahrhunderts den sensationellen Erfolgsbericht eines gewissen Ambrose Schilizzi, Dragoman des russischen Konsulats in Alexandria. Dieser behauptete, er sei im Jahre 1850 in das unterirdische Gewölbe der Nabi-Daniel-Moschee eingedrungen, die unweit von der Attarin-Moschee liegt. Dort wollte er durch ein Loch in der Tür den mumifizierten, mit einem Diadem geschmückten Leichnam Alexanders in einem Glasschrein gesehen haben. In der Kammer sollen außerdem Papyri und Bücher lose herumgelegen haben. Natürlich hatte der Dragoman alles nach dem Studium der antiken Quellen frei erfunden.

Dennoch dürfte nicht alles, was mit dem Sarkophag der Attarin-Moschee in Verbindung gebracht wurde, so pauschal und grundsätzlich in das Reich der Phantasie zu verbannen sein.

Der römische Historiker Curtius Rufus, von dem wir die einzige erhaltene lateinische Monografie über Alexander den Großen haben, hat neben einer „Geschichte Alexanders des Großen" auch den „Alexanderroman" verfasst, in dem er mit einer erstaunlichen Aussage verblüffte.

Rufus' Ausführungen zufolge soll eben dieser Nektanebos nach dem Einfall der Perser in Ägypten an den makedonischen Hof geflüchtet und dort als großer ägyptischer Magier empfangen worden sein, wo er in Gestalt des Gottes Ammon Olympia verführte. Daher sei er, ohne Wissen Philippos II., der wahre Vater Alexanders des Großen.

Nach den Schilderungen des Romans soll Alexanders Aussehen derart fremd gewesen sein, dass Philippos zu der Feststellung verleitet wurde: »*Mein Kind Alexander, ich liebe deinen Charakter und dein adeliges Wesen, aber nicht dein Aussehen, weil es dem meinigen nicht gleicht.*«

Zu dieser Zeit soll Alexander zwölf Jahre alt gewesen sein.

Es gehört zum guten intellektuellen Ton, Refus' Alexanderroman als eine Sammlung aller möglicher Sagen und Anekdoten um die Gestalt Alexanders zu deklassieren. Doch ändert dies nichts an der Tatsache, dass Refus ihm vorliegende Informationen schriftlich verewigte, ohne im Geringsten zu ahnen, was die Franzosen um Napoleon fast zwei Jahrtausende später im Hofe der Attarin-Moschee vorfinden sollten: Ausgerechnet den Sarkophag des vermeintlichen Vaters Nektanebos, der einst den Leichnam Alexanders beherbergt haben soll.

Der Ort, an dem die Moschee später entstand, dürfte also eine tief reichende Geschichte haben.

Inwieweit nun in den Erzählungen von Rufus ein Körnchen Wahrheit steckte, sei dahingestellt.

Allerdings erging es dem griechischen Historiker Herodot, den Cicero als „Vater der Geschichtsschreibung" bezeichnete, nicht anders. Auch viele seiner Aussagen wurden zunächst leichtfertig ins Reich der Fabel verwiesen, um später nicht selten von der Wissenschaft bestätigt zu werden.

Während des Frühstücks galten meine Gedanken weiterhin dieser ruhmreichen Moschee. Was hat es wohl einst an diesem Ort gegeben, das so bedeutend gewesen sein muss, dass nach Jahrtausenden wechselvoller Ereignisse und religiöser Rivalität sich letztlich auch der strenge Islam ihm theologisch verpflichtet fühlte, um traditionswahrend auf den Trümmern der Vorbauten einer Moschee zu errichten und sich somit das theologische Erbe zu eigen zu machen?

Schließlich aber musste die Frage gestellt werden, was wohl diese Moschee mit den paradiesischen Jungfrauen zu tun hatte, welche Rolle sie womöglich in meinen Überlegungen überhaupt spielen konnte.

Kurz vor Mittag machte ich mich zu Fuß auf den Weg zu Willi, der ein paar Straßenzüge in nördlicher Richtung wohnte.

In der vierten Etage angekommen, hob ich bereits bei Betreten der Wohnung demonstrativ die leeren Hände: »Willi, nichts war ja dein Wunsch– und ich habe nichts!«

Er lachte, zeigte mit der Hand die schmale Diele entlang Richtung Wohnzimmer, legte zu meinem Schreck seinen Arm leicht auf meine Schulter und meinte warnend: »Ich weiß, dass du für moderne Möbel bist, also bitte nicht erschrecken .«

Als ich das Wohnzimmer betrat, wusste ich, was er damit meinte: So weit das Auge reichte, schwerste Eichenmöbel, die mir in der Regel wie Regentage tüchtig aufs Gemüt schlugen. Selbst die hellbraunen Lederbezüge der wuchtigen Klubgarnitur wurden von schweren „Eichenbalken" flankiert.

Ich verkniff mir grinsend jeden Kommentar.

Dann machte ich plötzlich große Augen, als ob ich eine himmlische Erscheinung erblicken würde. Willi merkte, worauf meine Blicke fixiert waren.

»Das da ist ein Erbstück meiner Frau. Es war der ganze Stolz ihrer Mutter.«

Mitten in diesem „Eichenwald" verlor sich ein Franzose!

An einer Mauervorlage neben der Tür zum Balkon stand fast eingeschüchtert ein mit reichlich Bronzebeschlagwerk versehenes, schwarzes Napoleon-III-Kabinett aus Mahagoni in Schwarzlack. Auf der hellen Marmorplatte stand eine zierliche Marmoruhr mit feuervergoldetem Aufsatz.

Bewundernd steuerte ich ohne Umschweife auf die Uhr zu, während Willi mir warnend nachrief: »Die Uhr geht leider seit unserem Umzug nicht mehr. Meine Frau meint, sie wäre wohl überdreht.«

»Überdreht? Das geht eigentlich gar nicht. Darf ich mir das Uhrwerk anschauen?«

Willi nickte zögerlich und fragte: »Du verstehst was von Uhren?«

»Ja!«, kam meine knappe Antwort, um das Thema nicht zu vertiefen.

Als ich die Uhr vorsichtig drehte, erkannte ich unschwer, dass alles an dem französischen Uhrwerk an seinem Platz saß und dass es sich um ein sogenanntes Fadenaufhängungswerk handelte. Der Schlüssel dazu lag hinter der Uhr. Den nahm ich, schaute Willi kurz an und meinte scherzend: »Jetzt wollen wir sehen, wie überdreht die Uhr ist.«

Während er mit entsetzter Mine zusah, konnte ich feststellen, dass beide Federwerke voll aufgezogen waren.

Ich stieß das Pendel sanft an. Die Uhr tickte ungleichmäßig für einige Sekunden, um ruckartig wieder stillzustehen.

»Ich sagte ja, die geht nicht. Meine Frau hängt aber so sehr an ihr, dass sie sie aus Angst vor Verlust niemals einem Uhrmacher anvertrauen würde.«

Ich grinste diebisch und drehte die Uhr wieder um. Denn ich hatte etwas vor.

Diese alten französischen Uhrwerke aus dem 19. Jahrhundert waren nämlich technisch derart genial ausgedacht und bis ins kleinste Detail ausgereift, so dass sie sozusagen ohne jede Pflege ewig tickten und schlugen.

Inzwischen kamen diverse Essensgerüche aus der Küche, die ich mit theatralischer Handbewegung genüsslich einatmete.

»Ist okay! Ich bin mit dem Essen gleich fertig, mach es dir so lange hier gemütlich«, brummelte Willi und verschwand in dem langen Flur Richtung Küche.

Jetzt kam es auf jede Sekunde an.

Ich nahm eine Münze aus meinem Portmonee, drehte die Kaminuhr wieder um, löste leicht die beiden Schrauben der hinteren Lünette, drehte die vordere Lünette mit dem Zifferblatt so dosiert mal in die eine, mal in die andere Richtung, bis das Ticken der Uhr in meinem Ohr gleichmäßig klang. Dann zog ich die beiden Schrauben wieder an und drehte die nun leise tickende Uhr um.

Kurz darauf erschien der Hausherr mit zwei Tellern, worauf sich das dampfende Mahl befand, und stellte sie auf den Esstisch am anderen Ende des Wohnzimmers, der bereits feierlich gedeckt war.

Kaum hatte ich den ersten Biss von der saftigen Roulade im Mund, schon musste ich meine Anerkennung loswerden: »Das ist aber wirklich echte deutsche Kochkunst aus der Oma Zeit!«

Willi war sichtlich geschmeichelt. Genüsslich schmatzte er umso lauter.

Mitten in die eingetretene Stille, die gelegentlich vom klappernden Essgeschirr unterbrochen wurde, ertönten plötzlich drei

Glockenschläge in hellem Ton, die Willi zu meinem Verdruss offensichtlich überhörte.

Erst einige Sekunden später klingelte es bei ihm und er fragte perplex: »Was war denn das?«

»Kirchenglocken waren es bestimmt nicht!«

Plötzlich stand er auf, ging zur Uhr und legte sein Ohr ganz nah dran, um dann überwältigt zu poltern: »Die läuft ja, die läuft! Wie hast du das bloß in der kurzen Zeit geschafft?«

Ich zuckte mit den Achseln wie ein stolzer Hahn und schwieg.

Kaum hatte Willi sein Mittagsessen fortgesetzt, schon stand er wieder zappelig auf und griff zu seinem Handy.

»Wen willst du jetzt bloß anrufen?«

»Meine Frau, meine Frau – die flippt aus, wenn sie hört, dass die Uhr wieder tickt.«

»Lass es bitte sein. Sie soll später genau wie du davon überrascht werden.«

Er hörte mitten in der Suche nach der Nummer im Speicher auf und nickte, meinem Vorschlag zustimmend.

Kurz danach fragte mich Willi, wie ich überhaupt zur Uhrmacherei kam.

»Das ist eigentlich eine einfache Geschichte, die schnell zu erzählen ist.«

Zwischen Kauen und Schlucken erklärte ich, dass ich während meiner Studentenzeit dank eines Verwandten, der dort einen wichtigen Posten bekleidete, oft bei der für die Angelegen-heiten der Baumwollproduktion zuständigen Behörde jobbte, wo ich allen möglichen schriftlichen Kram auf einer alten Schreibmaschine zu erledigen hatte. Für die Zubereitung des täglichen Tees und Kaffees war ein älterer Mann namens Hassan zuständig. Dieser hatte einen Nebenjob, den er hauptsächlich zu Hause ausübte: Er war ein uriger Uhrmacher der alten Schule. Nicht selten reparierte er aber auch in der Behörde Uhrwerke, meistens von Bediensteten für wenig Geld. Mit der Zeit bekam ich mit, wann er zu seinem feinen Schraubenzieher und zur Pinzette griff: Zwischen Frühstückspause und Mittagzeit, wenn kaum einer nach einem heißen Getränk verlangte. Und immer, wenn ich dienstlich nicht gebraucht wurde, war ich im Wirtschaftsraum zu finden, wo ich mit Argusaugen über Hassans Schulter hinweg ihm jeden Griff und Trick abgucken konnte und so nebenbei erfuhr, wo Werkzeug und Ersatzteile zu beschaffen waren, nämlich in dem Bezirk Attarin. Eine Woche später konnte ich jeden Wecker, den er zum Reinigen komplett zerlegt hatte, schneller wieder zusammenbauen als der Meister selber.

Dann schaute ich Willi mit schwärmerischen Augen an und meinte: »In diesem Bezirk Attarin gab es eine Straße, wo kleine Läden für alle möglichen Uhrenmarken wie eine Perlenkette aneinandergereiht lagen. Dort konnte man für wenige Piaster jedes erdenkliche Ersatzteil bekommen.«

Ich merkte, dass Willi mich sonderbar anstarrte.

»Entschuldige bitte, ich schmeiße hier so einfach mit Begriffen um mich, mit denen du wohl nichts anfangen kannst.«

»Begriffe? Meinst du damit Attarin?«

Ich war weniger darüber überrascht, dass ihm der Begriff geläufig war, als vielmehr deswegen, weil er das Wort korrekt aussprach. Und während ich stirnrunzelnd den Kopf nach hinten beugte, lächelte er und meinte: »Ich habe vor einiger Zeit ein Buch über Alexandria lesen müssen, nachdem ich zufälligerweise in der „Description de l'Egypt" auf einen Hinweis auf die Attarin-Moschee gestoßen war.«

»Du meinst nicht etwa den damals im Innenhof der Moschee gefundenen Sarkophag, der einst die Leiche Alexander des Großen beherbergt haben soll?«

Willi schüttelte den Kopf: »Nein, eigentlich meinte ich das nicht.«

Er rümpfte die Nase, legte seine Brille ab und erklärte, dass die französischen Experten um Napoleon dieses Gotteshaus mit zwei für ihn völlig fremdartigen Bezeichnungen in Verbindung brachten, nämlich „Moschee der 1000 Säulen" bzw. „Moschee der 70".

»Moschee der 1000 Säulen, Moschee der 70?«, wiederholte ich und zog dabei fragend die Augenbrauen hoch.

Diese Aussage war so aufrüttelnd, dass ich einige Sekunden lang konzentriert nachdachte.

Willi merkte, dass ich gedanklich weg glitt und offensichtlich einen verwirrten Eindruck vermittelte.

»Was ist plötzlich mit dir los – habe ich was Falsches gesagt?«, fragte er irritiert.

»Nein, nein! Aber wie kommen die Franzosen dazu, ausgerechnet diese Moschee so zu nennen?«

Willi zuckte schweigend mit den Schultern, während er mir das Apfelkompott zuschob.

Doch das konnte ich nicht anrühren, denn meine Gedanken blieben beharrlich bei der Attarin-Moschee.

Dabei dachte ich an die gestrigen Wetterkapriolen und meine eigenartige Gedächtnislücke, wovon ich nun Willi in allen Einzelheiten erzählen musste.

»Du kannst darüber denken, was du willst, aber so war es.«

»Gestern war Sturm?«, fragte er verwundert.

Ich nahm die Frage kaum wahr, weil ich gerade dabei war, laut zu denken: »70 ... 70!«

»Macht wohl 140«, scherzte Willi.

Doch auch hier zeigte ich keine Reaktion und meinte: »Ist das nicht eigenartig, wirklich eigenartig? Gestern galten die meisten meiner Gedanken den 70 paradiesischen Jungfrauen, als ich plötzlich für den Bruchteil einer Sekunde die flackernden Umrisse einer Moschee in dem gedämpften Licht des Schlafzimmers zu erblicken glaubte, einer Moschee, die sich Tausende Kilometer von uns entfernt befindet. Heute erfahre ich von dir so nebenbei, dass ausgerechnet diese Moschee unter anderem mit der Zahl 70 in Verbindung gebracht wird– ist das nicht merkwürdig?«

Als ich merkte, dass Willi unbeeindruckt blieb, meinte ich weiter, dass ich natürlich damit nicht behaupte, die 70 Jungfrauen würden in irgendeiner Weise mit der alexandrinischen Moschee in Verbindung stehen.

»Sondern?«

»Die Moschee ist wohl ein Teil der Lösung.«

»Und die 1000 Säulen?«

»Willi! Ich sprach von einer Lösung, die wohl erst gefunden werden muss. Allerdings, was die Franzosen damals um 1798 dazu veranlasst hat, diese beiden Bezeichnungen zu wählen, kann nur auf eine uralte verpflichtende Vergangenheit hinweisen. An diesem Ort hat es einst etwas Historisches gegeben, das die Vergangenheit der Stadt Alexandria zutiefst tangierte.«

Willi hörte halbherzig zu, fasste mit verzerrtem Gesicht an seinen Fuß.

»Darf ich mir die Schuhe ausziehen?«

»Ja, wenn es dabei bleibt!«

Während er damit beschäftigt war, schlug die Marmoruhr einmal. Ich schaute kurz auf meine Armbanduhr und meinte spontan: »Weißt du eigentlich, wo sich diese Behörde für Baumwolle befunden hat? In der Nabi-Daniel-Straße, wo die gleichnamige Moschee steht, die gelegentlich auch mit dem Grab Alexanders des Großen in Verbindung gebracht wird. Zuhause konnte ich von meinem Zimmer aus um zwei Ecken den Osthafen erblicken, an dessen linker Spitze einst das siebte Weltwunder, der Leuchtturm von Pharo stand. Ich war wohl in meiner Jugend von lauter geschichtsträchtigen Ortschaften umzingelt und davon fast erdrückt worden.«

Als Willi in seine Hausschuhe geschlüpft war, kniff er die Augen zu, atmete erleichtert auf und belohnte meine Schwärmerei mit einem kümmerlichen »Aha!«.

Danach widmete er sich sichtlich vergnügt seinem Apfelkompott.

Nachdem wir mit unserem Mahl fertig waren, schaute er kurz auf die antike Uhr und meinte in schüchternem Ton, dass deren Zeitangabe wohl nicht stimmen würde.

»Ich stelle sie gleich richtig ein, während du uns einen doppelten Espresso machst.«

Ich half ihm, Besteck und Geschirr in der Küche zu tragen, und ging dann zurück ins Wohnzimmer, um die Uhr und vor allem das Schlagwerk korrekt einzustellen.

Als Willi mit dem duftenden Espresso erschien, überzog sich sein Gesicht mit jenem Grinsen, das mir so verhasst war.

Er überreichte mir die Tasse mit der Bemerkung: »Übrigens, das Buch aus dem Internet habe ich gestern fast durchgelesen.«

»Was soll das für ein Buch sein, von dem du ständig so geheimnisvoll redest?«

Während er mir gegenübersaß, schlürfte er hörbar an seinem Espresso, eher er abwehrend meinte: »Erst bist du dran. Was hast du nun über die paradiesischen Mäuschen zu berichten?«

Ich korrigierte meine Sitz Position, versank kurz in Gedanken, um kurz danach meine Erlebnisse und die Bewertung des Inhalts des Buches kurz und bündig darzulegen.

»Ich habe allerdings das Buch nicht bis zu Ende gelesen. Ab einem bestimmten Zeitpunkt habe ich mich bei jeder angefangenen Seite innerlich mächtig aufgeregt.«

Als Willi fragend die Augenbrauen hochzog, schob ich auch die Begründung für mein Verhalten nach.

Ich erklärte, dass ich diese Sorte Schriftsteller nicht mag, die eine schwer verdauliche Materie behandeln, von der sie genau wissen, dass die überwiegende Zahl der Leser darüber keine ausreichenden Hintergrundinformationen besitzt, um sich ein Urteil über die fachliche Qualität des Geschriebenen zu bilden, die dann die Leser suggestiv in eine bestimmte Richtung lenken, um am Ende ein Ergebnis zu präsentieren, das sie von Anfang an angestrebt haben.

»Ein glaubwürdiger Autor muss seine Themen neutral wie eine mathematische Formel aneinanderreihen, um am Ende unbefangen zu einem Ergebnis zu kommen– egal, wie das dann aussieht.«

»Aber hat er das nicht getan?«, fragte Willi stirnrunzelnd.

»Nein! Ich erkläre es dir einmal vereinfacht, nach meinem Verständnis.«

Um seine Theorie zu untermauern, fuhr ich fort, griff der Autor mit Kalkül ausgerechnet auf die syrisch-aramäische Sprache zurück. So konnte er belegen, dass die Araber beim „Abkupfern" aus bereits bestehenden Schriften Begriffe übernahmen, deren

Sinn sie nicht kannten, um sie dann nach ihrem Gutdünken und Verständnis zu deuten, natürlich völlig falsch zu deuten.

»Dass die Araber falsch deuteten, falsch interpretierten– das soll ausgerechnet dich stören?«, knurrte Willi mich an und überzog mich wieder mit seinem gekünstelten Grinsen.

Ich holte tief Luft und schwieg.

Mir war immer noch nicht erkennbar, was er mit seinem Getue und den seltsamen Aussagen bezwecken wollte.

Nach einer kurzen Pause ließ er dann endlich den ersten Giftpfeil los.

»Ich frage nun anders: Hast du nicht im Grunde ähnlich gedacht?«

Ich zuckte verständnislos und schweigend mit den Achseln.

Willi rümpfte ungehalten seine Nase, ehe er den zweiten Giftpfeil losließ: »Okay! Präzisieren wir die Frage: Hast du nicht sinngemäß behauptet, die Araber verstünden ihre eigene Sprache nicht?«

»Wie bitte?«, seufzte ich.

Willi blieb cool, wartete berechnend einige Sekunden, um dann zu gestehen: »Auch wenn du unter einem Pseudonym geschrieben hast, ich weiß von deinem Buch über die adamitische Sprache.«

Als er merkte, dass ich ihn ausdruckslos anstarrte, redete er weiter: »Es ist ja eigentlich so: Als ich neulich das Internet nach Hinweisen über die Huris durchstöberte, vor allem nach aufklärenden Veröffentlichungen über arabische Begriffe, spuckte mir meine Suchmaschine auch dieses Buch aus, das sogleich mein Interesse weckte. Und als ich dann auf der Seite des Verlages über den Autor erfuhr, dass er aus Alexandria stammt und in Köln lebt, war es nicht schwer zu erraten, wer das wohl sein könnte.«

Ich schaute ihn weiterhin neugierig an, was Willi zum Weiterreden ermunterte.

»Ich habe mir gestern, soweit es ging, die von dir behandelten Themen auf dem Laptop angeschaut und muss gestehen, du lässt an den Arabern wahrlich kein gutes Haar. Und im Grunde hast du bereits lange Zeit vor dem Autor aus Berlin stichhaltig dargelegt, dass die Araber sprachlich vieles aus älteren Epochen übernommen haben, ohne den wirklichen Sinn zu kennen, der dahintersteckt. Wo also liegt der Unterschied zu Luxenberg?«

Ich schaute ihn mit unglücklicher Miene an und schwieg weiterhin. Denn nichts hätte ich in diesem Augenblick lieber getan, als das Thema zu wechseln und nicht die schlechte Erinnerung an meine literarische Schöpfung von Neuem aufflammen zu lassen.

Doch Willi kannte weder die Zusammenhänge, noch wusste er, wo mich der Schuh drückte.

Zu meinem Verdruss begann er auch noch schwärmerisch lobend einige Beispiele aus dem Buch aufzuzählen, die ihn nicht nur beeindruckt hätten, sondern überzeugt zu haben schienen. So sei er davon angetan gewesen, wie die Definition von historischen und theologischen Begriffen ohne komplizierte linguistische Klimmzüge auf so einfache Weise erfolgte.

»Ich verstehe überhaupt nicht, wieso dein Buch kein Erfolg wurde?«

Nun, das war etwas, das ich eigentlich überhaupt nicht hören wollte.

Ungehalten wälzte ich mich im Sessel hin und her und ließ schweratmend meine Blicke ruhelos umherschweifen. Als ich ihn letztlich doch eines Blickes würdigte, schaute er mich bereits mit fragendem Ausdruck an.

Zunächst versuchte ich die Situation mit einer schnippischen Gegenfrage zu entschärfen: »Willst du mir mein Wochenende verderben?«

»Wieso denn das?«

»Weil ich einfach nicht an das Buch erinnert werden möchte.«

Doch ich hätte Willis Hartnäckigkeit berücksichtigen müssen, da ich mit ihm doch seit Jahren denselben Büroraum teilte und mit der Zeit all seine Tücken und Macken kannte. Wenn er sich irgendwo verbiss, dann Gnade Gott der betreffenden Wade.

Ich schaute ihn mit unglücklicher Mine an und meinte: »Du hast eigentlich mit deiner Frage mein Dilemma umrissen. Als ich das Buch vor zehn Jahren verfasste, habe ich fest damit gerechnet, dass es zu einem Selbstläufer werden und seinen Weg machen würde. Doch es folgte nichts als endlose Frustration.«

Ich lehnte mich zurück und begann die Decke anzustarren.

»Was hast du falsch gemacht?«, fragte Willi, abermals in bestimmendem Ton.

»Als es um das Verlegen des Buches ging, wusste ich von vorneherein, dass die meisten Verlage mit dem Thema völlig überfordert sein würden. Also entschied ich mich, das Buch selber zu verlegen, als Books-on-Demand-Ausgabe. Obwohl ich mich für alle erdenklichen Leistungen entschied und in Unkosten stürzte, war das Ergebnis sehr ernüchternd.«

Willi unterbrach: »Wie ernüchternd?«

Ich schaute ihn gedankenvoll an und erklärte, dass weder die vollmundigen Versprechungen, was das Layout und das Lektorat betrafen, in die Tat umgesetzt wurden, noch war später die Möglichkeit gegeben, das Buch gewissen Kreisen anzubieten. Zwar wurde es in verschiedenen Bücherportalen im Internet angeboten und dank des ISBN-Codes konnte man es theoretisch auf der ganzen Welt im Buchhandel bestellen. Doch die alles entscheidenden Schritte fehlten, nämlich die erforderliche Präsentation und die

Benutzung der normalen Vertriebswege über den Buchfachhandel, um die Öffentlichkeit wirksam zu erreichen.

»Diese Selbstverlage«, erklärte ich anschließend, »haben bedauerlicherweise irgendwie einen nachteiligen Beigeschmack. Die meisten Menschen gehen davon aus, dass dort nichts Weltbewegendes entstehen kann.«

Willi fuhr sich mit der Hand durch das Haar und machte ein nachdenkliches Gesicht. Dann begann er zaghaft den Kopf zu schütteln, als ob er Mitleid mit mir empfand, meinte dann: »Wie bist du eigentlich auf die Idee gekommen, ausgerechnet so ein ungewöhnliches Thema anzugehen?«

Ich brach den Blickkontakt zu ihm ab und kniff zerstreut die Augen zu. Als ich aber merkte, dass er mich erwartungsvoll anschaute, ergab sich plötzlich ein Wandel in meinem destruktiven Verhalten, nicht zuletzt, weil ich wusste, was für ein aufmerksamer Zuhörer er war.

Ich rieb die Augen und erklärte: »Das ist aber eine lange Geschichte.«

»Ja und? Meine Frau kommt erst am Montag wieder«, konterte er flachsend.

Nach einem tiefen Atemzug erklärte ich: »Das Ganze hat seinen Anfang in meiner Jugend. Nein, im Grunde hat eine witzige Episode in der Schule den Stein ins Rollen gebracht.«

Willi lehnte sich mit entspanntem Gesicht im Sessel zurück, kreuzte die Hände über der Brust und schärfte nachhaltig seine Ohren.

Doch ich verdarb ihm sogleich seine gemütliche Lage.

»Willi! Ich brauche zuerst einen doppelten Espresso.«

Er schüttelte entrüstet den Kopf und verschwand eilig in der

Küche, von wo er nach ein paar Minuten mit dem duftenden Kaffee, garniert mit einigen Gebäckstücken, zurückkehrte.

Entgegen dem üblichen Trend in Ägypten, so begann ich nach dem ersten ausgiebigen Schluck zu erzählen, wo die meisten Schüler Englisch als erste Fremdsprache lernen, schickte mich mein ehrgeiziger Vater auf eine vornehme französische Schule, das „Lycée Français d´Alexandrie", damit sein Lieblingssohn bloß nicht in der ägyptischen Volksmasse untergeht. Diese Privatschule war im Jahre 1913 eingeweiht worden und galt neben der englischen Schule als eine der besten Bildungsadressen in Alexandria.

Nach vier wunderschönen Jahren schulischen Unterrichts, in denen ich mit meinen Beinen auf dem stolzen alexandrinischen Boden stand und mit meinen Gedanken und Träumen im zauberhaften Paris verweilte, musste ich auf eine staatliche Institution wechseln, weil die Gebühren für die Schule meinem Vater über den Kopf wuchsen. Als dann einige Jahre später eine zweite Fremdsprache, Englisch also, zur Pflicht wurde, ergab sich für viele von uns damit eine lästige Angelegenheit, mit der wir uns nur äußerst widerwillig abfanden. Während wir uns bis dahin längst mit Größen der französischen Literatur wie Jean-Jacques Rousseau oder Alexandre Dumas befasst hatten, mussten wir uns jetzt mit Kinderkram abgeben und mit Sätzen wie »What is this? This is a table, this is a window« herumalbern. Dabei machte vielen von uns ein simples Wort zu schaffen, nämlich der Artikel „the". Dies lag daran, dass der nervige Englischlehrer, der nach eigenen Angaben in England studiert hatte, ausgerechnet diesen kümmerlichen Artikel als eine Art Sprachbarometer betrachtete. Keiner durfte beim Ablesen von der Tafel „the" so einfach zu „thah" oder „tha" degradieren oder gar den Begriff undeutlich verschlucken. Er wollte ihn in dem gleichen Ton von uns vernehmen, wie er einem Engländer in London täglich über die Lippen geht. Wer dies auf Anhieb beim Vorlesen nicht schaffte, musste das Wort so lange wiederholen, bis der richtige Ton – fast – getroffen wurde. Meistens waren die Schüler in den ersten Reihen, zu denen auch ich gehörte, von dieser „the"-Tortur betroffen. Eines Tages schaffte es der Lehrer, in einer einzigen Zeile vier „the" zu integrieren. Er schaute grinsend durch den Raum, entdeckte plötzlich seine Vorliebe für die letzte Reihe und zeigte auf einen dunkelhäutigen Nubier. Das Raunen in der gesamten Klasse war unüberhörbar und alle waren gespannt auf das bevorstehende Schauspiel. Doch nichts vom Erwarteten geschah: Der schlanke, hochgewachsene Nubier stand auf, ratterte zur Verblüffung aller das „the" in vollendeter Perfektion herunter und setzte sich, ohne eine Miene zu verziehen, wieder hin, während der Lehrer seine eigene Sprache für einige Sekunden verlor. Darauf später angesprochen, gab der Mitschüler eine Antwort, deren Tragweite ich damals nicht erahnen konnte: »Das ist doch exakt der gleiche Laut wie das Wort „zah" („dies") bei uns in Nubien.«

»Das verstehe ich aber nicht ganz!«, unterbrach mich Willi.

»Du sollst mich nicht unterbrechen, damit ich den Faden nicht verliere.«

Doch Willi blieb hartnäckig.

»Trotzdem, was meinst du damit?«

Im Grunde war ich nicht unglücklich über seine Unterbrechung. Denn damit gab er zu verstehen, dass er meinen Schilderungen aufmerksam folgte.

Nach kurzem Nachdenken versuchte ich diesen scheinbar harmlosen, aber gravierenden Unterschied auf meine Art zu erklären.

»Es ist so, Willi: In der ägyptischen Mundart wird das Wort „dies" als „dah/دﺍ", also mit echten „d" ausgesprochen. Im Hocharabischen hingegen, also im Beduinischen oder Maghrebinischen, aber auch in der saudischen Mundart wird das „d" wie

„zseh"/ ﺓ – wie im Wort „Sommer" – ausgesprochen, wodurch dieses Wort exakt dem englischen „the" entspricht. Zu dem Buchstaben „ᴢꜱ" gibt es kein Gegenstück im deutschen Alphabet. Es ist also eine Art Kreuzung zwischen „s" und „z".«

»Ja, und wie ging es weiter?«

Ich griff zunächst zu der Espressotasse, stellte aber fest, dass sie leer war. Willi verdrehte seine Augen und stand auf, doch ich signalisierte ihm sogleich, dass mein Bedarf an Kaffee momentan gedeckt sei.

Den Faden meiner Geschichte wiederaufnehmend, erzählte ich, dass dieser Vorfall schon am gleichen Tag vergessen war.

Einige Wochen später gingen wir in die lang ersehnten Sommerferien.

Oft fuhr meine Mutter mit uns während der ersten Ferienwochen in den noblen Badeort Sidi Bishr zu meiner gut situierten Großmutter. Dort verbrachte ich dann tagein, tagaus viel Zeit am Strand, meistens schwimmend im Meer. Dieser vornehme Wohnort war wegen seiner Entfernung zu den anderen Stadtteilen sehr dünn besiedelt und in einer halben Stunde Fahrt mit der doppelstöckigen Straßenbahn von unserem Hause aus erreichbar.

Aufgrund der wenigen Einwohner gab es für mich in der näheren Umgebung keinen gleichaltrigen Jugendlichen, mit denen ich die Zeit hätte vertrödeln können. Und so verbrachte ich manche Stunden auf der Veranda der kleinen Villa, was aber oft öde und langweilig war. Es sei denn, mein Onkel aus Kairo kam für ein oder zwei Tage zu Besuch. Er war Diplom-Ingenieur für Maschinenbau und sprach aufgrund seines Studiums fließend Englisch. Seine kurzen Besuche bedeuteten für mich intellektuelle Unterhaltung „unter Männern" auf höchstem Niveau, aber auch einen unerwarteten Taschengeldsegen. Als ich ihm an einem Tag mit einigen Weisheiten beglücken wollte, fiel mir plötzlich der

Nubier ein. Ich erzählte ihm die aus meiner Sicht amüsante Episode und lachte am Ende ausgiebig darüber. Doch mein Onkel blieb zu meinem Erstaunen ernst und sagte: »Das ist gar nicht komisch!«

Dann hielt er mir zu meinem Verdruss einen Vortrag über arabische Dialekte, wovon ich, mit halbem Ohr zuhörend, am Ende kein Wort verstanden hatte oder nicht verstehen wollte. Dann ratterte er einige Begriffe herunter, wovon das Wort „Sky" in meiner Erinnerung hängen blieb, ohne dass ich verstand, in welchem Zusammenhang er ausgerechnet diesen Begriff erwähne. Mitten in seinem Vortrag kam der für mich erlösende Ruf meiner Großmutter, die das Abendessen ankündigte. Wie immer bei den Besuchen meines Onkels saß ich stolz neben ihm am Esstisch und ahmte unauffällig einfach alles nach, was er so vornehm an Esskultur praktizierte, erntete dabei aber wegen meines Getues einige giftige Blicke meiner Mutter. Als wir nach dem Abendessen im Begriff waren aufzustehen, legte mein Onkel seine Hand auf meine Schulter und sagte: »Wie ich vorhin meinte, die Geschichte ist gar nicht so dumm. Aber wenn du die Spur weiterverfolgen willst, musst du systematisch vorgehen. Fang einfach bei „Sky" an.«

Als er am nächsten Morgen die Rückreise nach Kairo antrat, sagte er beim Abschied ergänzend: »Mir fällt noch etwas zu dem Englischen ein: Überleg mal, warum die Engländer kein „a" aussprechen können.«

Nach seiner Abreise kehrte dann am nächsten Tag die gähnende Langeweile zurück, die ich mit ausgiebigem Schwimmen bis zum Mittagsessen vertreiben wollte. Zwischen Schwimmen und Tauchen betrachtete ich gelegentlich den strahlend blauen Himmel und dabei fiel mir wieder das Wort „Sky" ein.

Bei jedem Tauchgang versuchte ich zunächst aus Spaß das Wort unter Wasser in allen möglichen Tonlagen auszusprechen und es dabei sprachlich zu arabisieren.

Und irgendwann zerfloss das englische Wort auf meiner Zunge tatsächlich zu einem vertrauten arabischen Begriff.

Bald darauf beschäftigte ich mich mit der Bemerkung meines Onkels über das „a", das bei den Engländern in vordynastischer Zeit aus irgendeinem Grund zum „e" verkümmert war. In diesem Zusammenhang dachte ich wieder an den Nubier. Nicht selten lästerten wir waschechte Alexandriner mit unserer lockeren ägyptischen Zunge über diesen Südländer, wenn er sprach. Seine Aussprache hörte sich hochgetakelt an, er sprach ja so etwas wie Hocharabisch. Und dann fiel mir wie aus heiterem Himmel ein, dass der Bursche eine Zunge hatte, die kein „a" kannte und er dieses deshalb stets als „e" aussprach. Nubier und Engländer steckten also einst in der Vorzeit unter derselben Zunge!

»Willi! Kannst du noch folgen?«, stichelte ich mitten in meinem Vortrag.

»Rede keinen Unsinn, erzähl weiter«, antwortete er schnippisch.

Und erst einige Jahre, bevor ich das Buch verfasste, fuhr ich fort, wendete ich, soweit dies beruflich möglich war, viel Zeit auf, um die Idee aus der schulischen Zeit in eine funktionierende Theorie umzusetzen. Im Mittelpunkt der Untersuchung standen zunächst einmal charakteristische englische Begriffe aus dem Bereich der Natur bzw. Namen von Flüssen und Städten, die in meinen Ohren einen arabischen Klang hatten.

Wieder konnte Willi seine Ungeduld nicht bändigen: »Und! Sag mir ein Beispiel. Was war eigentlich mit dem himmlischen „Sky", was hat dein Onkel damit gemeint?«

»Warum lässt du mich nicht erst zu Ende reden?«

Doch Willi alberte weiter herum: »Sky, Sky, Sky!«

Ich schüttelte lachend meinen Kopf und erklärte, dass er ohne gewisse Vorinformationen wohl kaum in der Lage sein würde, die Zusammenhänge zu verstehen.

»Mir egal!«, schmetterte er zurück.

»Dir ist bestimmt aufgefallen«, erklärte ich, »dass das Wort keinen Vokal hat, obwohl nach der Aussprache die Schreibweise „Skay" richtig wäre.«

Dann meinte ich weiter, dass diese Schreib- bzw. Sprechweise ein Indiz dafür sei, dass dieser Begriff tatsächlich auf die Anfängerzeit zurückging und deshalb in der überlieferten Form überlebt habe. Dies Wort wurde aus dem arabischen Verb „S-K-H"(*Sakah*)[1] gebildet, welches sinngemäß *„tränken"* , *„gießen"* oder *„bewässern"* bedeuten.

»Es lässt sich wohl kaum ermitteln, wann die Menschen, die diese Sprache mitbrachten, die britischen Inseln besiedelten und ihre Kultur den dortigen Bewohnern aufzwangen. Fest steht aber, dass es schon zurzeit ihrer Ankunft derart langanhaltend geregnet haben musste, so dass man ausgerechnet diesen spöttischen Namen für den Himmel über dieser Region wählte. Ob es nun als göttlicher Segen gemeint war oder der Frustration entsprang, sei dahingestellt.«

Willi schaute mich an wie ein begossener Pudel, entgegnete dann kopfschüttelnd: »Nein, nein, im Grunde würde dies eigentlich bedeuten, dass die Einwanderer aus einem regenarmen Gebiet kamen und ihnen solche extremen klimatischen Bedingungen völlig fremd waren. Und dass solche sprachlichen Nuancen überlebt haben, heißt wohl zugleich, dass sie den Einheimischen kulturell völlig überlegen waren.«

»Da ist was Wahres dran, Willi! Aber mit „Sky" hast du eigentlich einiges vorweggenommen. Denn irgendwann kam ich nicht mehr an dem Gedanken vorbei: Wenn diese fremden Einwanderer ihre Kultur und Sprache dorthin mitbrachten, wo haben sie dann noch ihre Spuren hinterlassen, ja, woher kamen sie überhaupt?«

Ich legte eine taktische Pause ein, um Willi ein wenig auf die Folter zu spannen. Mittendrin schlug die Marmoruhr dreimal. Ich schaute aus Gewohnheit auf meine Armbanduhr, danach schlug ich einen Deal vor.

»Tea-Time, Willi! Danach geht es weiter.«

Willi zögerte ein wenig, stand dann aber auf und bat mich, ihn in die Küche zu begleiten. Er öffnete den Kühlschrank und nahm ein Paket Kuchen heraus. Als er es auspackte, strömte uns der verlockende Duft einer Schwarzwälderkirsch-Sahnetorte entgegen.

»Ich habe extra deinen Lieblingskuchen gekauft. Alles darin ist echt, es ist keine Industrie-Panscherei. Tee oder Kaffee?«, worauf er die Antwort gleich selber gab: »Kaffee mit Sahne, natürlich!«

Nach zehn Minuten saßen wir erneut am Esstisch und genossen zunächst wortlos den Kaffee und den sahnigen Kuchen.

So klobig die Esstischstühle auch für den Betrachter erscheinen würden, man musste sie erst benutzen, um ihre Bequemlichkeit zu spüren. Als sich Willi dann auch noch nach hinten lehnte und seine Brille auf der Nase nach vorne schob, war dies ein sicheres Signal, dass wir unsere Unterhaltung hier am Tisch fortsetzen sollten, was mir eigentlich ganz willkommen war.

Ich drückte meinen inzwischen vom langen Sitzen ramponierten Rücken gegen die flauschige, senkrechte Rückenlehne, schlürfte die letzte Pfütze Kaffee und begann dann mit meinen Fingern nachdenklich auf dem Tisch zu klimpern.

Als Willi allmählich ungehalten wurde und sich unkultiviert an seinem Hinterkopf zu kratzen begann, fuhr ich fort.

»Also fragte ich mich irgendwann immer wieder, ob diese geheimnisvollen Fremden nicht auch eines Tages im Orient aufgetaucht waren und „mit ihrer Zunge" Spuren hinterlassen haben.«

»An verschiedenen Ortschaften der Welt wirkend– wohl eine

Art Diaspora?«, unterbrach mich Willi, »aber was soll das für ein Volk gewesen sein?«

»Willi! Wer sie waren und woher sie kamen, das hat uns momentan wahrlich nicht zu interessieren. Dennoch liegst du mit deiner Diaspora-Vermutung nicht ganz daneben.«

Ich erklärte, dass die Menschen, die irgendwann auf ihrer Wanderung die englischen Inseln erreicht hatten, tatsächlich ursprünglich eine Art Hauptgruppe bildeten, die ihren Ausgangspunkt, wo auch immer dieser lag, mit einer einzigen Absicht verlassen hatten: Sich überallhin zu ergießen und an den jeweiligen Plätzen, wo sie sich niederließen, neue Siedlungen unter Einführung der eigenen Kulturelemente zu gründen. Sie hatten also einen heiligen Auftrag zu erfüllen. Demnach hatte hier eine „Völkerexplosion" stattgefunden, deren sich ausdehnende „Zersplitterung" in alle Windrichtungen in ein Gottesreich auf Erden als Endziel münden sollte. Damit befinden wir uns tatsächlich mitten in einer Diaspora. Doch diese Völkerbewegung war letzten Endes nicht der Ursprung des Ganzen, sondern ein Nachhall eines vorangegangenen historischen Urbeginns. Dort, in dieser weit zurückliegenden Zeit, wurden eine Kultur und eine Grundidee hervorgebracht, die sich so tief im menschlichen Bewusstsein verankerten und genügend geistige Substanz besaßen, um noch Jahrtausende später in den Menschen die Expansionsdynamik zu entfalten, die weit in alle vier Winde, zumindest bis nach England reichte. Und überall dort, wohin diese Einwanderer gelangten, überlebten sprachliche Urgesteine aus der ersten, der allerersten Stunde, als die menschliche Zunge ihre frühesten kulturellen Gehversuche wagte.

Weiter erklärte ich, dass meine Nachforschungen zu bemerkenswerten Ergebnissen führten, die mir oft die Sprache verschlugen und mich zugleich davon überzeugten, dass ich mich auf dem richtigen Weg befand. Nach jahrelangen Bemühungen endeten die Arbeiten in einer konkreten Lösung, die unter den Begriff

„Kelmatologie" schließlich einen passenden Sammelbegriff bekam.

»Und was bedeutet das?«, fragte Willi stirnrunzelnd.

»„Kelma"[2] bedeutet auf Arabisch „Wort".«

Nach einer kurzen Pause schilderte ich weiter, dass mit Hilfe der Grundregeln dieser Theorie viele Begriffe und Namen der Geschichte entschlüsselt werden konnten und so manche historischen Perioden einen beachtlichen Teil ihres Schweigens aufgaben. Gestalten aus der Vorzeit, die auf uns abstrakt und unnahbar wirkten, begannen einen Teil des sie umhüllenden Schleiers abzulegen und sich zu erkennen zu geben, ja es war sogar oft möglich, die jeweilige historische Person einem Zeitalter zuzuordnen, in dem sie bis dahin nie vermutet wurde.

»Du redest wahrlich in Rätsel«, unterbrach der allmählich gelangweilte Willi.

»Ich bin gleich fertig, wir widmen uns nur noch den arabischen Freunden«, erwiderte ich und führte weiter aus, dass schon in vorislamischer Zeit eine reichhaltige Dichtersprache auf der arabischen Halbinsel existierte, die aber nur mündlich weitergegeben wurde. Auf dieser Dichtersprache fußt zum Teil das Arabische des Korans, das aber schon modernere Züge aufwies, wie man am Konsonantentext erkennen kann. Wohl erst nachträglich hat man durch Zusatzzeichen das Koran-Arabisch für neue, nichtarabische Muslime einfacher gemacht. In frühislamischer Zeit wurden viele Gedichte in dieser Sprache schriftlich festgehalten. Das klassische Hocharabisch ist insbesondere die Sprache des Korans, die sich aus dem Zentrum der arabischen Halbinsel, den Hedschas, im Zuge der islamischen Eroberungen über den ganzen Vorderen Orient verbreitete. Kalif Abd al-Malik erhob in den 90er Jahren des 7. Jahrhunderts diese Form des Arabischen zur offiziellen Verwaltungssprache des islamischen Reiches. Im Laufe der Jahrhunderte änderte sich die Sprache dann immer mehr, was jedoch an der Schrift zum Teil nicht zu erkennen war, da die kurzen Vokale außerhalb des Korans im Allgemeinen nicht geschrieben wurden und sich die Orthografie von späteren Formen der Sprache, wenn sie überhaupt geschrieben wurden, am klassischen Arabisch orientierte. Das klassische Hocharabisch wird als Muttersprache heute von niemand mehr gesprochen. Es wird allerdings auch heute noch, nur im Wortschatz verändert, als geschriebene Hochsprache benutzt, in der auch fast alle Bücher und Zeitungen erscheinen. Die einzelnen arabischen Dialekte in den verschiedenen Ländern unterscheiden sich teilweise sehr stark voneinander und sind für Sprecher mit geografischer Distanz – zum Beispiel zwischen Marokko und dem Irak – auf basilikaler Ebene oft gegenseitig nicht oder nur schwer verständlich, vergleichbar etwa den verschiedenen deutschen Mundarten. Das klassische Hocharabisch unterscheidet sich nicht wesentlich von der alt-arabischen Sprache. Versucht man durch Vergleiche aller semitischen Sprachen die Wurzel eines Wortes zu ermitteln, findet man oft, dass sie genau der klassisch-arabischen Form entspricht. Dadurch kommt dem klassischen Hocharabisch eine zentrale Stellung innerhalb der semitischen Sprachen zu.

»Und du musst wissen, dass viele führende Semitisten lange das klassische Arabisch als die ursprüngliche semitische Sprache betrachteten«, meinte ich anschließend.

Als Willi tiefatmend seine Erleichterung über das Ende meines Vortrages bekundete, meinte ich doch nachtragend zu seinem Verdruss weiter:»Dennoch ist es unmöglich, von einer einheitlichen Regel auszugehen, mit der der ursprüngliche Sinn eines Wortes erklärt wird.«

Hierzu meinte ich, dass die Namen und Begriffe, von denen hier die Rede ist, während eines ungeheuren Zeitraums von

mehreren Jahrtausenden mal mündlich, mal schriftlich überliefert worden seien und dass sie dabei die verschieden-artigsten Zungen durchwandert hätten. Vieles davon definierten spätere

Generationen nach ihrem jeweils eigenen Verständnis, sie passten es dem geistigen Horizont ihrer Zeit an und zogen, falls es für sie nicht begreiflich war, eigene theologische Schlüsse daraus.

»Womit wir wohl endlich bei den paradiesischen 70 Jungfrauen angekommen sind«, unterbrach Willi mit faltiger Stirn.

Kopfnickend lehnte ich mich zurück, schaute Willi mitleidig an, da er nicht ahnen konnte, dass mein Vortrag nicht ganz zu Ende war.

»Da wir es nun mit zwei Begriffen zu tun haben«, versicherte ich nach einer kurzen Atempause, »welche auf das Paradies zurückgehen, müssen wir einfach annehmen, dass die Spur zu Adam führt.«

Viele hatten darüber gerätselt, setzte ich trotz Willis Augenverdrehung fort, welche die allererste Sprache der Menschen gewesen ist. Mit seiner Theorie des *„Volgare Illustre"* versuchte auch Dante Alighieri die vollkommene Sprache wiederzufinden, die Adam als göttliche Gabe besessen hatte. Doch auch er suchte vergeblich nach einem Phantom, das in dieser Form nie existiert hat. Denn er und all jene, die einer völlig unbekannten und außerhalb der menschlichen Vorstellungskraft existierenden Universalsprache nachforschten, sie mit uferlosen grammatikalischen Formeln und sprachwissenschaftlichen Kenntnissen zu rekonstruieren versuchten, sie alle seien zum Scheitern verurteilt gewesen, weil sie stets in der falschen Richtung suchten.

»Und glaube mir, die adamitische Sprache ist alles andere als eine perfekte forma locutionis, woraus eine vollkommene Sprache sich hätte ableiten können.«

»Geht es nicht auch ein bisschen verständlicher?«, unterbrach Willi.

»Aber natürlich! Wer die einstige paradiesische Sprache dem Dunkel der Vorgeschichte entreißen und verstehen möchte, der muss auf die einfachsten Mittel zurückgreifen und vor allem nicht das Geschriebene achten, sondern peinlich genau den sprachlichen Klängen nachhorchen.«

Willi, jetzt erleichtert grinsend: »Ich glaube, ich beginne allmählich zu verstehen, was du meinst: Da das Wort – na, sagen wir mal, seit Adams Zeiten – mündlich weitergereicht wurde, ist nicht das später Geschriebene, sondern der gesprochene Klang entscheidend, durch den das betreffende Wort überlebt hat.«

»Willi, du bist auf dem richtigen Weg.«

Dann erklärte ich, man mag ein Wort zurecht in einzelne Teile zerlegen, um womöglich zu einer linguistischen Definition zu gelangen und diverse Verbindungen zu anderen Stammwörtern herzustellen. Doch am Ende ist allein die Art entscheidend, wie das Wort aus dem Munde klingt, so wie es seit Jahrtausenden von einer Generation an die nächste jenseits aller grammatikalischen oder linguistischen Zwänge überliefert wurde.

»Und erst als wir in den Irrtum verfielen, eine göttliche Sprache könne nur auf Vollkommenheit und unerreichbarer Perfektion gründen, entfernten wir uns mit jeder weiteren Suche mehr von den eigentlichen adamitischen Lauten und jener Sprache, die ihm auf dem Pfad der Erkenntnis gegeben worden war.«

Danach atmete ich tief durch, lehnte mich zurück und starrte nachdenklich die Decke an, um an dieser Stelle unsere inzwischen ausufernde Unterredung allmählich zu beenden.

Auch Willi tat so, als ob er sich gedanklich bereits auf den Rückzug befände.

Doch kurz darauf schüttelte er den Kopf und fragte: »Du hast aber eigentlich immer noch nicht erklärt, was du genau damit meinst, dass die Araber die eigene Sprache nicht verstehen.«

»Diese Formulierung hast du ja in Umlauf gebracht«, zischte ich ihm entgegen und erklärte, dass meine damalige Abhandlung über die arabische Sprache in der Feststellung mündete, dass die Araber viele sprachliche Begriffe übernommen haben, ohne sich über deren Herkunft Gedanken zu machen und versäumten damit, zu der ursprünglich linguistischen Wurzel vorzudringen, die letztlich hätten veranschaulichen und offenbaren können, wie alt diese Sprache in Wahrheit sei.

»Sie sind gefangen in einer ewigen Sackgasse«, argwöhnte ich anschließend, »weil jeder konstruktive Schritt der Aufklärung zugleich kritische Fragen aufwerfen würde, die in Widerspruch zu deren Weltanschauung stehen.«

Dann schwieg ich Gedankenvoll, während Willi mich regungslos anschaute.

»Dabei können sie eigentlich nur gewinnen«, nuschelte ich nach einer Weile und schaute dabei Willi grinsend an.

Hierzu erklärte ich, dass mir gerade in diesem Zusammenhang eine von Herodot berichtete Geschichte einfällt.

Während der Regierungszeit des ägyptischen König Psammetich, schilderte ich, sollte nachgeforscht werden, wer das älteste Volk der Erde sei. Als der König kein Mittel fand, eine Antwort darauf zu finden, griff er zu einem Experiment. Er gab einem Hirten zwei Neugeborene von beliebigen Eltern, die der Hirt zu seiner Herde mitnehmen und so aufziehen soll, dass niemals in ihrer Gegenwart ein Wort gesprochen werde. So wollte der König hören, was für ein Wort die Kinder als Erstes aussprechen würden. Nachdem der Hirte die Kinder zwei Jahre lang so versorgt hatte, riefen sie ihn, als er eines Tages die Tür öffnete und eintrat, bittend das Wort *„Bekos"* entgegen, wobei sie die Hände emporstreckten. Als Psammetich nachforschte, fand er heraus, dass das Volk der Phryger das Brot *„Bekos"* nannten. So räumten die Ägypter ein, dass die Phryger noch älter seien als sie.

»Eine schöne Geschichte, doch sie hat einen Hacken«, versicherte ich, »Sprache ist selbstverständlich nicht vererbbar. Die Legende will uns also in ihrem ursprünglichen Kern etwas anderes mitteilen.«

„Bekos" oder *„Bacchus"*, schilderte ich weiter, ist ein semitisches Wort und wird von dem Verb *„bak´ka"* abgeleitet. Der Kirchenschriftsteller Hesychios hat einmal in diesem Zusammenhang geschrieben, dass das Wort *„Bacchus"* bei den Phöniziern weinen bedeutet. Doch jedes Kind, das Arabisch spricht, weiß, dass *„Bak´ka"*[3] weinen bedeutet. Bei der Geschichte um Psammetich haben die Kinder also nicht nach Brot gerufen, sondern ganz einfach geweint. Demnach dürfte es bei dem Kern der Legende darum gehen, nicht welches Volk das Älteste der Erde ist, sondern welche Sprache.

»Und genau hier liegt die Lösung«, meinte ich anschließend, »wenn wir uralte Begriffe deuten wollen, dann vor allem aus der Sicht der arabischen Sprache.«

Willi schaute mich mit großen Augen an, zog es dann doch vor zu schweigen.

Kurz darauf fragte er, was wir eigentlich heute in Sachen Huris, unserem Hauptthema, überhaupt erreicht hätten.

»In Anbetracht dessen, was wir bisher beredet haben, wohl so gut wie nichts«, antwortete ich resignierend und ohne sonderlich zu überlegen.

»Ach was! Da bin ich völlig anderer Meinung. Zunächst einmal bin ich mir nach deinen bisherigen Ausführungen inzwischen relativ sicher: Wenn jemand das Geheimnis um die paradiesischen Jungfrauen lösen kann, dann bist du es.«

Ich fühlte mich geschmeichelt, aber nunmehr auch verpflichtet, auch etwas Positives aus der langen Unterredung hervorzuheben.

Ich ließ mir einiges durch den Kopf gehen, ehe ich in einem entspannten Ton meinte: »Ich denke, dass wir in Bezug auf die

Jungfrauen doch auf ein paar Lichtblicke zurückschauen können.«

Ich erklärte, dass es wohl gewichtige Anzeichen dafür gebe, dass die Lösung des Rätsels wohl im Zusammenhang mit der glanzvollen ägyptischen Geschichte gesucht werden müsse, bei jenem Volk also, das über drei Jahrtausende beharrlich nach dem Göttlichen und Ewigen strebte. Demnach dürften die Araber des 7. Jahrhunderte beim Niederschreiben ihrer heiligen Schriften mitunter auf altägyptische Quellen zurückgegriffen haben, wobei sie aus religiöser Ergebenheit oft Urbegriffe übernehmen mussten, ohne deren wirkliche Bedeutung zu kennen.

»Und eins müsstest du wissen«, versicherte ich, »die meisten arabischen theologischen Begriffe, wie etwa der Fastenmonat „Ramadan" oder das Wort „Zohr " für Mittag, sind pharaonischen Ursprung.«

Als Willi unterbrechen wollte, blockte ich energisch ab.

»Das heißt also«, bekräftigte ich, »die Bedeutung des ersten Begriffes, „Hoor", kann nicht im aramäischen Raum gesucht werden, sondern ausschließlich im ägyptischen Wortschatz.«

»Du meinst, die Lösung liegt sozusagen auf ägyptischen Boden, sie ist in der vielgefächerten ägyptischen Kultur zu suchen?«, fragte Willi.

»Genau das will ich damit sagen.«

Ein Moment lang schaute ich Willi musternd an, dann meinte ich, dass er während der Unterredung etwas erwähnt hatte, was womöglich ein Teil der Lösung sein könne.

»Es war deine Bemerkung über die Attarin-Moschee, die ich zu meiner Schande nicht kannte. Es scheint mir höchst bemerkenswert zu sein, dass die Franzosen um Napoleon diese Moschee mit den Zahlen 70 und 1000 in Verbindung brachten. Dafür hatten sie bestimmt einen einleuchtenden Grund. Doch bevor ich mich vergaloppiere, muss ich erst einige Hausaufgaben erledigen.«

»Machst du also weiter? Führst du die Huris-Reportage zu Ende?«, fragte Willi mit erwartungsvoller Miene.

Ich nickte zaghaft mit dem Kopf, stand dann, meine Glieder reckend, auf und meinte: »Ob ich will oder nicht, ich muss dir wohl etwas gestehen: Es war doch ein schöner Nachmittag.«

Als ich ihm wenig später die Hand zum Abschied reichte, strahlte er Zufriedenheit über das ganze Gesicht aus.

III. Das Gewitter

Ich war von dem Verlauf der Unterredung mit Willi einfach überrascht und ließ mir auf dem Nachhauseweg einiges durch den Kopf gehen.

Im Grunde war ich ausgezogen, um einfach alles, was in jenem Buch über die Huris behauptet wurde, gnadenlos zu zerschmettern und den Autor unsanft auf den Boden der linguistischen Wirklichkeit zurückzuholen, was ja auch zum Teil gelungen war.

Doch letztendlich verlief das Gespräch nicht so wie erwartet.

Nach und nach hatte ich direkt oder indirekt Einzelheiten erklären müssen, die ich bereits vor Jahren über die arabische Sprache herausgefunden und die mich damals in Erstaunen versetzt hatten.

Dabei ließen sich bei meinen damaligen Nachforschungen eigenartigerweise die krassesten Defizite ausgerechnet auf dem theologischen Gebiet feststellen, so als ob die Araber zu jener Zeit bei der Wiederherstellung der Schriften aus dem mündlich Überlieferten einiges wörtlich übernahmen, dessen Sinn sie zwar sprachlich nicht entschlüsseln konnten, die historisch tiefe Bedeutung jedoch erahnten.

Als ich mich weiter in meine Gedanken vertiefen wollte, wurde ich jäh von Döner-Duft unterbrochen, der, aufdringlich aus dem türkischen Imbiss nahe meiner Wohnung aufsteigend, meine Nase erfasste. Ich genehmigte mir eine Portion im Stehen, die jedoch an diesem Tag so einen vortrefflichen Geschmack hatte, dass ich noch eine weitere Portion mitnahm.

Kaum hatte ich den Laden verlassen und meinen Fußmarsch fortgesetzt, erblickten meine Augen in der optischen Verlängerung der Straße am Himmel eine eigenartig geformte, dunkle Wolke, die ungewöhnlich niedrig hing und bedrohlich mit ständig wechselnden bizarren Formationen in meine Richtung schwebte. Ich befürchtete ein arges Gewitter und beeilte mich mit riesen Schritten, nach Hause zu kommen.

In der Wohnung angekommen, schaute ich zunächst auf die Uhr, suchte die Fernbedienung und schaltete den Fernseher ein. Vor einigen Minuten hatte die Sportschau angefangen, konnte aber in Anbetracht der gezeigten Mannschaften mein Interesse beim besten Willen nicht wecken.

Noch einmal schaute ich auf die Uhr und überlegte, ob ich diesen wie jeden Samstagabend beim Billard in der Kneipe um die Ecke verbringen sollte, wo in der Regel auch meine Tennisfreunde anzutreffen waren. Doch auf die weiße Kugel zu dreschen, spürte ich heute kein Verlangen.

Notgedrungen widmete ich mich zunächst dem Dönerkebab.

Während ich in der Küche im Stehen aß, klingelte das Telefon.

Es war Willi, der kurz und bündig meinte, dass er eine wichtige Information für mich hätte, auf die er gerade gestoßen sei.

»Weißt du«, meinte er, »dass unsere arabischen Freunde nicht einmal das Wort „ßalat", also „Gebet" erfunden haben? Untersuchungen an alt-südarabischen Inschriften haben ergeben, dass solche Schlüsselbegriffe der Botschaft des Korans lange vor dem Islam in einem heidnischen Kontext gebraucht wurden.«

»Wie kommst du jetzt bloß darauf?«

»Das steht in meinem Recherchier Block, den ich vorhin gefunden habe. Dies ergänzt deine Aussagen über die arabischen Ausdrücke. Und wie du siehst, selbst so ein für die religiösen Handlungen fundamentaler Begriff ist wohl aus einer vorangegangenen Epoche übernommen worden.«

Mit seiner Bemerkung löste er einen Denkanstoß bei mir aus. Denn gerade in diesem Punkt hatte ich damals einiges Seltsames herausgefunden.

»Willi! Du glaubst es nicht – ich habe tatsächlich auch in dieser Richtung nachgeforscht.«

»Bloß nachgeforscht?«

»Natürlich am Ende mit konkreten Ergebnissen.«

Abrupt hörte ich auf zu reden. Mich überkam auf einmal ein Gedanke, den ich nicht verdrängen konnte.

»So leid es mir tut, ich muss unsere Tennisrunde morgen absagen.«

Willi war von meiner kurzfristigen Absage überrascht und wenig begeistert. Statt nach dem Grund der Absage zu fragen, regte er sich künstlich darüber auf, wie er nun so schnell ein Ersatz herbeizaubern sollte, beruhigte sich aber schließlich.

»Okay! Wir sehen uns Montag früh wieder. Vergiss aber die lieblichen Jungfrauen nicht!«

Während des Telefonates waren mir nämlich einige Gedanken über Willis Bemerkung über „ßalat" gekommen, die mich neugierig machten auf das, was ich vor zehn Jahren in meinem Buch so alles zusammengetragen hatte.

Ich suchte so lange in dem Bücherregal, bis ich mein Werk unter einem Stapel Bücher fand. Ich legte es zunächst auf den Beistelltisch neben den alten englischen Ohrensessel.

Ich schaute kurz durch das Fenster und sah einen durch und durch schwarzen Himmel, der einer donnernden Explosion sehr nahe war.

Ich schlüpfte in meine Hausschuhe, bereitete einen für solche Leseanlässe überaus hohen Pott schwarzen Tee zu, legte einen dicken Klumpen Kandiszucker in das dampfende Getränk und suchte so lange in der Schublade, bis ich den zum Umrühren passenden langen Löffel fand.

Ich stellte die randvolle Tasse vorsichtig auf den Beistelltisch, ließ mich in den urigen Sessel fallen und schaltete wegen der unverhofft eingetretenen Dunkelheit die Stehlampe ein.

Das Handy schaltete ich vorsorglich aus und griff dann mit der rechten Hand nach meinem Buch und mit der linken nach dem langen Stiel des Löffels.

Dann war es geschehen!

Just in dem Moment, als ich im Begriff war, den Löffel zum Umrühren in die Tasse einzutauchen, entlud sich der Himmel so gewaltig, als ob er bald einstürzen würde. Ein grelles Blitzen prallte knisternd auf das Nordfenster, durchflutete schließlich den gesamten Raum so hell, dass meine Augen erblindeten.

Bevor ich meine Augen wieder öffnen konnte, folgte kurz darauf ein heftiger, alles erbeben lassender Donnerschlag.

Im selben Augenblick fühlte ich einen mächtigen Druck auf dem Kopf, zuckte wie von einer Gewehrkugel getroffen kurz, aber heftig zusammen.

Als ich die Augen öffnete, sah ich zunächst eine tiefe Dunkelheit, die sich dann nach und nach weiträumig zu erhellen begann.

Während mein Kopf noch dröhnte, begann ich mein Buch Seite für Seite umzublättern und mir meine Gedanken von damals ins Gedächtnis zurückzurufen.

Als ich für einen kurzen Moment über das Buch hinwegblickte, wirkte die Wohnung auf mich plötzlich irgendwie verändert, ja fast unwirklich.

Ich vertiefte mich sogleich in meine Gedanken, und als ich an die paradiesischen Jungfrauen dachte, begann ich in allen Richtungen zu fantasieren, um schließlich die Frage zu stellen, ob es womöglich einen Augenzeugen gab, der die Huris im Paradies erblickte, und darüber zu berichten wusste?

Aber ein Augenzeuge, der zu seinen Lebzeiten das Paradies aufsuchte und später über seine Erlebnisse berichtete – kann es so etwas Verrücktes überhaupt gegeben haben?

Dann fiel mir sogleich etwas Sonderbares ein, das ich damals bei meinen Recherchen darauf gestoßen war: Einen solchen Augenzeugen soll es gegeben haben- der Erzvater Henoch!

Beharrlich wird in den verschiedenen Überlieferungen behauptet, dass er, neben Adam, der einzige Mensch sei, der das Paradies lebend betreten hatte.

Mit anderen Worten, Henoch gelangte nicht erst nach seinem Tod, sondern schon mitten in seinem Leben dorthin und hatte anschließend die Möglichkeit, über seine Erlebnisse zu berichten.

Kann er also womöglich dazu beitragen, das Geheimnis um die Huris zu lüften, haben seine Augen dort solche Wesen erblickt?

Schwankend und benommen stand ich auf, um in dem Bücherregal die entsprechende Literatur zu suchen. Nach einer Weile fischte ich zwei Bücher heraus und kehrte wieder zu meinem Sessel zurück.

Während ich die Seiten vor und zurück blätterte, frischte ich meine Erinnerung an den relevanten Textpassagen auf.

Dann war ich bereit, Henoch auf seiner fantastischen Himmelfahrt zu begleiten, einiges über ihn zu berichten.

Obwohl Henoch einer der schillerndsten Urväter war, geizt die Bibel mit jeder Art von Informationen über ihn. Dort heißt es lediglich, dass er vor Eintreffen der Sintflut des Noah mit Gott wanderte und danach nicht mehr auf Erden gesehen wurde.

Weitere Informationen ließen sich aus der Bibel einfach nicht entlocken.

Die Apokryphen hingegen wissen detaillierter über diese dunkle Gestalt zu berichten. Im Paradies empfängt er Offenbarungen über die Schöpfung und die Menschheitsgeschichte bis auf seine Zeit, ebenso Lehr- und Mahnreden. Zugleich wird Henoch als Weltenrichter eingestuft, da er die Schrift erfand und nach seiner Entrückung in den Himmel die Sünden der Menschen aufschrieb.

Über Henochs Entrückung in den Himmel wird in zwei unterschiedlichen Versionen ausführlich berichtet, einer slawischen und einer äthiopischen.

Als Henoch eines Tages allein zu Hause auf seinem Bett ruhte, so beginnt die Berichterstattung in dem slawischen Buch, sei es zu einer unheimlichen Begegnung gekommen:

»Und es erschienen mir zwei überaus große Männer, wie ich solche niemals auf der Erde gesehen hatte. Und sie standen zu Häupten meines Bettes und riefen mich mit meinem Namen. Ich aber erwachte von meinem Schlaf und sah deutlich jene Männer stehend bei mir. Ich aber eilte und betete sie an und erschrak und es ward bleich an Aussehen mein Angesicht vor Furcht. Und es sprachen zu mir jene Männer: Sei mutig, Henoch, fürchte dich nicht; der ewige Herr hat uns zu dir gesandt. Und siehe, du gehst heute mit uns hinauf in den Himmel. Und sage deinen Söhnen und allen Kindern deines Hauses alles, was sie tun sollen ohne dich auf der Erde in deinem Haus, und niemand soll dich suchen, bis dass dich der Herr zurückbringt zu ihnen.«

Henoch wird an einen unbekannten Ort entführt, an den ein normaler Mensch offensichtlich nicht gelangen kann. Deshalb die Bemerkung der beiden Entführer, dass jede Suche nach ihm völlig zwecklos sei.

Obwohl die beiden Entführer, deren Erscheinungsbild sich völlig von dem der Einheimischen unterschied, mit der Absicht gekommen waren, Henoch in den Himmel heben zu wollen, bezeichnete er sie dennoch aus irgendwelchen zwingenden Gründen nicht als Engel, sondern als sehr große „Männer".

Nach einer abwechslungsreichen Reise in die verschiedenen Himmelsregionen kam Henoch schließlich im Paradies an, welches im sogenannten siebten Himmel lag.

Aus der weiteren Erzählung erfahren wir, dass dieser Ort der Sitz des Herrn war, von wo aus nicht nur die aktuellen weltlichen Geschicke gelenkt und bestimmt, sondern auch die Vergangenheit der Menschheit für die Zukunft verwaltet wurde.

Während er sich nun in der fremden Umgebung fürchtete und am ganzen Körper zitterte, nahmen ihn die beiden Männer behutsam in ihre Mitte und führten ihn in eine bestimmte Richtung:

»Und sie zeigten mir den Herrn von Ferne, sitzend auf seinem sehr hohen Thron, und alle Heerscharen des Himmels herzugetreten standen auf zehn Stufen ihrem Rang nach und beteten an den Herrn; und wieder traten sie auf ihre Plätze in Freude und in Fröhlichkeit und in unermesslichem Licht, singen Lieder mit leisen und sanften Stimmen.«

Doch der Ort, wo der Herr auf einem sehr hohen Thron saß, um den herum die Cherubim und Seraphim standen, dürfte ein von einer Umfassungsmauer abgeschottetes Areal gewesen sein, das ausschließlich von einem bestimmten Personenkreis betreten werden durfte.

Die beiden von Henoch als Männer bezeichneten Entführer gehören nicht dazu.

Sie erklären:

»Henoch, uns ist mit dir zu gehen befohlen worden. Und es gingen von mir hinweg die Männer, und fortan sah ich sie nicht.«

Lag hier also womöglich die Begründung dafür, warum Henoch die beiden Entführer nicht als Engel betrachtete?

Das heißt, Henoch stand vor dem Tor zum eigentlichen „Paradies", das sich hinter einer Umfassungsmauer befand und einen heiligen Bezirk bildete.

Von nun an hatte es Henoch, der sich vor lauter Furchtsamkeit auf sein Angesicht fallen ließ, nur noch mit den sogenannten Engeln zu tun, die sich in unmittelbarer Umgebung der Gottheit aufhalten durften.

»Und es sandte der Herr einen von seinen Herrlichen, den Erzengel Gabriel. Und er sprach zu mir: Sei mutig, Henoch, fürchte dich nicht! Stehe auf und gehe mit mir und stehe vor dem Angesicht des Herrn in Ewigkeit.«

Doch der am Boden liegende Henoch war völlig am Ende seiner physischen Kräfte. Er weigerte sich vehement, der Anweisung des ihm fremden Gabriels nachzukommen, und verlangte nach den beiden ihm vertrauten Männern, die ihn hergebracht hatten. Erst mit ihnen zusammen wäre er bereit, vor das Angesicht des Herrn zu treten.

»Ich sprach zu ihm: Wehe mir, mein Herr! Meine Seele hat mich aus Schrecken verlassen. Ruf mir die zwei Männer, die mich an diesen Ort führten. Ihnen vertraue ich, und mit ihnen will ich vor den Herrn treten.«

Doch Gabriel duldete keine Aufsässigkeit:

»Und es riss mich hinweg Gabriel, nachdem er mich erfasst, so wie hinweggerissen wird ein Blatt vom Winde, und stellte mich vor das Angesicht des Herrn.«

In dem heiligen Bezirk stieß Henoch auf einige Spuren der Vergangenheit:

»Und ich sah alle Vorväter von Ewigkeit mit Adam und Eva.«

Während Henoch vor dem Herrn anbetend niederfiel, „sprach" dieser mit seinem eigenen Mund:

»Sei mutig, Henoch, fürchte dich nicht. Stehe auf und stehe vor meinem Angesicht in Ewigkeit.«

Nun wurde Henoch auf die eigentliche Aufgabe vorbereitet, für die er entführt worden war.

Zuständig dafür war ein anderer Engel, nämlich der Archistratege Michael:

»Und es sprach der Herr zu Michael: Tritt herzu und entkleide Henoch von den irdischen Kleidern und salbe ihn mit meiner guten Salbe und kleide ihn in die Kleider meiner Herrlichkeit. Und es tat so Michael, wie der Herr zu ihm gesprochen: Er salbte mich und bekleidete mich.«

Die Salbung war ein Ritus der Vollmachtübertragung und stand in enger Verbindung mit dem Messias.

Die Bekleidung, in die Henoch gesteckt wurde, entsprach einer bestimmten Art. Als dieses Ritual beendet war, stellte Henoch voller Stolz fest, dass er genau so aussah wie die Diener des Herrn:

»Und ich schaute auf mich selbst und ich war wie einer von seinen Herrlichen und nicht war ein Unterschied des Anblicks.«

An dem Ort der Entführung wurde demnach die Salbung vorgenommen und so ein angehender Priester im Angesicht einer Gottheit in den höchsten theologischen Stand erhoben.

Doch dieser Ort war noch mit einem anderen fundamentalen Vorgang eng verknüpft, über den Henoch zu berichten wusste.

Warum Henoch die höchste theologische Würde zuteilwurde, wird nämlich erst dann verständlich, wenn wir erfahren, was er danach erlebt hat. Das heißt, dieses Ritual der Reinigung oder Salbung versetzte den berufenen Henoch in einen heiligen Zustand, damit er mit der notwendigen Reinheit und Legitimation die nächste Aufgabe angehen konnte:

»Und es rief der Herr einen von seinen Erzengeln mit Namen Vrevoel.

Welcher auch war schneller an Weisheit als die anderen Erzengel und schreibend alle Werke des Herrn. Und es sprach der Herr zu Vrevoel: Bringe heraus die Bücher aus meinen Behältnissen und nimm das (Schreib-)Rohr und gib es dem Henoch und zeige ihm die Bücher. Und es eilte Vrevoel und brachte zu mir die Bücher, auserlesene, von Myrrhen und gab mir das Rohr der Schnellschreibung aus seiner Hand. Und er redete zu mir über alle Werke des Himmels und der Erde und des Meers und alle Elemente, ihre Übergänge und Läufe und ihre Tiere. Donner und Sonne und Mond und Sterne und ihre Läufe (und) ihre Veränderungen und Zeiten und Jahre und Tage und Stunden und die Aufgänge der Wolken (und) die Ausgänge der Winde; die Zahl der Engel und die Gesänge der bewaffneten Heere, und jegliche Sache der Menschen und jede Sprache der Lieder und die Leben der Menschen und die Gebote und Belehrungen und süßstimmige Gesänge und alles, soviel sich gehört zu lernen. Es erzählte mir Vrevoel dreißig Tage und dreißig Nächte, und nicht verstummte sein Mund. Ich aber ruhte nicht, schreibend alle Kennzeichnungen aller Kreaturen.«

30 Tage und 30 Nächte soll der Engel Vrevoel nicht aufgehört haben, die göttlichen Weisheiten zu erzählen.

Er war im Paradies einer der typischen Vertreter einer Zunft, die offensichtlich seit Adam eine ungeheure Menge an verschiedensten Informationen im Gedächtnis bewahren konnten, um sie später bei bestimmten Anlässen mündlich weiterzugeben.

Und hier lag die eigentliche Genialität dieser Methode, die auf den ersten Blick eher Hohn hervorruft.

Wir wissen nicht, welcher Sprache oder Schrift sich Henoch bediente, um die ihm vorgetragenen Informationen im Rahmen der Widerherstellung der Schriften niederzuschreiben.

Doch eines lässt sich mit Sicherheit feststellen: Von den ersten mysteriösen Begegnungen an verlief die Verständigung zwischen Henoch und den beiden vom Herrn gesandten Männern problemlos. Nirgends wurde von jenen Verständigungsschwierigkeiten berichtet, die auftraten, als der Erzengel Gabriel den Propheten

Mohammed die himmlischen Wörter vermitteln wollte, oder bei Moses' „Zunge", die bei ähnlichen Gelegenheiten schwer wurde.

Auch spätere Dialoge zwischen Henoch, den Engeln und dem Herrn vermitteln den Eindruck einer direkten Verständigung über eine Sprache, die beide Seiten beherrschten.

Noch verblüffender dürfte sein, dass Henoch die an jenem Ort in den *„Behältnissen des Herrn"* aufbewahrten Bücher nicht nur lesen, sondern auch abschreiben konnte.

Und diese Sprache kann keine andere sein, als jene vorsintflutliche, die Adam mit auf seinen kulturellen Werdegang gegeben wurde.

Demnach beherrschte Henoch die vorsintflutliche göttliche Sprache, in der der Engel Vrevoel aus dem Gedächtnis rezitierte.

Henochs Aussagen bedeuteten zudem, dass es an diesem sonderbaren Ort eine Art „oberste Gottheit" gegeben hat, in deren „Angesicht" mittels entsprechender kultischer Gegenstände und Handlungen Gottesdienst abgehalten wurde.

Dass Henoch, bevor er den heiligen Bezirk betrat, von Weitem die Gottheit auf einem hohen Thron sitzend sehen konnte – *„sie zeigten mir den Herrn von Ferne"* –, hieß das letztlich, dass die Gottheit mitten auf einem von einer Mauer umschlossenen Platz aufgestellt worden war, umgeben von diesen eigenartigen Cherubim und Seraphim.

Die Überdachung des Throns bildete der nicht näher bezeichnete *„Sechsflügelige"*. Demnach stand diese Gottheit nicht in einem abgeschlossenen Raum, sondern auf einem freien Gelände in einer Art kleiner Kapelle.

In der Nähe befand sich das Tauchbecken, in dem die Weihe vollzogen wurde. Angeschlossen gewesen an diesen heiligen Bezirk waren vermutlich diverse Einrichtungen zur Unterbringung der *„Heerscharen"* des Himmels, die *„Behältnisse"* der Bücher und vor allem Engel wie Vrevoel, die für die Bewahrung der mündlichen Überlieferung zuständig waren.

Zudem gab es wohl eine weitere Gruppe, die sogenannten Schriftgelehrten. Diese waren wie Henoch in der Lage, das mündlich Überlieferte schriftlich niederzuschreiben, womit die Schrift wiederhergestellt wurde.

Wann und unter welchen Umständen die Zeit dafür reif war, die mündliche „Schweigeperiode" zu beenden, liegt im Dunkel der Geschichte.

Doch der Übergang vom Mündlichen zum Schriftlichen steht explizit am Anfang eines neu zu gründenden Zeitalters, in dem die Schaffung eines einheitlichen Gottesreichs auf Erden angestrebt wurde. Damit brachen also bewegte Zeiten an, in der durch die Wiederherstellung der Schrift ein ungeheurer kultureller Schub erfolgte, verbunden mit der Gründung von diversen Städten.

Ich fragte mich damals beim Verfassen des Buches: Warum wurde der Weg der mündlichen Überlieferungen so beharrlich befolgt?

Die Antwort darauf war frappierend!

Mündliche Überlieferung besteht aus Geschichten, Legenden und Traditionen, die von Generation zu Generation weitererzählt werden. Erst in jüngerer Zeit ging man dazu über, sie niederzuschreiben. Demnach bilden die mündlichen Überlieferungen einen großen Teil der eigentlichen Geschichte und sind in ihren elementaren Formen, ob als Mythos oder als Märchen, Legende oder Hymnus, lyrisches Lied oder epische Erzählung, viel älter als die Schrift.

Die Macht des Gedächtnisses muss also in den frühen Zeiten der Menschheit tatsächlich weit größer gewesen sein, als wir uns das heute vorstellen können. Und es muss Menschen gegeben haben, die Meister des Gedächtnisses und der Kunst des Erinnerns waren. Heute noch gibt es in Afrika, Asien und Südamerika analphabetische erzählende Sänger, die freilich immer mehr aussterben. Und so muss es in den frühesten Kulturen hauptberufliche singende Erzähler gegeben haben, die ihre aus Geschehenem erwachsenen Geschichten über viele Generationen getreu tradierten.

Auch die orientalischen religiösen Lehren sind allesamt der traditionellen mündlichen Überlieferung entsprungen.

Moses, Jesus und Mohammed – nach unserem Wissen waren sie große Lehrer der Menschheit. Ihre Lehren beeinflussen noch heute große Teile der Weltbevölkerung. Und doch hat keiner von ihnen seine Lehre schriftlich fixiert, keiner hat sie in einem Lehrbuch aufgeschrieben.

Sie alle lehrten ausschließlich mündlich, meist im direkten Gespräch mit einer kleinen Gruppe von Schülern und Jüngern, und folgten damit der alten Tradition.

Fürchteten sie nicht, dass ihre wahrhaft weltbewegenden Lehren mit dem Verklingen ihrer Stimme, mit dem eigenen Tod und dem ihrer Jünger aus der Welt verschwinden würden? Merkwürdigerweise nicht.

Und so verkündeten und memorierten die Schüler ihre Worte, bis sie schließlich irgendwann gesammelt und aufgeschrieben wurden.

Zudem kann Schriftliches falsch gelesen werden, indem man Worte anders betont und Sätze nicht richtig abteilt. Beim Hersagen des Gelernten achtet man dagegen streng auf die richtige Betonung und richtige Abgrenzung der Sätze. So überliefert man das Gehörte nicht nur wortgetreu, sondern auch lautgetreu. Eine Verwechslung fast identischer Begriffe wird dadurch ausgeschlossen oder zumindest minimiert.

Auch hat der Rezitierende gegenüber dem Schriftkundigen oder Gebildeten einen Vorteil: Er kann auch ein Analphabet sein.

Statt der Feder braucht er kein anderes Medium als eine Stimme und Ohren! Er konnte also ein gewöhnlicher und ungebildeter Hirte sein, so wie die meisten Propheten es waren.

Durch das mündliche Rezitieren konnte das Weitererzählte jahrtausendlang von Ohr zu Ohr so lebendig weiterleben, als würde der einstige Meister noch vor einem stehen und zu uns reden, als würde man die Stimme des Herrn wie in der ersten Stunde leibhaftig erleben.

Wenn wir also heute Begriffe wie »Sky« aussprechen, dann hat das Wort genauso in Adams und später in Henochs Ohren geklungen, wie wir es heute nach Jahrtausenden mit unseren Ohren vernehmen.

Somit vergeht das einstmals gesprochene Wort nicht mit dem Hauch der Stimme. Ihr Nachhall wird in dem Gedächtnis verewigt.

Demnach stellten diese Menschen nichts anderes dar als einen biologischen Tonträger, über deren Zunge der alte Meister in seiner Sprache redete!

Und hierin lag die Einzigartigkeit und Genialität der mündlichen Überlieferung.

Doch diese Art der biologischen Informationsspeicherung barg eine weitere Überraschung, die bei Henoch bei genauerem Suchen zwischen den Zeilen schlummert.

Die Macher im Paradies müssen weitsichtige Strategen gewesen sein, die ihrer Zeit weit voraus waren. Sie schufen nämlich ein bemerkenswertes Sicherheitssystem.

Dass es bei der Überlieferung tatsächlich in erster Linie auf die Sprechweise des mündlich Vorgetragenen ankam, wird in dem slawischen Henoch-Buch bekundet:

»Es erzählte mir Vrevoel dreißig Tage und dreißig Nächte, und nicht verstummte sein Mund redend. Ich aber ruhte nicht, niederschreibend alle Kennzeichnungen aller Kreaturen.«

Mit dieser Aussage wird die Rolle der einzelnen Akteure erkennbar: Der Engel Vrevoel rezitiert, was er wohl seit seiner Kindheit in seinem Gedächtnis gespeichert hat, während Henoch, der wohl erste schreibende Schriftkundige vor der Sintflut, die mit dem Gehör vernommenen „Töne" in Buchstaben umsetzt.

Und gerade diese Konstellation verrät den tieferen Sinn der Vorgehensweise.

Denn wir erfahren in diesem Zusammenhang bei Henoch etwas Bemerkenswertes.

Der Herr vertraute ihm nämlich etwas Eigenartiges an:

»Höre, Henoch, und vernimm diese meine Worte. Denn auch meinen Engeln habe ich meine Geheimnisse nicht kundgetan.«

Wie ist diese Aussage mit dem übrigen Text in Einklang zu bringen, in dem zuvor berichtet wurde, dass Henoch alle Geheimnisse durch den redenden Engel Vrevoel erfuhr?

Die Erklärung ist verblüffend: Vrevoel war ein waschechter Analphabet!

Der Engel des Herrn hatte also Wissen auswendig gelernt und in seinem Gedächtnis gespeichert, ohne dessen Bedeutung zu begreifen oder das zu verstehen, was er rezitierte.

Somit stellt Vrevoel den Prototyp einer sonderbaren Kaste dar, die im Gedächtnis Daten vom Hörensagen eingeprägt haben, ohne dass sie die Sprache verstanden, in der vorgetragen wurde.

Sie waren also in der Tat nichts anderes als biologische Festplatten.

Und diese Tradition setzt sich beharrlich fort bis zurzeit des Propheten Mohammed.

Und das Analphabetentum?

Auch dies war seit Urzeiten gewollt und bildete eine tragende Säule dieser Doktrin, um möglichen Missbrauch in den Reihen der unteren Hierarchie auszuschließen.

Damit sollte gesichert werden, dass die Erzähler niemals in die Lage kamen, selbstständig das, was sie vortrugen, niederzuschreiben.

Wahrscheinlich wurden solche Personen schon bei der Geburt für solche Aufgaben vorbestimmt. Von Kind auf wären sie dann in die Aufgabe hineingewachsen, ohne jemals zu verstehen, was sie da in monotonem Gesang vortrugen.

So war gewährleistet, dass nur die Menschen, für die die Informationen bestimmt waren und die die Sprache verstanden, das Vorgetragene verarbeiteten und verwerteten.

Im Kreislauf dieses ausgeklügelten Systems wurde zudem bewusst für das mündlich Überlieferte eine Sprache ausgewählt, die von der Allgemeinheit nicht verstanden wurde: die „göttliche" Sprache.

Auf diese Weise konnte man sicher sein, dass selbst wenn einer wie Vrevoel in falsche Kreise geriet, er sich letztlich selbst unter Folter als völlig nutzlos erwies. Keiner würde je ein einziges Wort seiner endlos vorgetragenen Reden verstehen, noch kann er auch im Ansatz erklären, was er vortrug.

Aus dieser Sicht sind die Aussagen verständlich, die im Zusammenhang mit übermittelten göttlichen Botschaften von sprachlichen Schwierigkeiten berichten, die die betreffenden Propheten bis zum Auswendiglernen des Vorgetragenen zu beklagen hatten.

Doch gerade hier regten mich Henochs Aussagen zum Nachdenken an.

Irgendetwas schien mir merkwürdig zu sein, entsprach nicht den üblichen „Normen".

Denn wir erfahren ja aus dem Text, dass Henoch nur mit einem Engel namens Vrevoel zu tun hatte, als es darum ging, das mündlich Überlieferte vorzutragen. Und hier kann wahrlich etwas nicht stimmen, falls seine Aussagen zutrafen.

Niemals hätte eine Gemeinde, die für sich in Anspruch nimmt, ihren Dienst vor dem Angesicht des Herrn in Ewigkeit abzuhalten, einem einzigen Menschen diese fundamentale Aufgabe übertragen, von der das Überleben der göttlichen Botschaften abhing.

Es musste vielmehr ein Kollegium gegeben haben, dessen Mitglieder in regelmäßigen Abständen zu prüfen hatten, ob die Aussagen der einzelnen Rezitierenden übereinstimmten, ob sie lückenlos waren. Nur so konnte gewährleistet sein, dass mögliche Gedächtnisausfälle bei dem einen oder anderen immer wieder wettgemacht wurden und die Informationen ihre Ganzheit bewahrten.

Hat sich Henoch hier also womöglich geirrt oder hat er sich nur den Namen Vrevoel gemerkt?

Ich stand auf, tigerte leichtfüßig im Raum hin und her, um mein eingeschlafenes Bein wieder zu richten.

Doch je mehr ich umherwanderte, desto stärker war ich davon überzeugt, dass Henoch das Erlebte im Großen und Ganzen richtig wiedergegeben hat. Dafür sprachen viele charakteristische Passagen in seinen Aussagen, die er in der vorgetragenen Form niemals hätte erfinden noch erahnen können.

Irgendetwas schien also im Garten Eden zu jener Zeit der Entführung aus der Normalität, aus den Fugen geraten zu sein – aber was?

Plötzlich fiel mir etwas Wichtiges ein.

Bei religiösen Angelegenheiten sind wir es gewohnt mitgeteilt zu bekommen, dass sich die Engel auf den Weg machten, um die Propheten in ihren Wirkungskreisen aufzusuchen und ihnen dort die göttlichen Botschaften zu vermitteln und beizubringen, mit denen sie die Menschheit beglücken sollten.

Es war Gabriel, der sich auf den Weg zum Propheten Mohammed machte, um ihm in der Höhle des Berges mündlich die göttlichen Worte zu überbringen.

Und es waren ebenfalls stets die Engel gewesen, die sich auf den Weg zu den Menschen machten, in das irdische Geschehen eingriffen und so den Verlauf der Geschichte maßgeblich beeinflussten.

Doch bei Henoch erleben wir eine ungewöhnliche Ausnahme.

Er musste erst in aller Heimlichkeit in seiner Heimat entführt und in das Paradies gebracht werden, damit er an Ort und Stelle in die himmlischen Geheimnisse eingeführt und die göttlichen Botschaften empfangen konnte. Und mein Gefühl sagte mir dazu, dass im Paradies etwas Unerwartetes, etwas Schreckliches geschehen sein musste, sodass „man" notgedrungen auf Henoch zurückgreifen musste, um ausnahmsweise die Wiederherstellung der Schriften in der Höhle des Löwen vorzunehmen, um ihren Fortbestand zu sichern.

Im Garten Eden herrschte also offensichtlich Notstand, die Grundpfeiler seines Bestehens waren gehörig in Unordnung geraten!

Nur so wäre die mysteriöse und spontane Entführung Henochs aus den Kreisen seiner Familie zu erklären.

Zugleich würde dies einige Ungereimtheiten in seinem Bericht plausibel erscheinen lassen.

Und es ist einmal mehr Henochs außergewöhnlicher Beobachtungsgabe zu verdanken, dass die Spuren dieses einzigartigen Ereignisses nicht im Nebel der Vorgeschichte für immer verloren gingen.

Henoch konnte nämlich in seiner Erzählung zwischen „Männern" und „Engel" eine klare Trennlinie ziehen.

Also gab es für ihn äußerlich einen klaren und sichtbaren Unterschied, der eine solche Schlussfolgerung rechtfertigte. Und es sind eigenartigerweise keine Engel, die Henoch entführten, was naheliegend wäre, sondern „bloß" hochgewachsene „Männer".

Auch wenn später nur ein Engel namens Vrevoel mündlich vortrug, liegt die Vermutung nahe, dass es inzwischen an Engeln dieser Art ermangelte, so dass die sonst so reisefreudigen Engel Gabriel und Michael in Eden verharrten und aus einem wichtigen Anlass dort die Stellung hielten.

Viele dieser geheimnisvollen Wesen waren wohl zu dieser Zeit aus ihrer Wirkungsstätte Eden verschwunden, hatten aus irgendeinem Grund dem Paradies den Rücken gekehrt und somit eine heikle Situation heraufbeschworen: Die seit Adam auf mündlichem Weg dahinfließenden göttlichen Botschaften drohten ins Stocken und damit nach und nach in Vergessenheit zu geraten.

Die Wiederherstellung der Schriften, die Henoch in Wechselwirkung mit Vrevoel nun wochenlang mühsam und pausenlos vornahm, sollte dieser Entwicklung Einhalt gebieten und der dadurch drohenden Gefahr entgegenwirken.

Die Wiederherstellung der Schriften oder, präziser gesagt, ihren Fortbestand zu sichern, wäre demnach einer der Hauptgründe gewesen, weswegen Henoch in einer Nacht-und-Nebel-Aktion ins Paradies berufen wurde, und dies erklärt zugleich, warum er so unverhofft aus dem Kreis seiner Sippe gerissen wurde.

Was hat sich also im Paradies ereignet, das die Berufung und vor allem Henochs Versetzung nach Eden für immer so dringend erforderlich machte, ja warum geriet das Zentrum, das Herz des Glaubens in Aufruhr?

Wieder begann ich zu grübeln, die Aussagen Henochs Wort für Wort auf die Goldwaage zu legen.

Bald darauf erkannte ich beim erneuten Lesen der Zeilen, wenn schon einmal ein Dominostein gefallen ist, dann folgen zwangsläufig bald weitere.

Diesmal war es Henochs Amtseinführung, die den Stein ins Rollen brachte!

Henoch wurde ja nicht mit Wasser benetzt, es fand keine gewöhnliche Weihung oder kultische Reinigung statt, sondern er wurde auf Anweisung des Herrn mit einer guten Salbe eingerieben.

Damit wurde eindeutig die höchste und absolute theologische Macht in Eden auf Henoch übertragen.

Denn es heißt danach weiter:

»*Es trete herzu Henoch, zu stehen vor meinem Angesicht in Ewigkeit.*«

Mit seiner Einsetzung in den Stand eines *„Priesters des Höchsten"* sollte er von nun an im Angesicht der paradiesischen Gottheit ewiglich Dienst abhalten.

Demnach wurde Henoch ins Paradies, in die Höhle des Löwen berufen, um die Stelle des obersten Priesters zu übernehmen, um dort den Rest seines Lebens dienend zu verbringen.

Prompt ergaben sich nun die nächsten Fragen.

Wenn dem so war, wo war der bisherige höchste Gottesdiener abgeblieben, und hat dies womöglich mit dem Verschwinden der großen Schar von Engel zu tun und vor allem was war das wohl für ein Aufruhr gewesen im Angesicht des Herrn?

Nicht allzu schwer fiel mir eine einleuchtende Antwort darauf ein.

Die ganze Revolte im Paradies begann offensichtlich damit, dass jene Schar von Engeln im Rahmen von verschwörerischen Machtkämpfen den damals legitimen obersten Priester heimtückisch ermordete und danach flüchteten.

Ging es hier also womöglich um Abels Ermordung?

Als ich merkte, wohin meine ausufernden Gedanken früher oder später führen würden, legte ich das Buch beiseite und begann zu überlegen, ob die Geschichten um Henoch überhaupt zur Lösung des Rätsels um die Huris beitragen konnten?

Ich befürchtete, in literarisch abenteuerliche Bereiche abzudriften, die mich immer mehr von meinem ursprünglichen Ziel entfernen würden.

Doch meine Bedenken waren nur von kurzer Dauer.

Ich fühlte mich inzwischen hoffnungslos in den Bann der himmlischen Entrückung Henochs gezogen und beschloss, mir zuerst anzuhören, was er uns im Großen und Ganzen zu berichten hatte.

Mir war bekannt, dass Henochs Entrückung in den Himmel von anderen Quellen bestätigt worden war.

So wird zum Beispiel in der hebräischen Mythologie berichtet:

»Der erste Mensch nach Adam, der lebend ins Paradies gelangte, war Chanoch.«

Solche und ähnliche Aussagen erhärteten den Verdacht, dass hinter den Schilderungen um Henoch womöglich ein Körnchen Wahrheit stecken dürfte.

Sollten also irgendwelche „Quellen" über die Beschaffenheit und die Bewohner des Paradieses Auskunft geben, dann wohl diese.

Inwieweit können wir aber seine Erlebnisse überhaupt ernst nehmen, seinen beinahe mystischen Aussagen etwas einigermaßen historisch Gesichertes, etwas Reales abgewinnen?

Wie dem auch sei, selbst dann, wenn wir heute seinem Bericht mit gesunder Skepsis begegnen, darf dies uns dennoch nicht daran hindern, letztlich zu fragen, ob hier nicht etwas Grandioses die Zeit überdauert hat, dem wir mit unendlichen Respekt begegnen und zwischen seinen Zeilen nach dem berühmten Körnchen Wahrheit suchen sollten, ja müssen.

Denn diese Botschaften konnten nur deshalb über Hunderte von Generationen schließlich zu uns gelangen, weil sie faktisch von etwas Geheimnisvollem zu berichten wissen, das Henoch offensichtlich einst leibhaftig erlebt hat.

Und allen möglichen Unzulänglichkeiten zum Trotz, dank seiner unkonventionellen Aussagen lässt sich eines mit ziemlicher Sicherheit erahnen: Das Paradies – der Garten Eden –, in dem womöglich der erste Brudermord stattfand und aus dem Adam vertrieben wurde, befand sich irgendwo isoliert auf der Erde.

Weder konnten die damaligen Menschen dort hingelangen noch erreichte es je ein Normalsterblicher.

Und der siebte Himmel, wo er auch immer zu finden war, bedeutete nach Henochs beinahe einfachen Beschreibungen nichts anderes, als dass er auf dem Weg dorthin aus irgendeinem zwingenden Grund sechsmal zwischenlanden musste, also demnach folgerichtig davor in sechs verschiedene Himmel gelangte.

Auch und gerade hier dürfte Henoch etwas geschildert haben, was er nicht hätte erfinden können. Hätte er etwas erfinden wollen, so läge es nahe zu erwarten, dass er nach seiner Entrückung in den Himmel auf direktem Weg zum Garten Eden gelangte. Dass er zudem tatsächlich eine äußerst strapaziöse Reise durchmachen musste, die ihm sämtliche Kräfte raubte, dies geht aus seiner unbefangenen Aussage hervor.

Als er endlich im Paradies ankam, war ihm durchweg übel, er konnte sich nicht auf den Beinen halten, sodass die beiden Entführer sich genötigt sahen, diesem entgegenzuwirken:

»Und ich fürchtete mich und erzitterte durch große Furcht. Und es nahmen mich jene Männer und führten mich in ihre Mitte.«

Henoch war derart geschwächt, dass er körperlich überhaupt nicht in der Lage war, aufrecht zu stehen und alleine zu gehen. Und dies spricht eindeutig für die Folgen einer langen, äußerst anstrengenden Reise, die er zum ersten Mal in seinem Leben antrat, und dafür, dass seine Erlebnisse nicht einfach aus den Fingern gesogen sein können.

Also begann ich laut nachzudenken.

Sollte das gelobte und ersehnte Paradies am Ende doch nichts anderes sein als das, was uns Henoch übermittelte, sollte es sich tatsächlich herausstellen, dass der ewige Traum der Menschheit in Wahrheit doch letztlich etwas Irdisches, etwas „Menschliches" war?

Henochs Beschreibung zufolge bestand das Paradies aus einem offenen Platz, umgeben von einer sonderbaren Umfassungsmauer, wo in der Mitte auf einem zehnstufigen Sockel eine kleine Kapelle aufgestellt war. Diese Kapelle beherbergte eine höchst rätselhafte Mumie.

Bestandteil der Anlage war unter anderem eine Einrichtung, in der die Zeremonie der kultischen Reinigung vollzogen wurde. Alles in allem war es ein Ort des Gedenkens und des Bewahrens, wo eine kulturelle Grundlage unter dem Banne der Religion gepflegt wurde, in deren Mittelpunkt eben dieser geheimnisvolle Leichnam stand.

Ich nahm ein Blatt Papier und skizzierte dreidimensional, wie dieses Paradies ausgesehen haben mochte. Und das, was nun sichtbar wurde, erinnerte mich grob an irgendetwas, das ich in einem Buch über Archäologie gesehen hatte.

Doch schnell verwarf ich zunächst diesen Gedanken, um mich etwas anderem zu widmen.

So überzeugt ich nun war, ein vages Abbild des Paradieses skizziert zu haben, so war ich auf der anderen Seite inzwischen relativ sicher, dass durch Henochs Schilderung eine der ersten Fragen die paradiesischen Jungfrauen betreffend beantwortet wurde.

Im Paradies hatte es keine Huris im Sinne von Jungfrauen gegeben- definitiv nicht!

Keine Frau hätte je Zutritt zu diesem heiligen Bezirk gehabt, in dem Henoch als Hohepriester vor dem Herrn geweiht wurde.

Hier dominierte ausnahmslos das männliche Geschlecht!

Die theologisch textliche Auslegung späterer islamischer Gelehrter und Kommentatoren hinsichtlich der 70 paradiesischen Jungfrauen ist definitiv unzutreffend.

Es war inzwischen schon kurz vor 21 Uhr.

Ich kam auf den Gedanken, Willi anzurufen und mit ihm ausgiebig über die zuletzt gewonnenen Erkenntnisse zu sprechen. Doch diese Idee verwarf ich schnell. Der arme Willi hatte sich heute schon genug anhören müssen.

Dann landete ich mit meinen Gedanken bald wieder bei den paradiesischen Jungfrauen.

Ich fragte mich nun, wieso ausgerechnet 70 Jungfrauen pro „Mann"?

Gerade diese auffällig hohe Zahl machte die ganze Aussage fragwürdig, nagte gewaltig an der Glaubwürdigkeit der späteren theologischen Auslegung des Textes und rief viele Spötter auf den Plan.

Auch dies hätten damals die arabischen Kommentatoren, die diese Behauptung in Umlauf brachten, eigentlich wissen müssen- schon allein aus theologischen Erwägungen.

Die Heiligkeit des Paradieses aus der Sicht des strengen Islam in einen Lustgarten umzuwandeln zu wollen, in dem die Jung- frauen zu bloßen Sexobjekten erniedrigt und zu willenlosen Kre- aturen degradiert werden, ist nicht nur eine Verhöhnung göttli- chen Gedankenguts, sondern verstößt in höchstem Maße gegen die vom Propheten Mohammed erlassenen Richtlinien, der ge- rade über das bis dahin in Arabien verächtlich behandelte weibli- che Geschlecht seine schützende Hand legte.

Wie kommen also die arabischen Verfasser ausgerechnet auf 70 Jungfrauen?

Einen Grund, einen Hinweis im Zusammenhang mit dem Pa- radies müssen sie wohl gehabt haben, der sie zu dieser irrigen Be- hauptung verleitete?

Somit stand ich erneut vor einer scheinbar ungelösten Frage.

Doch je länger ich nach einer Erklärung suchte, desto besesse- ner wurde ich in meinem Bemühen, dieses unrühmliche Geheim- nis um jeden Preis zu lüften.

Dann überkam mich eine Idee bzw. eine Frage: Hatte Henoch auch hier, ohne dass er es wusste, einen Hinweis geliefert?

Von nun an interessierte mich endgültig alles, was Henoch er- lebte, nachdem er die himmlischen Bücher geschrieben hatte.

Kurz entschlossen begann ich all das herauszusuchen, was ich damals beim Verfassen des Buches zusammengetragen hatte.

Hunderte von Notizen wurden aus allen möglichen Stellen herausgezogen und nach und nach auf dem Wohnzimmertisch ausgebreitet.

Eine halbe Stunde lang zog ich im Schnellverfahren ein Resümee, frischte meine umfangreichen Gedankengänge von einst wieder auf.

Dann widmete ich mich erneut dem geheimnisvollen Henoch.

Nachdem er die Bücher verfasst hatte, erfuhr er, dass der Herr zornig auf die Menschheit war und die Absicht hatte, eine große Flut über die Erde zu schicken. Der Überlebende der Flut, Noah, war allerdings nicht der Auserwählte, für den die himmlischen Bücher bestimmt waren, sondern ein Nachfahre in einer relativ fernen Zukunft.

Noah wäre damit sozusagen „nur" der Begründer eines neuen, gerechten und wohl auch frommen Geschlechts, aus dem in späteren Generationen jener geboren werde, dem das göttliche Vermächtnis galt.

»Und deswegen bringe ich eine Flut über die Erde und die Erde selbst wird zertrümmert werden in großem Schlamm. Und ich lasse überleben einen gerechten Menschen von deinem Stamme mit seinem ganzen Haus, welcher tun wird nach meinem Willen. Und aus ihrem Samen wird auferstehen ein anderes Geschlecht, ein letztes großes. Und bei der Herausführung jenes Geschlechts werde ich offenbaren die Bücher deiner Handschrift und deine Väter.«

Danach beschloss der Herr, dass Henoch zum Abschied zu seiner Familie zurückkehren durfte, ehe er endgültig im Paradies Aufnahme fand. Zugleich sollte er seiner Gemeinde verkünden, dass es nur den einen „Herrn" gab, und zwar den, vor dem er soeben stand.

»Jetzt aber, Henoch, gebe ich dir eine bestimmte Zeit, dreißig Tage, zu verbringen in deinem Hause, und sage deinen Söhnen und allen von

deinem Samen und deinen Hauskindern und jedem, welcher sein Herz behütet, damit sie durchlesen und erkennen, dass nicht ist ein Gott außer mir. Und nach dreißig Tagen werde ich meine Engel nach dir senden und sie werden dich nehmen von der Erde und von deinen Söhnen.«

Doch nach der äthiopischen Fassung soll Henoch ein Jahr bei den Seinigen verbracht haben.

»Ein Jahr werden wir dich bei deinen Kindern lassen, bist du wieder bei Kräften bist.«

Auch diese Aussage untermauert die Annahme, dass Henoch eine für ihn ungewöhnlich anstrengende Reise hinter sich hatte, die ihn gesundheitlich ruinierte.

Henoch kehrt in Begleitung der Engel zu seiner Gemeinde zurück.

Doch die Ereignisse stehen diesmal unter einem anderen Stern.

Als er entführt worden war, geschah dies unerwartet, unter Ausschluss der Öffentlichkeit.

Seine Rückkehr aber wurde Tag für Tag und Nacht für Nacht sehnsüchtig von der ganzen Gemeinde erwartet.

Als es soweit war, erlebten die versammelten Menschen mit eigenen Augen ein unglaubliches Phänomen, das einem göttlichen Wunder gleichkam: Henochs Abstieg vom Himmel.

Er übergab seinen Söhnen die Bücher, berichtete ihnen ausführlich über seine abenteuerlichen Erlebnisse und verweilte 30 Tage bzw. ein Jahr unter ihnen bis zum endgültigen Abschied.

Dann war es so weit – die Entrückung in den Himmel stand unmittelbar bevor.

»Als Henoch zu seinem Volk geredet hatte, sandte der Herr eine Dunkelheit auf die Erde und es ward Finsternis und bedeckte jene Männer, welche standen mit Henoch.«

Welch eine einfache und dennoch grandiose Aussage!

Nicht allgemein, also überall dort, wo die Menschen sich versammelt hatten, wurde es dunkel, sondern ausschließlich dort, wo Henoch mit einigen seiner engsten Verwandten stand, um sich von ihnen zu verabschieden.

Nur diese Gruppe wurde also von einem Schatten bedeckt, den ein über sie schwebender Gegenstand warf, mit dem die Engel die Rückreise zum Paradies antreten würden.

Niemand wäre damals je in der Lage gewesen, solche charakteristischen Details zu erfinden, wenn er nicht tatsächlich einen authentischen Vorfall mit eigenen Augen erlebt hätte.

»Und es eilten die Engel und nahmen den Henoch und trugen ihn empor in den höchsten Himmel, wo der Herr ihn aufnahm und ihn stellte vor sein Angesicht in Ewigkeit.«

Und vortrefflich wird es später in der Bibel heißen:

»Und weil er mit Gott wandelte, nahm ihn Gott hinweg, und er ward nicht mehr gesehen.«

Somit wird nun klar, dass Henochs unerwartete Wegnahme und Versetzung nach Eden deshalb erfolgte, um eine frei gewordene Stelle zu besetzen, nämlich die des bisherigen Priesters des Höchsten.

Damals hatte ich neben der betreffenden Textstelle in dem Buch *„Die Bücher der Geheimnisse Henochs"* die Frage notiert, ob es sich hier womöglich um die Nachfolge Abels handele. Und inzwischen schien sich diese Vermutung zu erhärten: Henoch tritt das Erbe des ermordeten Priesters des Höchsten Abel an!

Und genau hier befinden wir uns mitten in jenen turbulenten Ereignissen, aus denen die biblischen Verfasser ihre Geschichte um Kain und Abel abgeleitet haben.

Kann es also sein, dass Henoch tatsächlich etwa zur selben Zeit gelebt hat, in der Abel seinen Gottesdienst im Paradies verrichtete?

Für diese Annahme gibt es in den heiligen Schriften genügend Hinweise, die den Schluss zulassen, dass Henoch kein anderer war als Kains´ Sohn.

So wird in der Bibel, Genesis 4, 17, erklärt: »*Und Kain erkannte sein Weib; die ward schwanger und gebar den Henoch. Und er baute eine Stadt, die nannte er Henoch.*«

Und diese Aussage findet ihre Bestätigung in den Apokryphen.

Unter der Überschrift *„Kain und Abel, Adams Kinder"*, wird in Vers 9 Kains Vaterschaft bestätigt:

»*Und Kain nahm sich seine Schwester Awan zum Weibe, und sie gebar ihm den Henoch am Ende des 4. Jubiläums. Und im 1. Jahre in der Jahrwoche des 5. Jubiläums wurden Häuser auf der Erde gebaut, und Kain baute eine Stadt und benannte ihren Namen nach dem Namen seines Sohnes Henoch.*«

Henoch tritt demnach das Erbe des von seinem Vater ermordeten Abel an.

Welch eine unerwartete Überraschung!

Während meiner Recherchearbeiten interessierte mich damals brennend die Frage, wo diese unheimliche Begegnung stattfand, wo genau entschwand Henoch in den Himmel?

In der slawischen Fassung gab es den entscheidenden Hinweis.

»*Und es geschah, als gesprochen hatte Henoch zu seinen Söhnen und den Fürsten des Volkes, hörte alles Volk und alle seine Nächsten, dass der Herr den Henoch ruft. Und es beschloss das Volk sprechend: Gehen wir und küssen wir den Henoch! Und es kamen herab bis zu viertausend*

Männer, und kamen zu dem Ort Achuzans, woselbst Henoch war und seine Söhne und die Ältesten des Volkes, und sie küssten den Henoch sprechend: Benedeit bist du dem Herrn, dem ewigen König!«

Auch hier steckt in den auf den ersten Blick harmlos erscheinenden Aussagen reichlich Sprengstoff!

Zunächst einmal erfahren wir, wo sich das Ganze abgespielt hat, nämlich an einem Ort namens Achuzan.

Wo dieser Ort lag, wird sich später in Zusammenhang mit einem anderen Hinweis ergeben.

Auffallend jedoch dürften wohl zunächst die strukturellen Veränderungen sein, die Henoch während seines Zwischenaufenthalts bei den Seinen bewirken wird.

Wir erfahren von 400 Männern, die sich auf den Weg nach Achuzan machen, um sich von Henoch küssend zu verabschieden– ein endgültiger Abschied also. Dann erfahren wir, dass an diesem mysteriösen Ort ganz bestimmte Menschen anzutreffen waren: die Söhne des entrückten Henoch und eine Gruppe von Personen, nämlich die sogenannten Ältesten des Volkes.

Doch der Begriff *„Älteste des Volkes"* taucht hier zum ersten Mal bei Henoch auf. Demnach dürfte die Anwesenheit dieser Gruppe als eine unmittelbare Folge seines befristeten Aufenthalts in Achuzan angesehen werden. Nach seiner Rückkehr aus dem Paradies ergab sich offensichtlich die Notwendigkeit, dieses Gremium aus den Ältesten im Volke zu berufen.

Henoch führte also in Achuzan etwas ein, was zuvor dort unbekannt bzw. nicht notwendig gewesen war.

Und diese Neuigkeit konnte folgerichtig nur in Verbindung mit seinem Besuch im Paradies gestanden haben.

Und tatsächlich haben wir es hier mit einem verblüffenden Vorgang zu tun.

Wir erfuhren bei Henoch, dass die von ihm niedergeschriebenen himmlischen Bücher, die er nach seiner Rückkehr nach Achuzan feierlich an seine Söhne übergab, für ein Geschlecht bestimmt waren, welches erst in ferner Zukunft kommen werde – also erst nach vielen Generationen.

Die himmlischen Botschaften mussten also nach bewährter Methode für die Zukunft den paradiesischen Mustern getreu gesichert werden. Und dafür war ein Gremium nach dem Vorbild eines Vrevoel erforderlich, der die traditionelle mündliche Überlieferung fortsetzte.

Das heißt, Henoch führte dieselben Richtlinien in Achuzan ein, die er kurz zuvor im Paradies vorgefunden hatte.

Achuzan sollte ein Abbild des Garten Eden, des Paradieses werden.

Allerdings war hier die Rede von den *„Ältesten"* des Volkes, also im Plural. Und in der Tat, dieser Begriff war in der theologischen Welt eine feste Größe und hatte eine entsprechende Funktion.

Bevor die Kinder Israels aus Ägypten herausgeführt wurden, trug man Moses auf, einen bestimmten Kreis von Leuten in Ägypten zu kontaktieren und ihnen die bevorstehende Befreiung aus der Knechtschaft kundzutun:

»Darum geh hin und versammele die Ältesten von Israel und sprich zu ihnen: Der Herr hat gesagt, der Gott eurer Väter ist mir erschienen und hat gesagt: Ich will euch aus dem Elend Ägyptens führen.«

Die Ältesten, griechisch „Presbyter", sind im Judentum Mitglieder des Hohen Rats.

Dieser Rat bestand gewöhnlich aus 70 Personen:

»Und der Herr sprach zu Mose: Sammle mir siebzig Männer unter den Ältesten Israels, von denen du weißt, dass sie Älteste im Volk und

seine Amtleute sind, und bringe sie vor die Stiftshütte.«

Dieses Gremium hatte die Aufgabe, die göttlichen Botschaften im Gedächtnis zu bewahren und sie nur mündlich zu rezitieren. Zugleich waren es die 70 Ältesten, denen das höchste Privileg zuteilwurde, mit Moses und Aaron den „Gott Israels" auf dem Berg Sinai anzuschauen:

»Da stiegen Mose und Aaron, Nadab und Abihu und die siebzig von den Ältesten Israels hinauf und sahen den Gott Israels. Unter seinen Füßen war es wie eine Fläche von Saphir und wie der Himmel, wenn es klar ist. Und er reckte seine Hand nicht aus wider die Edlen Israels. Und als sie Gott geschaut hatten, aßen und tranken sie.«

Mit *»aßen und tranken«* ist nichts anderes gemeint als ein symbolisches Abendmahl im Angesicht der Gottheit, bei dem Brot und Wein gereicht wurden.

Mit dieser kultischen Handlung wurde der alte Bund der Väter erneuert, ein Akt, der in engem Zusammenhang mit den Ältesten des Volkes stand.

Das heißt, beim Auszug aus Ägypten wurden Sitten und Bräuche wiedereingeführt, die Henoch im Paradies zum ersten Mal erlebt hatte.

Dazu gehörte die kultische Sitte, dass sich die für die Erhaltung der mündlichen Überlieferung zuständigen 70 Personen in unmittelbarer Nähe der Gottheit aufhielten, in seinem Angesicht das Mündliche periodisch rezitierten und nach bestimmten Regeln und Fristen Gottesdienst abhielten.

Auch später, bei einer ähnlichen Gelegenheit, nämlich der Entlassung aus der babylonischen Gefangenschaft, sollte von Esra und Nehemia ein Gelehrtenkollegium gegründet werden, woraus der sogenannte Sanhedrin, der religiös-juristische Gerichtshof der 70 Schriftgelehrten hervorging. Zur Wiederherstellung der heili-

•

gen Schrift wurden diese Männer auserwählt, um die *„letzten siebzig Bücher"* in Empfang zu nehmen und sich über ihren Inhalt zu informieren.

Und den ältesten 70 begegnen wir zurzeit Ptolemäus II. in Alexandria wieder, denen die wichtige Aufgabe zufiel, die fünf Bücher Moses ins Griechische zu übersetzen.

Doch die Anfänge dieses eigenartigen 70er-Gremiums scheinen viel weiter in die graue Vorzeit zurückzureichen.

So wird in der hebräischen Mythologie die Zahl 70 mit der Sprachverwirrung in Verbindung gebracht, wobei die Rede von 70 Engeln ist, mit deren Hilfe Gott die Sprache der Babylonier verwirren sollte.

Und schließlich gibt es die 70 Weisen, von denen in den Apokryphen behauptet wird, sie hätten den Strom der Überlieferungen seit Adam in Fluss gehalten:

»In diesem Jahr, wo Noe die Arche betrat, war das Ende des zweiten Jahrtausends; dies reichte von Adams Nachkommenschaft bis zur Sintflut, wie uns jene siebzig weisen Schriftsteller überlieferten.«

Bei all diesem bemerkenswerten Aussagen fällt auf, dass je mehr die Zeit zurückgedreht wird, desto stärker wird die Wahrung der mündlichen Überlieferungen von 70 Engeln ausgeübt, die, wie es heißt, *»seinem Thron am nächsten waren«*, die also unmittelbar vor dem Angesicht des Herrn ihren Dienst verrichteten und sich auch sonst in der Nähe seines Throns aufhielten.

Diese 70 Engel waren also ursprünglich dort zu finden, wo einst der Hohepriester Abel sein Amt ausgeübt hat, mitten im heiligen Bezirk in Eden.

Doch als Henoch in Eden vor den Herrn gebracht wird, ist nirgends die Rede von 70 Engeln, sondern es gibt nur einen Einzigen, der bis zur Erschöpfung 30 Tage und 30 Nächte ununterbrochen vortrug, nämlich Vrevoel.

Für die traditionelle Wiederherstellung der Schriften, so wie sie von Henoch vorgenommen wurde, ist jedoch, wie im Zusammenhang mit ähnlichen Gegebenheiten überliefert, die Zusammenkunft des 70er-Gremiums unerlässlich, das sich mitunter auf verschiedene Weise gegenseitig ergänzte.

Demnach hielten sich die anderen Engel bei der Ankunft Henochs nicht mehr vor dem Angesicht des Herrn auf.

Von ihnen fehlte einfach jede Spur.

Und es ist kaum zu glauben, was gerade diese Aussagen zu bedeuten haben: Wir befinden uns nicht nur in jener schattenhaften historischen Phase, in der Abel ermordet wurde, sondern zugleich auch in der Zeit, als die Engel vom Herrn abfielen!

Diese beiden Ereignisse scheinen eng in einander verflochten zu sein.

Demnach markiert die Berufung Henochs einen folgenschweren Wendepunkt in der menschlichen Geschichte, während der wenige Taten dazu führten, dass der bis dahin wohlgeordnete Verlauf der Geschichte völlig aus den Fugen geriet.

Vor seiner Entführung nach Eden finden wir den „Herrn" auf einem zehnstufigen Thron, umgeben von seinen herrlichen, ihm ewig dienenden Engeln, angeführt vom Hohepriester Abel. Dann putscht der größte Teil der himmlischen Engel, sie ermorden das legitime Oberhaupt in Eden und flüchten aus dem Paradies. Das Paradies gerät aus seinem kultisch-politischen Gleichgewicht. Die gefallenen Engel mischen sich mit den Menschen, verführen sie zu allen möglichen Taten und paaren sich mit ihren Töchtern, woraus das unreine Geschlecht der Riesen hervorgeht.

Diese aufeinanderfolgenden Ereignisse bewirken letztlich einen irreparablen Knick in der geschichtlichen Entwicklung.

Und mit Henochs Versetzung in das Paradies sollte ein Versuch unternommen werden, die alten Zustände wiederherzustellen, das kulturelle Erbe für künftige Generationen zu sichern.

Erneut schaute ich auf die Uhr. Doch das Zifferblatt schimmerte eigenartig und war irgendwie verschwommen. Mit Mühe konnte ich dennoch erkennen, dass es kurz vor Mittenacht war.

Als ich aufstehen wollte, begann plötzlich mein Herz zu rasen und mein Kopf sich im Kreis zu drehen, als würde ich in den Körper des ausgelaugten Henoch nach seiner Himmelfahrt schlüpfen.

Und mittendrin stockte für einen Augenblick mein Atem.

Genau in dieser Sekunde ging mir erneut ein Licht auf und ein weiteres Rätsel um das Paradies schien sich zu lüften, nämlich woher ausgerechnet die Zahl 70 in Bezug auf die Jungfrauen herrührte: Es war die Anzahl der Engel, die in Eden im Angesicht des Herrn Dienst verrichteten und das mündlich Überlieferte im Gedächtnis bewahrten.

Definitiv hat es also keine 70 Jungfrauen im Paradies gegeben, sondern 70 Engel, die bis auf Vrevoel bereits bei der Ankunft Henochs dem Paradies entflohen waren.

Die 70 Engel waren also ein ebenso fester wie markanter Bestandteil des Paradieses.

Die islamischen Kommentatoren haben demnach auf uralte Überlieferungen das Paradies betreffend zurückgegriffen, in denen von undefinierbaren 70 Wesen berichtet wurde, die in irgendeiner Weise mit dem Begriffen „al-H-oo-R" und „Auge" in Verbindung standen.

Wieso sie diese Geschöpfe mitunter als weibliche Wesen identifiziert haben, wird wohl ihr Geheimnis bleiben.

Gewiss aber kein Geheimnis ist, dass sie sich mit ihrer Definition geirrt haben.

Als ich mich danach intensiv damit befasste, was „HooR"[4] nun zu bedeuten hatte, fiel mir plötzlich ein, dass dieser Begriff irgendwie mit „Schwarzäugigkeit" zusammenhing.

Nach einigem Suchen in einem Speziallexikon wurde meine Vermutung bestätigt: Es handelte sich um Wesen mit Augen von großer Intensität des Weiß- und des Schwarz-Anteils, die zugleich eine auffällige Größe hatten und sich eindeutig von üblichen Menschenaugen unterscheiden.

Die 70 paradiesischen Engel hatten demnach auffällige und ungewöhnlich große, schwarze Augen, ein Umstand, der eindeutig aus dem Überlieferten hervorging- und richtig von dem islamischen Verfasser widergegeben wurde.

Tief einatmend stand ich auf, reckte mich wie eine Katze und schaute zum Fenster hinaus in die dunkle und spärlich beleuchtete Gegend. Wie gerne hätte ich jetzt Willi aus seinem Schlaf gerissen und ihm erklärt, wie die arabischen Gelehrten zu ihrer Zahl „70" gekommen waren.

Dennoch spürte ich keine Erleichterung oder Genugtuung.

Denn mit dem jetzigen Stand war das Ende des Weges wohl noch nicht ganz erreicht.

Ich stand vielmehr ganz am Anfang einer seltsamen Strecke, die an beiden Seiten von ungeklärten Fragen, ja lauter Rätseln gesäumt war.

Wer waren diese geheimnisvollen Engel in Eden, die über einen sehr langen Zeitraum hinweg den Inhalt von unzähligen Büchern im Gedächtnis bewahren konnten?

Wieso hat es von ihnen 70 gegeben und was waren das für auffällige große, schwarze Augen, eingebettet in einer intensiven weißen Fläche, die sozusagen zu ihrem Markenzeichen wurde?

Ja, was war das überhaupt für ein Zentrum, in das Henoch entführt wurde, und für wen wurden die Botschaften in Vrevoels Gedächtnis aufbewahrt; und was wäre geschehen, wenn Abel nicht ermordet worden wäre, wenn die Engel nicht abgefallen wären und was war mit dieser ominösen Mumie, die auf einem hohen Thron in Eden aller Wahrscheinlichkeit nach in einem Glassarg ausgestellt war und vor deren Angesicht Gottesdienste in aller Ewigkeit abgehalten wurden?

Hunderte von Fragen schwirrten nun gnadenlos durch meinen Kopf, wie Mücken in einer Sommernacht um eine Lichtquelle. Letztlich fragte ich mich, wozu überhaupt weiterfragen und nach Lösungen bohren, wenn ich mein angestrebtes Ziel doch soeben erreicht hatte – na ja, so gut wie erreichte.

Als ich nahe dran war, resignierend alles hinzuschmeißen, obsiegte am Ende doch meine ewige Neugier.

Denn plötzlich stellte sich die Frage, welcher Heilige eigentlich in Eden aufgebahrt war, um den sich alles Irdische, alles Geschehene drehte und um dem herum 70 Engel »*Lieder mit leisen und sanften Stimmen*« im Chor sangen?

Aber das war wohl die falsche Frage.

Wieso thronte der wohl einst Allmächtige leblos auf einem hohen Sockel in Eden als „Schauobjekt", warum war seine wohl einst belehrende „Löwenstimme" verstummt und warum überließ er es anderen, mit seiner Stimme, mit seiner Sprache zu reden?

Dann erkannte ich letztlich: Wenn es auf eine von diesen vielen Fragen eine Antwort geben konnte, dann nur bei Henoch.

Doch wo sollte man bei ihm in diesem Punkt überhaupt ansetzen?

Ich begann meine Notizen, meine zerknitterten und teils vergilbten Zettel planlos umzuschichten, dabei im Schnellverfahren einen Blick auf den Inhalt zu erhaschen.

Mitten im gedanklichen Chaos kam mir plötzlich einer dieser nebulösen Geistesblitze.

Noch einmal widmete ich mich dem Text, in dem Henoch seine Ankunft im Paradies beschrieb.

Und mir fiel auf einmal etwas Merkwürdiges auf, was die Engel um die Gottheit betraf.

Ihre Namen hatten einen bestimmten Klang: Gabriel, Michael und Vrevoel, Namen also, die allesamt „el-Endung" hatten.

In meinem Buch war ich auf ähnliche Namen gestoßen, die dieselbe Endung hatten, und ich erkannte damals, dass solche Namen aus zwei Teilen bestehen, bei denen der zweite Teil, die Endung also, die Zugehörigkeit zu einer Gottheit ausdrückt.

Also widmete ich mich einen der Engel, der in den Überlieferungen eine fundamentale Rolle als Gottesbote innehatte, nämlich Gabriel.

Sein Name wäre wie folgt zerlegbar:

Gabri ' el

Die Endung „el" bezeichnet den Namen der Gottheit, während „Gabri"[5] die Beziehung zur Gottheit oder eine Eigenschaft des Betreffenden in Verbindung mit der Gottheit angab.

Was konnte also „Gabri" auf Hocharabisch bedeuten?

Erneut griff ich zum schweren Lexikon.

Dabei war mir klar, dass es sich hier um einen Begriff aus der allerfrühesten Zeit handelte, als Eden noch intakt war und Adam seine ersten holprigen sprachlichen Gehversuche unternahm.

Hunderte von unterschiedlichsten Zungen haben diesen begehrten Begriff danach rezitiert. Hier kam es also in erster Linie auf den Klang des Wortes an, genau gesagt darauf, den richtigen Ton zu treffen.

Und tatsächlich bedeutet das Wort, in derselben Lesart gesprochen: „erzwingen", „etwas mit Gewalt durchsetzen" – also „vollstrecken".

Dieser Engel wäre demnach dafür zuständig gewesen, den Willen der Gottheit den Menschen zu vermitteln und gegenüber ihnen durchzusetzen, somit also für die Fortsetzung der Lehre zu sorgen.

Diese Bedeutung war den späteren Verfassern der theologischen Schriften bekannt. Denn sie ließen diesen Engel beim Aufkeimen von Religionslehren aktiv in das Geschehen als göttlichen Vollstrecker und Vermittler eingreifen.

So wie bei den Bekehrungen und Belehrungen des Propheten Mohammed.

Es fällt also auf, dass alle Engel, die in engster Beziehung zur Gottheit und bei Henochs Ankunft noch vor ihm dienend standen, einen Namen mit el-Endung hatten. Sie alle waren Diener der Gottheit El, durften in seinem Angesicht die ihnen zugewiesenen kultischen Aufgaben ausüben.

Und sie alle hatten Zutritt zu der verbotenen, Allerheiligsten Zone.

Doch damit war die Suche nach einer Definition noch nicht erschöpft. Es gab da eine weitere Spur, die wahrlich aufhorchen ließ.

Die gleichen Bestandteile des Begriffes, G-B-R[6], ließen noch eine andere Deutung zu, nämlich „groß", „Riese" bzw. „Gigant".

Und dies stand mit Henochs Beschreibung der beiden Männer, die ihn entführten, in Einklang: Er bezeichnete sie als sehr große Männer.

Aus dieser Sicht wurde nunmehr auch die Szene verständlich, in der Gabriel den verängstigten und aufmüpfigen Henoch mühelos wie ein *„vom Winde weggerissenes Blatt"* in die Luft hob.

Waren also die Engel im Paradies allesamt „El-Diener", stand Henoch in Eden vor jenem geheimnisvollen Wesen, welches mit dem Begriff „El" oder „Al" in der späteren theologischen Welt in Zusammenhang gebracht wurde?

Und gerade hier fiel mir zu der Zahl 70 wieder etwas ein.

Die Erstgemahlin des El war die Göttin Aschera, was „die weibliche Gottheit" oder „die Heilige" bedeuten soll. Sie wurde auch „Herrin Athirat des Meeres" genannt und hatte einen Wohnort abseits von El. Mit Aschera soll El 70 Götter und Göttinnen gezeugt haben. El wird demnach in der darauffolgenden Zeit mit 70 Wesen in Verbindung gebracht.

Der entführte Henoch stand demnach in Eden leibhaftig vor dem mumifizierten Leichnam jenes geheimnisvollen Wesens, das einst die bewohnte Erde kultivierend durchstreifte, der, der mit einer „Löwenstimme" zu den Menschen sprach, dessen ausgesprochene Worte im Verlauf der Jahrtausende über unzählige aufeinanderfolgende Zungen schließlich an unsere Ohren gelangten.

Und er war bereits zurzeit Henoch leblos!

Als ich nun zu dieser nächtlichen Stunde meine Gedanken auf dieses geheimnisvolle Wesen konzentrierte, weiter vertiefen wollte, spürte ich plötzlich eine knisternde, magische Strömung im Raum.

Bald darauf begann ich zu frösteln, als würde ich an Henochs Stelle in Eden vor ihm stehen, als würde ich plötzlich in jene geheimnisvolle Welt eintauchen, in der er einst auf wackligen Füßen stand.

Und fortan hatte ich das Gefühl, als würde eine gespenstisch-

mystische „Glocke" über dem Raum hängen, die mich um-
schließt!

Bald darauf empfand ich, dass die Faszination dieser unbekannten Gestalt nach und nach von mir Besitz ergriff, und es bemächtigte sich meiner ein unwiderstehliches Verlangen, ihm die
Maske, die im Laufe einer entarteten geschichtlichen Entwicklung
sein Gesicht überwuchert hatte, endlich herunterzureißen, um
hinter dem vielschichtigen Geflecht an Entstellungen sein wahres
Wesen zu erblicken.

Doch dieser Wunsch wurde zur gleichen Zeit von einer anderen unerklärlichen, fast spürbaren Gegenkraft im Raum überla-
gert, die hemmend auf meinen Geist wirkte und die Gedanken an
ihn zu zerstreuen suchte.

IV. Die Vision

Inzwischen war es Sonntag.

Als die ersten Lichtstrahlen die Morgendämmerung zu verdrängen begannen, saß ich auf der Couch.

Weder wusste ich, wann und wie, noch wie lange ich überhaupt geschlafen hatte. Auch Durst oder Hunger verspürte ich zu meiner Verwunderung nicht.

Und irgendwie schien ich auch noch die Beziehung zu der Zeit gänzlich verloren zu haben.

Auf dem Tisch vor mir lagen die beiden Bücher von Henoch noch einladend aufgeschlagen.

Doch zunächst spürte ich kein Verlangen danach, Henoch weiterhin auf seiner himmlischen Reise zu begleiten.

Mich beschäftigte auf einmal ein anderes Thema, nämlich wie es in späteren Zeiten zu sprachlicher Hilflosigkeit, bzw. der Fehlübersetzung der Kommentatoren kam.

Irgendwann vor Beginn der historischen Zeit hatte es etwas gegeben, was später von den Menschen als Paradies identifiziert wurde.

Im Zentrum dieses Ortes befand sich ein heiliger Bezirk, in dessen Mittelpunkt ein aufgebahrter Leichnam stand. Unter den vielen Eigenschaften, die diesem Wesen nachgesagt wurden, war auch die eines Missionars, der die damalige Welt belehrend durchstreift hatte. Und allein durch seine Zunge, seine Sprache und all das, was er verkündete, sollen „Himmel und Erde" erschaffen worden sein, ward es Licht, bis schließlich der Mensch aus seinem lethargischen Dasein als „Adam" erwachte, nun auch die gleiche Sprache besaß und mit dem Himmlischen verkehren durfte.

Es war also jene goldene Zeit, in der das „Göttliche" unter den Menschen verweilte, unter ihnen wandelte.

Doch der Mensch blieb eben auch in der Haut eines „Adams" ein irdisches Geschöpf, in dem die Gene des Jägers und Sammlers stets die Oberhand behielten. Die gewonnene göttliche Weisheit war deshalb bloß eine trügerische dünne Schale, die beim kleinsten unmoralischen Windstoß hoffnungslos zerbröckelte.

Im Garten „Eden" geschah dann auch das Unvermeidliche und Adam wurde samt Anhang aus dem Garten verbannt.

Wann dies geschah, bleibt womöglich ein ewiges Rätsel der Geschichte.

Dann floss die Zeit dahin, eine lange Zeit, in der der Kontakt der Menschen zu dem weit abgelegenen „Eden" abbrach.

Nur vage Ahnungen gab es darüber in ihrer Erinnerung.

Währenddessen herrschte im wahrsten Sinne des Wortes eine Art „Zero-Age", in dem kulturell einfach nichts Bewegendes geschah, als wären die Menschen zur Untätigkeit verdammt, als hätte der gesamte Planet unter einem dichten und lähmenden Schleier gelegen.

Was nach Adams Vertreibung während dieser Zeit in „Eden" geschah, bleibt lange im Dunkeln verborgen, bis Henoch auf den Plan gerufen wurde.

Und plötzlich erlebte der überforderte und verwirrte Henoch eine völlig andere, Bestaunens würdige Welt, die es parallel zu der seinen gab und von der er nicht die geringste Ahnung hatte. Dort traf er dann auf Wesen, die er bis Dato noch nie erblickt hatte, die im Stande waren, ihn in die Luft zu heben und zum entlegenen Ort „Eden" zu entführen, an den eigentlich kein Sterblicher gelangen konnte.

Wer war Henoch, wo hatte er bis dahin gelebt, dies sind Fragen, auf die es wohl so gut wie keine stichhaltigen Antworten geben kann.

Hingegen erlebte er innerhalb der Mauern von „Eden" wundersame Dinge, die er später trotz seines bescheidenen Geistes mit bemerkenswerter Ausführlichkeit und Souveränität beschrieb und die uns in eine fremde Welt entführen.

Von ihm erfahren wir plötzlich auch etwas über die Ordnung in „Eden" und das, was dort offensichtlich seit der Vertreibung Adams geschehen war.

Er traf auf einen Engel namens Vrevoel, der im Angesicht des „Herrn" aus dem Gedächtnis komplexe Texte rezitieren konnte. Und das, was er in 30 Tagen und 30 Nächten ununterbrochen vortrug, verewigte Henoch mit eigener Handschrift in diversen Büchern.

Somit ist Henoch, der nach der Überlieferung als der Erste nach Adam gilt, der das Paradies lebend betrat, wohl der erste Wiederhersteller der Schriften.

Mit anderen Worten, bis zu Henochs Entführung wurden in „Eden" ungeheure Mengen an verschiedensten kulturellen Informationen von einer bestimmten Gruppe im Gedächtnis bewahrt. Tagein, tagaus standen diese Wesen im Angesicht des Herrn und rezitierten wie Automaten das im Gedächtnis Gespeicherte.

Seit wann sie diese Art des „Aufbewahrens" ausübten, ist nicht nachvollziehbar.

Jedenfalls blieb diese Gruppe, 70 an der Zahl, auf diese Art tätig, bis die Zeit sozusagen erfüllt war.

Dann trat der Schriftgelehrte auf den Plan, der nunmehr horchend die mündlichen Botschaften in schriftliche Buchstaben umsetzte, das Gesprochene fürs Auge sichtbar machte.

Diese aufeinander sprachlich abgestimmte und voneinander stets abhängige Gemeinschaft erfüllte den angestrebten Endzweck, solange der Kreis der Erinnerer von Generation zur nächsten die überlieferten Informationen ohne nennenswerte Störungen in Fluss hielt und sie zu Beginn einer neuen Religio-Ära von den Wiederherstellern der Schriften in Buchstaben umgesetzt wurden.

Auf diese Weise war es möglich, nicht nur sprachliche Nuancen aus den paradiesischen Zeiten noch Jahrtausende später naturgetreu mit dem Ohr zu vernehmen, sondern auch, Botschaften aus längst untergegangen Epochen zu erhalten.

Doch irgendwann gab es einen folgenschweren Bruch in der Kette der Überlieferung mit der Folge, dass die Wiederherstellung der Schriften einen irreparablen Rückschlag erlitt.

Die begangenen linguistischen Irrtümer und Fehlinterpretationen waren so auffällig, dass man sie nicht mehr als unvermeidbare Geringfügigkeiten abtun konnte und man dazu geneigt wäre, von einer unfachkundigen und überforderten Schreibergeneration, von einem grundlegenden, radikalen Generationswechsel auszugehen.

Fremde hatten sozusagen das Ruder übernommen.

Lange Zeit hatte ich bei den Recherchen für mein bereits veröffentlichtes Buch gerätselt, wann dies stattgefunden haben könnte, bis ich irgendwann bei Moses fündig wurde und die verhängnisvollen Passagen im Text herausfiltern konnte.

Schon zu Beginn seiner Berufung geschahen sonderbare Dinge, die den Verdacht erhärten, dass Moses sich in einer für ihn völlig fremden Welt befand, in der er nichts zu suchen hatte.

Als er den göttlichen Auftrag erhielt, sich in das Land der Pharaonen zu begeben und die Freilassung des geknechteten Volkes zu fordern, hatte er von den elementaren Grundlagen des damaligen Glaubens nicht die geringste Ahnung, wusste nicht einmal, wie die Gottheit hieß, in deren Namen er immerhin in Ägypten verhandeln sollte:

»*Mose sprach zu Gott: Siehe, wenn ich zu den Kindern Israel komme und spreche zu ihnen: Der Gott eurer Väter hat mich zu euch gesandt!, und sie mir sagen werden: Wie ist sein Name?, was soll ich ihnen sagen?*«

Doch es waren nicht nur solche peinlichen religiösen Defizite, die Moses zu beklagen hatte.

Auch sprachlich schien er gänzlich überfordert gewesen zu sein, wenn es um die Verständigung am ägyptischen Hof ging.

Denn die spärlichen Sätze, die er im Namen des Herrn vor dem Pharao vortragen sollte, bereiteten ihm große Schwierigkeiten, dass er auf einmal eine schwere Zunge bekam, sie also nicht nachsprechen konnte, und es vehement ablehnte, die Botschaften selber vorzutragen.

Egal, was der Herr relativierend und ermunternd einwendete, Moses blieb keine andere Wahl, als stur zu bleiben:

»*Ach, mein Herr, ich bin von jeher nicht beredet gewesen, auch jetzt nicht, seitdem du mit deinem Knecht redest; denn ich hab eine schwere Sprache und eine schwere Zunge.*«

Da Moses sich mit dem Herrn seit der Begegnung am Dornbusch mühelos verständigen und sogar mit ihm hadern und streiten konnte, ist anzunehmen, dass sich beide Akteure in einer Sprache verständigten, die die eigene Muttersprache war.

Doch sobald es um die zu übermittelnden Botschaften ging, bekam er plötzlich eine schwere Zunge und provozierte den Herrn derart, dass dieser zornig wurde:

»Mein Herr, sende, wen du senden willst. Da wurde der Herr sehr zornig über Mose.«

Dem Herrn blieb zu guter Letzt keine andere Wahl, als nachzugeben und Aaron zum sprachlichen Vermittler zu ernennen, der nun mit „Moses' Mund" zum Volk reden sollte.

Und gerade hier liegt die erste heiße Spur.

Wir haben uns nämlich bei Moses' Geschichte daran gewöhnt, unser Augenmerk auf das zu fixieren, was zwischen ihm und dem Pharao geschieht, und dabei auf sträfliche Weise wichtige Nuancen übersehen, auf die es eigentlich bei dieser Mission in erster Linie ankam.

Denn zu Beginn seiner Berufung erhielt Moses den Auftrag, nicht den Pharao, sondern zunächst einmal einen ganz bestimmten Kreis in Ägypten aufzusuchen, für den die ersten Botschaften des Herrn bestimmt waren, die Moses' schwere Zunge lösten:

»Darum geh hin und versammele die Ältesten von Israel und sprich zu ihnen: Der Herr, der Gott eurer Väter, ist mir erschienen und hat gesagt: Ich habe mich euer angenommen und gesehen, was euch in Ägypten widerfahren ist.«

Moses wurde also damit beauftragt, zunächst einmal die Ältesten des Volkes in Ägypten aufzusuchen und ihnen von dem bevorstehenden historischen Ereignis zu berichten, damit sie auf ihre historische Aufgabe eingestimmt wurden und die erforderlichen Maßnahmen ergreifen konnten.

Erst dann sollte er in Begleitung der Ältesten am Hofe des Pharaos vorstellig werden:

»Danach sollst du mit den Ältesten Israels hingehen zum König von Ägypten.«

Demnach hielt sich das 70er-Gremium, das Moses zuerst konsultieren musste, vor dem Exodus in Ägypten auf: sie waren in Bezug auf den Exodus die allererste Adresse im Land.

Sie waren diejenigen mit der erforderlichen Autorität, die mit dem Pharao verhandeln und sich Gehör verschaffen konnten.

Und sie waren das tragende Fundament für all das, was noch geschehen sollte.

Ohne die Informationen und Botschaften, die in ihrem Gedächtnis seit Adam von Generation zu Generation weitergegeben worden waren, wäre das, was mit dem Exodus bezweckt war, das, was auf der Sinai-Halbinsel in die Tat umgesetzt werden sollte, völlig undurchführbar gewesen.

Sie waren der Schlüssel zur Durchführung des Exodus, die literarische „Brücke" und Legitimation des Göttlichen.

Ohne ihren Beistand hätte ein Niemand wie Moses nicht den Hauch einer Chance gehabt, vor den Pharao zu treten und sich dort Gehör zu verschaffen.

Nun wird auch erst verständlich, warum Moses' Zunge plötzlich versagte.

Die Botschaft des Herrn an die Ältesten des Volkes war in der gleichen Sprache formuliert, in der seit Adam die göttlichen Botschaften im Gedächtnis verankert worden waren: in Hocharabisch!

Und diese für seine Ohren völlig fremd klingende Sprache bereitete Moses' Zunge derart unüberwindbare Probleme, dass er sich aufgrund seiner notorischen Starrsinnigkeit nicht scheute, den Zorn des Herrn in Kauf zu nehmen. Das heißt aber auch, dass Moses und seine Begleiter, die vor dem Exodus aus Ägypten zerstörend, brandschatzend und mordend über das Land gezogen waren, aus einem anderen, fremden Kulturkreis stammten, für die das adamitische Erbe nicht bestimmt war.

Doch dies war nur die erste überraschende Spur.

Die zweite Spur und für die Lösung des Rätsels entscheidenden

Hinweis hinterließen die Leviten einige Zeit später nach erfolgtem Auszug, eine weitere Spur, deren Tragweite kaum wahrgenommen wurde.

Nach dem Auszug befahl der Herr in Sinai abermals:

»*Und der Herr sprach zu Mose: Sammle mir siebzig Männer unter den Ältesten Israels, von denen du weißt, dass sie Älteste im Volk und seine Amtleute sind, und bringe sie vor die Stiftshütte und stelle sie dort vor dich.*«

Welch eine seltsame Anweisung!

Auf den ersten Blick scheint es so, als ob wir es hier mit einer nachvollziehbaren Aussage zu tun haben, welche nicht zum Nachdenken anregt.

Doch in Wirklichkeit schlummert dahinter einer der unrühmlichsten Momente in der menschlichen Geschichte, die Moses und die Seinen zu verantworten hatten.

Wenn nämlich der Herr nach erfolgtem Auszug die Anweisung erteilte, aus den ausgewanderten Völkergruppen 70 der ältesten Männer auszusuchen, so bedeutet diese Anweisung eindeutig, dass ein 70er-Gremium zur Wiederherstellung der Schriften gebildet werden sollte.

Und spätestens jetzt drängt sich die Frage auf, wo die 70 Ältesten geblieben waren, die Moses und Aaron zu Beginn der Mission in Ägypten im Auftrag des Herrn aufgesucht hatten und mit deren Unterstützung der Kontakt zu Pharao und seinen Hofbeamten hergestellt worden war.

Auf diese Frage geben die mosaischen Texte zwar eine indirekte, aber durchaus klare Antwort.

Als sich Moses zu lange auf dem Berg Horeb aufhielt, goss das Volk unter Aarons Führung einen goldenen Stier, den sie anbeteten:

»Und sie sprachen: Das ist dein Gott, Israel, der dich aus Ägyptenland geführt hat! Als Aaron das sah, baute er einen Altar vor ihm und ließ ausrufen und sprach: Morgen ist des Herrn Fest. Und sie standen früh am Morgen auf und opferten Brandopfer und brachten dazu Dankopfer dar.«

Mit „des Herrn Fest" kann nichts anderes gemeint sein als jene Feier, wegen der die Exodisten Ägypten verlassen wollten und mit dem wohl der Bund mit Gott erneuert werden sollte.

Denn der Exodus sollte durchgeführt werden, um ein ungewöhnliches Fest für den Herrn zu veranstalten:

»Lass mein Volk ziehen, dass es mir diene in der Wüste. So lass uns nun gehen drei Tagereisen weit in die Wüste, dass wir opfern dem Herrn. Wir wollen ziehen mit jung und alt, mit Söhnen und Töchtern, mit Schafen und Rindern; denn wir haben ein Fest des Herrn.«

Das heißt also, der sagenumwobene biblische Exodus fand statt, damit das aus der Knechtschaft befreite auserwählte Volk sich samt Hab und Gut an einem anderen Ort niederlassen konnte, um eine neue Ära und eine neue theologische Dynastie zu gründen.

Vor allem aber um den alten Bund mit Gott an einer neuen Stätte zu erneuern.

Hier befinden wir uns also mitten in einer religiös ausgerichteten Auswanderungsbewegung, ein Aufbruch zu einer neuen „Religio-Dynastie".

Deshalb war es folgerichtig, dass Aaron und die Seinen mitten in der mosaischen Mission am Fuße des Berges und in Sichtweite des Herrn einen Altar errichteten und dort ein goldenes Kalb als symbolische Gottesgegenwart gossen, um jenes Fest zu veranstalten, für das sie Ägypten verlassen hatten.

Doch Aaron ist einer der Hauptakteure des Exodus.

Er ist jener, der die Sprache des 70er-Gremiums verstand, ein Mittler und die „Zunge Gottes" bei dieser Mission.

Wo er politisch-kultisch agierte, waren stets die Ältesten des Volkes in seiner Nähe.

Das pompös und mit vielen Tieropfern veranstaltete Fest um das goldene Kalb erzürnte aber den Herrn:

»Der Herr sprach aber zu Mose: Geh, steig hinab, denn dein Volk, das du aus Ägyptenland geführt hast, hat schändlich gehandelt. Sie haben sich ein gegossenes Kalb gemacht.«

Dann tritt die folgenschwere Katastrophe ein:

»Als nun Moses sah, dass das Volk zuchtlos geworden war – denn Aaron hatte sie zuchtlos werden lassen zum Gespött ihrer Widersacher –, trat er in das Tor des Lagers und rief: Her zu mir, wer dem Herrn angehört! Da sammelten sich zu ihm alle Söhne Levi. Und er sprach zu ihnen: So spricht der Herr, der Gott Israels: Ein jeder gürte sein Schwert um die Lenden und gehe durch das Lager hin und her von einem Tor zum anderen und erschlage seinen Bruder, Freund und Nächsten. Die Söhne Levi taten, wie ihnen Mose gesagt hatte; und es fielen an dem Tage vom Volk dreitausend Mann.«

Und genau in diesen bewegenden und beklemmenden Augenblicken dürfte das aus Ägypten ausgewanderte 70er-Gremium den verblendet mordenden Leviten zum Opfer gefallen sein.

Es gab viele schwarze Stunden in der menschlichen Geschichte. Doch das mosaische Gemetzel am Fuße des Berg Horeb darf aber mit Abstand als das Schlimmste angesehen werden, dem das aus Ägypten ausgewanderte „Gottesvolk" zum Opfer fiel:

»Am anderen Morgen aber murrte die ganze Gemeinde der Kinder Israel gegen Moses und Aaron, und sie sprachen: Ihr habt des Herrn Volk getötet.«

Mit seinem zügellosen Fanatismus rottete Moses die führenden Kulturmenschen und Geheimnisträger aus, die bis dahin einen wesentlichen Beitrag zur Erhaltung und Fortführung der adamitischen Kultur geleistet hatten.

»*Die Schreckenstaten, die Mose vollbrachte vor ganz Israel*«, waren selbst dem Herrn derart zuwider, dass er ihm das Betreten des endlich vor seinen Augen liegenden gelobten Landes untersagte:

»*Und der Herr sprach zu ihm: Dies ist das Land, von dem ich Abraham, Isaak und Jakob geschworen habe: Ich will es denen Nachkommen geben. – Du hast es mit deinen Augen gesehen, aber du sollst nicht hinübergehen.*«

Mit der Ermordung der aus Ägypten ausgewanderten 70 Ältesten des Volkes wurde zugleich der Kreis der mündlichen Überlieferungen jäh unterbrochen, welchen es offensichtlich seit Adam gab und der von Henoch in Achuzan fortgeführt bzw. erneuert worden war.

Das von Moses selber an ihrer Stelle ausgesuchte 70er-Gremium hätte nie über ebenbürtige sprachliche Fähigkeiten und Hintergrundinformationen verfügen können.

Die bloße Eigenschaft, die „Ältesten im Volk" zu sein, reichte einfach nicht aus, um eine seit Jahrtausenden etablierte Tradition mit all ihren kulturellen Schattierungen weiterhin theologisch und sprachlich wiederzugeben.

Und vor allem hatten sie ein großes Problem, mit dem Moses schon zu Beginn seiner Mission selber zu kämpfen hatte: Sie waren der arabischen Sprache nicht mächtig genug.

Sie hatten nun in Sinai eine Mammutaufgabe zu bewältigen, die für sie selbst in ihren einfachsten Bestandteilen fremd war und deren linguistischen Herausforderungen sie nicht gewachsen waren.

Kultische Sitten und Gebräuche wurden nach Gutdünken festgelegt, überlieferte Geschichte nach eigenem Ermessen um die fehlinterpretierten Begriffe herum geformt und in fremde Schalen eingebettet.

Ihren sprachlichen Defiziten verdanken wir „Es ward Licht", den Apfel von Eva und ihre einfallslose und befremdliche „Erschaffung" aus Adams Rippe. Andere, nachfolgende Geschichten wurden flickenhaft und mit vielen Irrtümern und Wiederholungen neu geschrieben.

In Sinai fand also eine einschneidende Wachablösung statt: An Stelle der legitimen 70 Ältesten traten andere, die nach und nach in die Rolle von Verwaltern des göttlich Überlieferten schlüpften, das für das eliminierte „Volk des Herrn" bestimmt war.

Die zahlreiche Fehlinterpretation späterer Verfasser war somit vorprogrammiert.

Damit erfährt das von Henoch hinterlassene Erbe einen irreparablen Bruch, sein Vermächtnis versinkt im heißen Sinai-Sand unter den Sandalen mosaischer Krieger.

Die Ereignisse am Fuße des Bergs Horeb waren also für den weiteren Verlauf der Geschichte von entscheidender Bedeutung, stellten sie doch die Weichen für das „Andere", von dem Herrn des Henoch eigentlich nicht gewollte Menschentum.

Die einstigen gütigen, zivilisierten und friedfertigen Verwalter der „edenitischen" Kultur traten unwiederbringlich von der Weltbühne ab.

Mit Sinai und Moses haben wir also einen folgenschweren und entscheidenden theologischen Umbruch, an dem die bis dahin gemäßigte Lehre des Lichts und der Gewaltlosigkeit, der Liebe und des Friedens in eine unbarmherzige Ummantelung eingezwängt und letztlich radikalisiert wurde.

Ich musste nun intensiv an diese berühmte Szene denken, die mich zu fesseln begann.

Allmählich festigte sich in mir mehr und mehr die Überzeugung, dass mit ihr tatsächlich ein Wendepunkt in der menschlichen Geschichte hin zum Schlechten eingeleitet wurde.

Krampfhaft versuchte ich mir nun vorzustellen, was damals in der Wüste wirklich geschah, und versank gedanklich in die schauderhafte Kulisse, wo der weitere Verlauf der Geschichte von einer Horde fanatischer Krieger, in deren blutverschmierten Händen das Schicksal des friedfertigen „Volk des Herrn" lag, gänzlich auf den Kopf gestellt wurde.

Ich sah die in feierlichen bunten Kleidern um das goldene Kalb fröhlich tanzenden und singenden Menschen, wie sie ihr Fest voller Ausgelassenheit feierten, wie die dichten Rauchwolken der Opfertiere den Himmel verdunkelten und Aaron mit dem Schlachtmesser in der Hand gelegentlich seine Hände gen Himmel reckte, Gebete und Beschwörungsformeln ausstoßend.

Und nichts, aber auch gar nichts deutete darauf hin, dass hier, auf diesem Fleck unberührter Wüste etwas Anstößiges praktiziert wurde.

Ich grübelte darüber nach, dass es wohl einen Grund für das geben musste, was die Auswanderer unter Aarons Führung hier veranstalteten.

Mühselig und beschwerlich war ihnen soeben die Flucht aus einer 400-jährigen demütigenden Knechtschaft gelungen und die Menschen konnten nun endlich in Sinai einen Hauch von Freiheit und Selbstachtung genießen, sich endlich auf eine bessere Zukunft besinnen.

Doch was geschah dann, wie nutzten diese Kreaturen die ihnen gebotene einmalige Gelegenheit?

Des Herrn Volk tat offensichtlich genau das, was es nicht hätte tun sollen, es war starrsinnig und unbelehrbar, provozierte mit seinen kultischen Fehltritten den eigenen Untergang.

Aber kann ein Volk, das immerhin bis zu diesem Zeitpunkt die Fackeln der Kultur getragen hatte, wirklich so dumm, so undankbar sein, um unmittelbar nach seiner glücklichen Befreiung derart zu sündigen, ohne Anlass im Abgrund der Götzerei zu versinken und das auch noch am Fuße jenes Berges, auf dem sich Gott zusammen mit Moses aufhielt, also quasi vor deren Argusaugen?

Auch hier neigte ich mehr und mehr zu der Überzeugung, dass die Verfasser der mosaischen Geschichte wohl nichts, aber auch gar nichts von dem verstanden haben, was sich wirklich am Fuße des Berges abspielte. Sie brachten vieles durcheinander und verflochten die unterschiedlichsten Geschichten miteinander.

Wie wäre sonst die abstruse Rolle Aarons zu erklären, vor dessen Augen zunächst das Goldene Kalb gegossen wurde, das er schließlich anbeten ließ und auf diese Weise das Volk aus eigener Überzeugung zur Götzerei verführte, um kurz darauf in den Reihen der Scharfrichter als Vollstrecker aktiv mitzuwirken?

Sie haben uns wohl eine bloße Momentaufnahme der wichtigsten historischen Szene in der Menschheitsgeschichte überliefert, ohne das Geringste von den tiefen historischen Wurzeln zu ahnen, woraus dieses Ereignis in Wirklichkeit entsprungen war.

Ohne die auslösende Vorgeschichte zu kennen, definierten sie die „Tat" auf ihre unbeholfene Art, die uns später zwangsläufig dazu verleiten musste, das Geschehen mit ebensolchen Augen zu sehen und zu urteilen, dass die Rollen des Guten und des Bösen bereits fixiert waren, dass der Sieger, der Schlächter wohl Gottes Hand und sein Wille sein musste.

Was hat sich also tatsächlich auf dem Sinai abgespielt und was haben uns die von Moses Zusammengewürfelten 70 Neulinge für Geschichten beschert? Was entsprach dem damaligen Geschehen und welche Geschichten wurden Moses einfach angedichtet, aus früheren Zeiten als aktuelle Begebenheiten übernommen?

Ja, hat Moses das anstößige und berühmte Goldene Kalb überhaupt leibhaftig erlebt, hat sich diese Szene tatsächlich am Fuße des Berg Sinai abgespielt?

Als ich gedanklich versunken weiter ausholen wollte, erblickte ich die auf dem Tisch liegenden Bücher Henochs.

Ich nahm die slawische Fassung zur Hand.

Kaum begann ich die Seiten umzublättern, schon hatte ich aus einem unerfindlichen Grund das dumpfe Gefühl, dass in ihren Aussagen jene Vorkommnisse zu finden sein würden, die später als Grundlage zur Entstehung der Geschichte um den Goldenen Stier dienten.

Also begann ich erneut auf Henochs Pfad zu wandern.

An der Stelle, wo Henoch in den Himmel gehoben wurde, so der Glaube der an dem Ort der Entrückung Anwesenden, musste sich wohl auch der Ausgang befinden, durch den man auf eine wundersame Weise in den Himmel gelangen konnte.

Folgerichtig wurde dort ein „Heiligtum" errichtet.

»*Es eilten aber Methusalem und seine Brüder, alle Söhne Henochs, und erbauten einen Altar an dem Ort Achuzan, wo Henoch aufgenommen ward. Und sie nahmen Rinder und Stiere und riefen herbei alles Volk und opferten vor dem Angesicht des Herrn.*«

Die Texte ließen keinen Zweifel daran, dass zunächst nur ein Altar errichtet wurde. Weder war die Rede von komplexen Heiligtümern und schon gar nicht von einem Haus für Gott.

Wie so ein Altar damals baulich beschaffen war, lässt sich kaum nachvollziehen.

Doch mit der Errichtung dieses Gebildes wurden die ersten verhängnisvollen theologischen Fehlentwicklungen eingeleitet.

Die Gemeinde führte sogleich eine primitive kultische Handlung ein, nämlich das sinnlose hinmetzeln von Tieren als Opfergabe. Je mehr Blut floss, desto mehr Begeisterung und Jauchzen kamen auf.

Woher diese abartige Sitte herrührt, ist unklar.

Doch dies interessierte mich zunächst nicht sonderlich.

Was mich viel mehr beschäftigte, war etwas anderes, das ich nicht so recht einordnen konnte.

Wie war eigentlich die Aussage zu verstehen, dass die Opfergabe im Angesicht des Herrn dargebracht wurde?

Henoch wurde ja deshalb nach „Eden" versetzt, um vor dem Angesicht des Herrn in Ewigkeit zu dienen.

Diese Tätigkeit war ja eine der wichtigsten Gründe, für die er dorthin berufen wurde.

Wenn aber der eigentliche Herr immer noch in „Eden" präsent war, vor welcher Gottheit wurden all diese Tiere in Achuzan geopfert? Hatten die Menschen um Methusalem womöglich das Abbild einer Gottheit erschaffen, womit wir hier den historischen Augenblick erleben, in dem die Götzenbilder eingeführt wurden?

Als ich im Text vergeblich nach Hinweisen in diese Richtung suchte, schien mir dieser Gedanke zunächst abwegig zu sein.

Dann fiel mir etwas ein.

In meinem Adam-Buch hatte ich mich auch mit Methusalem befasst und dabei das Geheimnis um seinen Namen entschlüsselt.

Und mich nun daran erinnernd, glaubte ich, hier eine befriedigende Antwort auf die gestellte Frage zu finden.

Einige Tage nach Henochs Entrückung, so erfahren wir, entschlossen sich die Ältesten des Volkes, einen Priester zu ernennen, der vor dem Angesicht des Herrn dienen sollte.

Die Wahl fiel auf Henochs Sohn.

»*Und am dritten Tag zur Abendzeit sprachen die Ältesten des Volkes zu Methusalem: Gehe und stehe vor dem Angesicht des Herrn und vor dem Angesicht alles Volks und vor dem Angesicht des Altars des Herrn, und du wirst verherrlicht werden in deinem Volk.*«

Nach der endgültigen Entrückung Henochs finden wir nun die Ältesten des Volkes in Achuzan aktiv in die kulturell-theologische Ordnung eingreifend, woraus geschlossen werden kann, dass dort in Hinblick auf das zukünftige Gottesreich nach und nach das Abbild dessen geschaffen wurde, das einst in Eden vor dem Abfall der Engel und der Ermordung Abels installiert worden war.

Methusalem reagierte allerdings reserviert, er vermochte offensichtlich die eigene Legitimation nicht zu erkennen.

Aus irgendeinem Grund vertrat er die Ansicht, dass der Gott seines Vaters selber für die Wahl eines Priesters des Höchsten ein Zeichen setzen sollte.

»*Und es antwortete Methusalem seinem Volk: Wartet, o Männer, bis dass der Herr, der Gott meines Vaters Henoch, er selbst sich einen Priester erweckt über seinem Volk.*«

Doch nichts dergleichen geschah. Eine Nacht lang wartete das Volk vergeblich auf ein Zeichen des Herrn.

»*Es verharrte aber das Volk eine Nacht vergebens daselbst an dem Ort Achuzan.*«

Dann entschloss sich Methusalem zu einer spontanen Tat.

»*Und es verweilte Methusalem nahe bei dem Altar und betete zum Herrn und sprach: Einiger Herr der ganzen Welt, der du erwählt hast meinen Vater Henoch, stelle du auf einen Priester deinem Volk und mache verständig ihre Herzen, zu fürchten deine Herrlichkeit und zu tun alles nach deinem Willen.*«

Diese Zeilen zeugen von einer noch intakten theologischen Welt in Achuzan, in der Götzendienst noch ein Fremdwort war.

Denn Methusalem betrachtete den Altar nicht als sakralen Gegenstand, den er anbeten musste, sondern schlicht als eine mystische Brücke, über die er mit dem Herrn zu kommunizieren glaubte.

Theologisch betrachtet, sind demnach die Menschen um Methusalem sozusagen noch „jungfräulich".

Zugleich bedeutet dies, dass an dem Ort des Geschehens, wohin Henoch entrückt wurde, sich tatsächlich etwas Ungewöhnliches, etwas Bewegendes ereignete.

Und in der Tat, wenn wir nun den Begriff „Altar" deuten, so verblüffen uns Henoch und die arabische Sprache von Neuem.

Altar: Al'tar

Al: die Gottheit El,

T-a-R[7] = fliegen.

Also genau an der Stelle, an der dieses heilige Symbol errichtet wurde, flog sozusagen die Gottheit El in den Himmel.

Und dies dürfte eine eindrucksvolle Bestätigung dafür sein, dass Henoch tatsächlich an diesem Ort in den Himmel gehoben wurde.

Demzufolge war man an diesem Ort mystisch mit Gott verbunden, an dieser Stelle war er symbolisch anwesend.

An einem Ort namens Achuzan soll also aller Wahrscheinlichkeit nach die Idee vom Altar entstanden sein, die fortan in der theologischen Tradition nachfolgender Generationen einen festen Platz in den Gotteshäusern haben und als die Stelle betrachtet werden würde, an der man mit Gott kommunizieren sowie seine Bitten und Anrufungen an ihn richten kann.

Dann kam es an diesem kultischen Ort zu höchst seltsamen Vorgängen.

Wenn eine göttliche Antwort ausbleibt, gibt es Mittel und Wege, um ein wenig nachzuhelfen.

Während Methusalem schlief, erschien ihm der „Herr".

»Und es schlief Methusalem, und es erschien ihm der Herr in einem Gesicht des Nachts und sprach zu ihm: Höre Methusalem, ich bin der Herr, der Gott deines Vaters Henoch, höre die Stimme deines Volks und stehe vor dem Angesicht meines Altars, und ich werde dich verherrlichen vor dem Angesicht des Volks, und du wirst herrlich sein alle Tage deines Lebens. Und es stand Methusalem auf von seinem Schlaf und benedeite den Herrn, der ihm erschienen war.«

Als er erwachte, nahm alles seinen geregelten Gang.

»Und am Morgen kamen die Ältesten des Volkes zu Methusalem, und es lenkte der Herr Gott das Herz Methusalems zu hören die Stimme des Volkes. Und er sprach zu ihnen: Der Herr Gott möge tun das seinen Augen Wohlgefällige an diesem Volk heute.«

Doch kaum waren sie umgestimmt, schon standen die drei Ältesten des Volkes mit den erforderlichen Utensilien zur Amtseinführung bereit.

»Es eilten Sarsan und Charmis und Zazas, die Ältesten des Volkes, und kleideten Methusalem in vorzügliche Kleider und setzten eine leuchtende Krone auf sein Haupt. Und es eilte das Volk und führte herzu Opfertiere und Rinder und von Vögeln alles Bestimmte, dass opfere Methusalem im Namen des Herrn und im Namen des Volks.«

Kaum hatte ich diesen Text zu Ende gelesen, begann ich zu grübeln und meine Spürnase signalisierte mir, dass die Luft zwischen den Zeilen immer dicker wurde.

Und dies wohl aus gutem Grund!

Wenn wir bisher aus der Gemeinde um Methusalem Namen

hörten, so klangen diese in unseren Ohren einigermaßen vertraulich. Henoch, Lamech, Nir und Noah sind typisch hierfür.

Doch die Namen der drei genannten Ältesten des Volkes können einfach nicht zugeordnet werden, sie klingen ebenso fremdartig wie die Namen die vom Herrn abgefallenen Engel. Diese hießen Semjaza, Zaqebe, Samsaveel, Sartael und Azazel, um nur einige zu nennen.

Bei diesen drei Ältesten, die die zeremonielle Ernennung eines Priesterkönigs vollzogen haben, haben wir es mit einem aus anderen Kulturkreis zugereisten Fremden zu tun, die, die Möglichkeit und die Fähigkeiten besaßen, solche politisch-kultischen Vorgänge zu steuern und aktiv in das Schicksal der Menschen verändernd und bestimmend einzugreifen.

Und folgerichtig erscheinen sie am Morgen, nachdem Methusalem aus seinem „visionären Traum" aufgewacht war.

An dieser Stelle hatte ich vor langer Zeit eine entsprechende Randbemerkung im Buch gemacht: „*Matthäusevangelium*"!

Hier haben wir wohl das Vorbild für die drei Weisen, wobei aus dem „Morgen" einfach „Morgenland" wurde.

Bei Matthäus hatten die drei Zugereisten auch eine vergleichbare Aufgabe zu erfüllen.

Dass diese Dreiergruppe eine führende kultische Rolle innehatte und viel Einfluss auf die Menschen ausüben konnte, lässt der Text erahnen.

Sie bringen ja nicht nur die richtigen Kleider zum Ausüben des Priesteramtes mit, sondern auch einen Gegenstand, der auf eine geheimnisvolle Weise selbst Licht aussendete: Die sogenannte leuchtende Krone.

Ihre mysteriösen Strahlen verliehen dem Hohepriester eine unanfechtbare Sonderstellung als Gottesvertreter.

Da diese Krone aufgesetzt wurde, ist davon auszugehen, dass sie nicht wesentlich größer war als der menschliche Kopf selbst.

Sie dürfte später als Vorbild für den Stern von Bethlehem gedient haben.

Auch hier, an der entsprechenden Seite im Henoch Buch, hatte ich eine Randbemerkung gemacht, die mir damals spontan eingefallen war: „Ursprung des Heiligenscheins?"

Hier haben wir wohl auch den Anfang jener Sitte, nach der Heilige mit leuchtendem Kranz über dem Kopf dargestellt wurden.

Jedenfalls hatte diese Krone eine nicht zu übersehende Leuchtkraft.

»*Und es stieg Methusalem auf den Altar des Herrn, und sein Gesicht leuchtete wie die Sonne in der Mitte des Tages aufgehend.*«

Gewisse Punkte der zeremoniellen Ernennung des Methusalem erinnerten mich an das, was Henoch kurz nach seiner Ankunft in Eden durchlebt hatte.

Denn er durchlief bei seiner Einsetzung als Priester des Höchsten durchaus vergleichbare Schritte.

Auch er wurde gesalbt und bekleidet mit den „*Kleidern der Herrlichkeit*".

Und die vermeintliche Salbe entpuppte sich bei genauerem Betrachten als etwas ganz anderes, das der verblüffte Henoch zum ersten Mal in seinem Leben erblickte und deshalb zunächst mit seinem bescheidenen Urteilsvermögen beschrieb.

»*Und das Aussehen jener Salbe war mehr als ein großes Licht ... und wie die Strahlen der Sonne glänzend.*«

Hier handelte es sich also um einen geheimnisvollen Körper, der dieselbe Leuchteigenschaft hatte wie die Krone, die in Achuzan auf Methusalems Haupt gesetzt wurde.

Diese strahlende Lichtkugel auf den Kopf gesetzt bedeutete grenzenlose Macht und vor allem das Privileg, dass der Betreffende der direkte Mittler zum Göttlichen war.

Da aber diese leuchtende Kugel immer wieder mit den Strahlen der Sonne in Verbindung gebracht wurde, bedeutete dies schlichtweg, dass der Gekrönte ein Sohn des Lichtes, ein Sonnenkönig war.

Spätestens jetzt begann ich zu begreifen, warum meine Spürnase so heftig auf die Zeilen reagierte: Irgendetwas stimmte hier bei der Krönung Methusalem einfach nicht, irgendetwas entsprach nicht den „kultischen Normen".

Zunächst begann ich mich zu fragen, was diese Berufung eigentlich zu bedeuten hatte, ja was damit bezweckt werden sollte? Denn wir erfahren, dass Henoch deshalb aus dem Kreis seiner Sippe entführt worden war, um in Eden vor dem Angesicht des Herrn feierlich als Gottesdiener in Ewigkeit eingesetzt zu werden.

Die eigentliche Ernennung des sogenannten „Priester des Höchsten" hatte ja bereits mit Henochs Entrückung und Einsetzung in Eden stattgefunden.

Wozu sollte also dann die feierliche Amtseinführung Methusalems dienen?

Hatte Henoch womöglich einen kultischen Machtwechsel zu Gunsten seines Geschlechtes bewirken können?

Nein, dies schien mir völlig ausgeschlossen zu sein.

Dafür war der unerfahrene Henoch nicht lange genug im Amt, er konnte bis dahin kaum die hierfür erforderlichen Hebel der Macht in seinen Händen bündeln.

Ich spürte förmlich, dass es allmählich zwischen den Zeilen knisterte, dass ich etwas übersehen hatte, was jetzt, nach all den Jahrtausenden, ganz deutlich vor meinen Augen zu schimmern begann.

Ich stand auf und tigerte einmal mehr im Raum hin und her. Und als meine Blicke auf die noch eingeschaltete Lichtquelle des Raumes fielen, hätte ich beinahe vor lauter Wut gebrüllt!

Ja, wie konnte bloß dieser grandiose Hinweis meinen Argusaugen entgehen?

Die kultischen Nuancen zwischen der Einsetzungszeremonie des Henoch und der seines Sohnes Methusalem konnten wahrlich kaum unterschiedlicher sein.

Bei Henoch erfahren wir, dass der Archistratege Michael ihn zunächst von seinen irdischen Kleidern befreite, dann wurde sein nackter Körper mit einer *„guten Salbe"* bearbeitet, eine Salbe, die zwar feucht und duftend war, aber in erster Linie wie die Strahlen der Sonne glänzte. Henoch wurde also aller Wahrscheinlichkeit nach in einem Tauchbecken kultisch gereinigt, wo die feuchte und nebelhafte Luft reichlich von Myrrhe Rauch durchzogen war. Am Ende der Prozedur kam er in irgendeiner Weise mit dem ganzen Körper mit dieser geheimnisvollen Lichtquelle in Berührung, wurde also den Lichtstahlen ausgesetzt: Henoch galt nun theologisch als „gesalbt".

Erst jetzt hatte er die erforderliche Reinheit, um in die Kleider der Herrlichkeit als der höchste Diener im Angesicht des Herrn zu schlüpfen.

Und Methusalem?

Bei ihm erreichte die Zeremonie ihren Höhepunkt, indem Sarsan, Charmis und Zazas ihn zunächst in vorzügliche Kleider steckten und erst danach *„eine leuchtende Krone auf sein Haupt"* als Vollzug des Ernennungsaktes setzen.

Hier lag gerade ja der entscheidende Gegensatz zu Henoch.

Denn dieser bekam keine leuchtende Krone aufgesetzt, sondern wurde mit deren Strahlen gesalbt und galt somit als Priester, als Gottesdiener.

Methusalem hingegen wurde gekrönt.

Er trug die lichtspendende Krone auf dem Kopf. Er war also kein Priester, sondern ein wahrer Sonnenkönig. Denn durch die geheimnisvoll strahlende Krone galt er nun in den Augen seiner Untertanen als Gottkönig, wird selber mit den Göttern auf die gleiche Stufe gestellt.

Ein theologischer Machtwechsel zu Gunsten Achuzans fand also nicht statt. Mit Henochs Berufung sollte vielmehr unter bereits durch Mord und Rebellion beflecktes Paradies ein Strich gezogen und ein Neubeginn eingeleitet werden.

Nun interessierte mich brennend, was nach der Krönung Methusalems geschah.

Als die zeremonielle Krönung beendet war, setzten die drei Ältesten die Feierlichkeit nach eigener Inszenierung fort.

»Und die Ältesten des Volks nahmen Opfertiere und Rinder und banden sie an vier Füßen und legten sie oben auf den Altar und sprachen zu Methusalem: Nimm dies Messer und schlachte dies Bestimmte vor dem Angesicht des Herrn.«

Doch Methusalem hatte offensichtlich Hemmungen, der Aufforderung der drei Ältesten nachzukommen.

Obwohl er bereits gekrönt war, weigerte er sich aus irgendeinem Grund, die Tiere zu opfern, und bestand, nunmehr vor dem Altar stehend, auf ein göttliches Zeichen.

»Und Methusalem reckte seine Hände zum Himmel und rief an den Herrn, also sprechend: Wehe mir, Herr, wer bin ich, zu stehen zu Häupten deines Opferaltars und zu Häupten dieses Volkes! Nun Herr, schaue auf deinen Knecht und auf alles dieses Volk, dass jetzt alles erprobt werde, und gib Gnade deinem Knecht vor dem Angesicht alles Volks, damit sie erkennen, dass du gesetzt hast einen Priester deinem Volk!«

Die drei Ältesten mussten nun mit weiterem Hokuspokus nachhelfen, um den reservierten Methusalem umzustimmen und seinen Widerwillen zu brechen.

»Und es geschah, als Methusalem betete, erbebte der Altar, und es erhob sich das Messer vom Altar und sprang dem Methusalem in die Hände vor dem Angesicht alles Volkes. Und es zitterte das Volk und pries den Herrn. Und es ward geehrt Methusalem vor dem Angesicht des Herrn und vor dem Angesicht alles Volks von jenem Tag an.«

Wenn dieses göttliche Wunder entsprechend geschickt vor den Augen zahlreicher Menschen geschah, so ist davon auszugehen, dass Sarsan, Charmis und Zazas die Kunst der Zauberei beherrschten.

Und in der Tat erfahren wir von Henoch, dass jeder der gefallenen Engel ein Spezialist auf seinem Gebiet war und sie den Menschen neben anderem Astronomie, Traumdeutung und Zauberei beibrachten.

Auch die drei von Matthäus erwähnten Könige waren ursprünglich Magier. Erst später machte die Tradition aus ihnen wegen der mitgebrachten Geschenke Könige.

Als ich weiterlesen wollte, tatschte ich unsanft mit der flachen Hand gegen meine Stirn. Denn beinahe hätte ich einmal mehr etwas Wichtiges übersehen.

Es gab schon wieder eine Diskrepanz zwischen den beiden Feierlichkeiten.

Bei Henoch erfahren wir während des gesamten Verlaufs der Ereignisse nichts von dem primitiven Tieropferbrauch.

Die theologische Welt in Eden kannte solche abartigen Sitten nicht.

Auch Methusalem musste zunächst ähnlich gedacht haben, als er sich weigerte, den ihm vorgelegten Stier zu opfern.

Erst als die drei Ältesten mit ihren Zaubertricks nachhalfen, glaubte er an die göttlichen Signale und benutzte das Schlachtmesser, das auf wundersame Weise in seine Hand flog.

Die drei Ältesten hatten also eine völlig andere theologische Auffassung als die Anderen in Eden, die sie mit allen Tricks nun in Achuzan durchzusetzen versuchten.

Als ich nun an meine Vermutung von vorhin dachte, also dass die in Achuzan agierenden drei Ältesten wohl zu jenen Engeln gehörten, die vom Herrn abgefallen waren, begann ich mir vorzustellen, was die Menschheit eigentlich zu dieser Zeit so alles erlebte, das später den Verlauf der Geschichte entscheidend beeinflussen würde und die einst begonnene geordnete Kulturpflege, die es bis dahin wohl noch gab, für immer völlig aus der Geradeausspur werfen sollte.

Erneut versank ich tief in Gedanken und versuchte einen Umriss der damaligen Geschehnisse in meinem Kopf zu projizieren, die Henoch so leibhaftig erlebte.

Von den gefallenen Engeln, angeblich 200 an der Zahl mit Semjaza als Anführer, wird erzählt, dass sie sich eines Tages verschworen haben:

»*Es geschah, nachdem die Menschenkinder sich gemehrt hatten in diesen Tagen, dass ihnen herrliche und schöne Tochter geboren wurden. Und als die Engel, die Söhne des Himmels sie erblickten, erbrannten sie in Liebe zu ihnen und sprachen zueinander: Kommt, lasst uns für uns Weiber auswählen aus der Nachkommenschaft der Menschen und lasst uns Kinder zeugen.*«

Demnach hat es aus triftigen Gründen eine strickte Abtrennung zwischen Menschen und Engel gegeben.

Doch der Anführer mit Namen Samjaza hatte zunächst schwere Bedenken, diese große Sünde zu begehen:

»*Dann sprach Samjaza, ihr Anführer, zu ihnen: ich fürchte, dass ihr vielleicht der Ausführung dieses Unternehmens abgeneigt werdet, und dass ich allein dulden müsste für ein schweres Verbrechen. Aber sie antworteten ihm und sprachen: Wir schwören alle, und verpflichten uns durch Verwünschungen gegenseitig, dass wir nicht ändern unser Vorhaben, sondern ausführen unser beabsichtigtes Unternehmen. Dann schworen sie alle einander und alle verpflichteten sich durch gegenseitige Verwünschungen. Ihre Zahl betrug zweihundert, welche herabstiegen auf Ardis, den Gipfel des Berges Armon. Dies sind die Namen ihren Häupter: Samjaza, welcher ihr Führer war, Urakabarameel, Akibeel, Tamiel, Ramuel, Danel, Azkeel, Sarakujal, Afael, Armers, Batraal, Anane, Zavebe, Samsaveel, Ertael, Turel, Jomjael, Arazjal. Dies waren die Vorsteher der zweihundert Engel und die Übrigen waren mit ihnen.«*

Dann trat die folgenschwere Katastrophe ein:

»Und sie stiegen herab auf den Ardis, das ist der Gipfel des Berges Hermon. Und sie nahmen sich Weiber, und jeder wählte für sich eine aus, und sie fingen an zu ihnen hineinzugehen, und vermischten sich mit ihnen, und lehrten sie Zaubermittel und Beschwörungen, und machten sie bekannt mit dem Schneiden der Wurzel und Hölzer. Sie aber wurden schwanger und gebaren große Riesen.«

Die gefallenen Engel bringen den noch unmündigen Menschen diverse kulturelle Techniken bei, die für diese in ihrer Gesamtheit und Zielsetzung nicht unbedingt von Vorteil waren.

Dabei scheint der gefallene Azazel viel Schuld auf sich geladen zu haben, indem er zur Ungerechtigkeit auf der Erde anstiftete und die himmlischen Geheimnisse der Welt offenbarte, sie also den noch unreifen Menschen verriet.

»Azazel lehrte die Menschen Schwerter machen und Messer, Schilde, Brustharnische, die Verfertigung von Spiegeln und die Bereitung von Armbändern und Schmuck, den Gebrauch der Schminke, die Verschönerung der Augenbrauen, (den Gebrauch der) Steine von jeglicher köstlichen und auserlesenen Gattung und von allen Arten der Farbe, so dass die Welt verändert wurde. Gottlosigkeit nahm zu, Hurerei mehrte sich und sie sündigten und verderbten alle ihren Weg. Amazarak lehrte alle

die Zauberer und Wurzelteiler; Armers die Lösung der Zauberei; Barka-
jal die Beobachter der Sterne; Akibeel die Zeichen, Tamiel lehrte Astro-
nomie, und Asaradel lehrte die Bewegung des Mondes.«

Mit der Geburt der Riesen wurde allerdings eine missliche Nachkommenschaft gezeugt, die ein Zeitalter voller Gräueltaten, Blutvergießen und Kannibalismus einleitete, bis sie sich schließlich gegen den Menschen wendete.

Das kulturelle Gleichgewicht auf der Erde, das bis dahin durch die strikte Trennung von Menschen und Engel gewahrt worden war, begann bedrohlich zu wanken.

Damit hatten wir zwei Mächte auf unserem Planeten, die nicht zu einander passten und sich unversöhnlich gegenüberstanden: Die „guten" Engel in Eden mit ihrem Ableger in Achuzan und die „bösen" Engel, die Gefallenen, welche sich zerstreut unter den Menschen aufhielten und ihre kulturellen Fähigkeiten für zügellose Gottlosigkeit und Abgötterei einsetzten und das aus der Art schlagende Geschlecht der Riesen zeugten.

Dieses gestörte Weltbild begann endgültig zu bröckeln, als ausgerechnet am Ort der neuen theologischen Hoffnung das Abbild von Eden in Achuzan, wo der Himmel offenstand, die Sorte der verderblichen Engeln die Oberhand gewann und das Leben nach ihrer fehlgeleiteten Art zu bestimmen und die Menschen nach ihrer kultischen Vorstellung zu manipulieren begann.

Zudem besteht kein Zweifel daran, dass Achuzan seit der Ankunft der drei Ältesten Sarsan, Charmis und Zazas auf einmal aus wichtigem Grund in den Fokus der Geschehnisse rückte, zum Brennpunkt der theologischen Auseinandersetzungen wurde.

Und spätestens als Methusalem auf eine verderbliche und frevelhafte Weise zum Oberhaupt, zum Gottkönig gekrönt wurde, war eine theologisch knisternde Situation geschaffen, die jederzeit zu explodieren drohte.

Denn mit dem Erhalt des göttlichen Machtsymbols, der geheimnisvoll leuchtenden Kugel, wurde er zum „Herrn" der Welt, zum legitimen Beherrscher der Vierwinde erhoben, was einer theologischen Kriegserklärung an Eden und dem dorthin berufenen Henoch gleichkam.

Dennoch erscheint spätestens jetzt die Frage unvermeidlich, ob eine bloße leuchtende Kugel ausgereicht hätte, den damit gekrönten zum absoluten Beherrscher der Welt zu erheben: woraus hätte die Krönungszeremonie des Methusalem wohl ihre weltliche Legitimation ableiten können?

Wohl nur durch einen göttlichen Segen, im Angesicht des Herrn also.

Demnach dürfte die feierliche Handlung „im Angesicht" einer Gottheit stattgefunden haben.

Und in der Tat, in dem Text wird erklärt, dass Methusalem im Rahmen der Krönungszeremonie vor dem Angesicht des Herrn geehrt wurde.

Doch welcher Herr ist hier gemeint?

Ich begann mich ausgiebig mit dem Hauptakteur zu befassen, dessen Name sprichwörtlich für Langlebigkeit steht, vor allem aber mit der „El-Endung" Tradition abricht, was in diesem streng theologischen Kreislauf höchst verwunderlich wäre.

Auch dieser Name besteht aus zwei sich ergänzende Teile:

Methusalem: Methu ' salem

Salem[8] = errettet, wohlbehalten.

Die Bezeichnung „Salem" bedeutet also letztlich, dass der Betreffende zu seiner Wirkungszeit auf eine wundersame Weise einen Anschlag „überlebt" hat.

Das heißt, er wurde von seinen Feinden für tot erklärt, doch seine Gefolgschaft bezeichnete ihn als wohlbehalten und weiterhin gegenwärtig– auch wenn er in Wirklichkeit leblos war!

Im theologischen Sinne war er also gestorben und wiederauferstanden.

Das geheimnisvolle Wesen, das vor ewigen Zeiten zu den Menschen mit seiner klugen, unterweisenden Zunge kultivierend gesprochen und die himmlischen Botschaften verkündet hatte, später im Rahmen der theologischen Lehren als Gottheit identifiziert wurde, war offensichtlich einem heimtückischen Attentat zum Opfer gefallen und, nachdem er „auferstanden" war, wurde sein mumifizierter Leichnam zu Salem – dem Unversehrten!

Soweit der zweite, göttliche Teil des Namens.

Der erste Teil des Namens stellt dann die eigentliche Beziehung zur Gottheit dar.

Methu, ausgesprochen »Mattu«[9],

bedeutet »*in Beziehung zu jemanden stehen*«

oder »*Verbindung zu jemandem haben*«.

Somit besagt der Name in dieser Konstellation zunächst, dass sein Träger in enger Beziehung zu Salem stand.

Doch die Entstehung solch einer Kombination unterliegt ganz bestimmten kultischen Voraussetzungen.

Denn in der vorliegenden Form konnte dieser Titel erst dann verliehen werden, wenn bestimmte kultische Vorbedingungen erfüllt waren, nämlich wenn die betreffende Person tatsächlich das vermeintliche Wesen mit ihren eigenen Augen erblickt und engste Beziehung zu ihm hatte, also letztlich leibhaftig vor ihm stand und ihr diente.

Es war also gewiss keine symbolisch oder philosophisch durchdachte Titulierung.

Erst als Methusalem vor Salem gekrönt wurde und er ihm Opfer darbrachte, bekannte er sich zu ihm und seiner Lehre, bekam er seinen markanten Namen zugesprochen und war somit sein ergebener Diener.

Er verschmolz theologisch mit ihm.

Der leblose „Salem", wer immer das war, thronte also zu jener Zeit irgendwo in Achuzan auf einem hohen, stufenartigen Sockel. Daran kann es in Anbetracht der Namenskombination keinen Zweifel geben.

Somit dürfte die Frage nach dem „Herrn" geklärt sein: Er war jenes Wesen, vor dessen Angesicht Methusalem zum Gottkönig, zum Welten Beherrscher erhoben wurde, dasselbe Wesen, vor dem zuvor Henoch in Eden sich verneigt hatte und vor dem er zum Priester des Höchsten nach seiner Weise erhoben worden war.

Bald darauf begann ich wieder zu spekulieren und Schlüsse zu ziehen: Wenn der Leichnam „Salem" nunmehr in Achuzan auftauchte, dann sicherlich auf dem gleichen Weg, mit dem die für die Krönungszeremonie leuchtende Kugel beschaffen wurde.

Aller Wahrscheinlichkeiten nach wurde der Leichnam des Heiligen einschließlich wichtiger kultischer Gegenstände während der Amtszeit Methusalem nach Achuzan verschleppt und zwar einige Zeit nach Henochs Versetzung nach Eden.

Somit kann darüber spekuliert werden, wie der Leichnam „Salem" aus Eden nach Achuzan kam: Für diese Tat können nur die drei Ältesten Sarsan, Charmis und Zazas in Frage kommen, die Methusalem zu seinem unerwarteten, steilen politischen Aufstieg verhalfen, aus ihm einen Sonnenkönig, einen Weltherrscher machten und somit Edens theologischen und politischen Machtanspruch auf Achuzan verlagerten, es also eines der Grundpfeiler seiner weltlichen Legitimation beraubten.

Was die Beschaffenheit des Leichnams angeht, so ist davon auszugehen, dass er von normaler Größe war und dass es sich dabei tatsächlich um den Leichnam des Heiligen handelte.

Denn gerade die Bezeichnung „unversehrt" bzw. „errettet" sollte Unkundigen suggerieren, dass das betreffende Wesen noch lebte, auf seinem ewigen Thron saß und über die Menschen richtete. Und dies würde wiederum bedeuten, dass das, was auf dem Thron als Salem platziert war, niemals eine Statue, sondern der tatsächliche Körper dieses Wesens gewesen war, der obendrein mit entsprechender Technik in unübertroffener Perfektion konserviert worden war.

Salem, Salem .... welch ein unergründliches, geheimnisvolles Wesen, das zu Vorzeiten auf unseren Planeten die Fackeln der Kultur entzündete.

Ich begann nun über ihn nachzudenken und nach einigem Grübeln kam mir eine Idee, die mir nach und nach immer mehr gefiel.

Sie schien zwar zunächst völlig verrückt zu sein, aber was war bei dieser Geschichte überhaupt noch normal? Die Trennlinie zwischen normal und unnormal schien auf diesem Gebiet fließend zu sein, wodurch die Wahrheitsfindung unendlich erschwert wurde.

Und es waren einmal mehr die einfachen Nuancen, die in der Regel gerne übersehen werden.

Es geht um die Geburt von Kain. Eva gesteht in diesem Zusammenhang etwas Verwunderliches: »*Ich habe einen Mann gewonnen mit Hilfe des Herrn*«.

Dieser Kain wurde demnach auf eine wunderbare Weise geboren. Nicht Adam war der Vater, sondern der Herr hatte seine Hand im Spiel. Wir haben es hier mit der sogenannten unbefleckten Empfängnis zu tun, mit der die göttliche Abstammung des

Sprösslings suggeriert werden sollte.

Eva dürfte also die erste Frau sein, die auf diese wunderbare Weise vom „Herrn" geschwängert wurde, lange bevor Isis von dem wiederauferstandenen Osiris ihren Horus empfängt und noch unendlich längere Zeit, bevor Maria auf demselben Weg ihr Kind bekam.

Die Zeugung Abels hingegen geschah ohne besondere Vorkommnisse. Dennoch findet ausgerechnet er beim Herrn Wohlgefallen.

Es kommt zum Brudermord, womöglich der erste der Geschichte. Trotz dieser schweren Verfehlung ordnet der Herr an, dass niemand Kain töten dürfe.

»Und der Herr machte ein Zeichen an Kain, dass ihn niemand erschlüge, der ihn fände. So ging Kain hinweg von dem Angesicht des Herrn und wohnte im Lande Nod, Jenseits von Eden, gegen Osten.«

Die Formulierung, „ging hinweg von dem Angesicht des Herrn", bedeutet letztlich, dass sein verbrecherisches Vergehen nicht zum erhofften Erfolg geführt hat, nämlich an Stelle des Ermordeten zum obersten Diener vor dem Angesicht des Herrn nachzufolgen.

Demnach hinterlässt Kain in Eden eine Priesterkaste, die ihren obersten Diener, den Priester des Höchsten, verloren hat.

Und dem Herrn, den Kain dienen wollte, ist kein anderer, als jene geheimnisvolle Gottheit, vor dem Henoch später gebracht wird.

Würden wir nun die Tatsache würdigen, dass dieser Brudermord schon in vordynastischen Zeiten in den Mythen herumgeisterte und u. a. zur Entstehung der endlosen Legenden um die Brüder Osiris und Seth führte, so ist denn auch davon auszugehen, dass es dafür wohl nicht nur einen realen Hintergrund gegeben hat, sondern auch eine Fortsetzung der Ereignisse: die Entführung Henochs als unmittelbare Folge daraus.

Abels Ermordung gingen demnach verschworerischen Machenschaften voraus, die die Gemeinde in Eden spaltete und in Chaos stürzte. Danach flüchteten die Verlierer um Kain aus dem Paradies.

Dies wäre auch die Erklärung dafür, weshalb Henoch bei seiner Ankunft in Eden auf wenige Engel aus der oberen Hierarchie traf, dass es einen einzigen von ihnen gab, der die Heiligen Bücher rezitieren konnte.

Da Kain nach der Vertreibung in Lande Nod wohnte, so ist es naheliegend, dass sich dort ein bedeutendes Heiligtum befand.

Was bedeutet also der Name „Nod" und hat die arabische Sprache auch dafür eine Definition?

Erneut griff ich zum Wörterbuch und wälzte die Seiten unter dem Buchstaben N. Und als ich allmählich in die richtige Spur und Tonlage geriet, war ich verblüfft.

„N-o-D" = „N-a-D-a"[10] bedeutet ausrufen,

beim Namen nennen.

Das Land erhielt also in diesen adamitischen Zeiten eine Bezeichnung, die eindeutig mit dem Gottesdienst in Beziehung stand und bedeutete, dass man dort sozusagen anfing, „nach dem Herrn zu rufen", also ihm zu dienen.

Mit anderen Worten, an diesem Ort Jenseits von Eden muss es zurzeit Kains ein grandioses Heiligtum gegeben haben.

Doch wer war der Erbauer?

Darauf hat die Bibel eine Antwort.

»Und Kain erkannte sein Weib; die ward schwanger und gebar den Henoch. Und er baute eine Stadt, die nannte er nach Henoch.«

Jetzt spätestens wird verständlich, warum Henoch, der oft als der gerechte Mann bezeichnet wurde, theologisch privilegiert war, warum ausgerechnet er aus dem Kreis der Menschen entführt wurde: Henoch war demnach der legitime Nachkomme Kains und letztlich auch Adams.

Kain war zwar als Mörder seines Bruders verschrien, doch immerhin mit Hilfe des Herrn gezeugt worden und somit von göttlicher Abstammung und Gnade.

Henoch wurde also aus der gleichnamigen Stadt entführt.

Doch die weiteren Aussagen über Kain in der Bibel bergen eine Überraschung.

Es geht dabei um die Nachkommen Henochs und die lassen aufhorchen.

»Henoch aber zeugte Irad, Irad zeugte Mahujaël, Mahujaël zeugte Methuschaël, Methuschaël zeugte Lamech.«

Bei Lamech wollen wir mit der Aufzählung aufhören.

Nach dieser biblischen Version hatte Henoch in seiner Nachkommenschaft also keinen, der Methusalem hieß. Ebenso kann nach dieser Aufzählung Methusalem im Grunde nicht sein Sohn sein.

Da nach dieser Aussage Methusalem und Lamech zur gleichen Zeit gelebt haben, muss die Aufmerksamkeit auf den Namen Methuschaël gelenkt werden.

Er hat, wie einige Nachkommen vor ihm, die Endung „el".

Also verlief der Glaube in der Stadt Henoch über viele Generationen synchron mit der des Paradieses, wo ebenfalls die Gottheit „El" im Mittelpunkt des theologischen Geschehens stand.

Wo bleibt also der legendäre Methusalem, der in Achuzan zum Gottkönig erhoben wurde?

Alles spricht dafür, dass er mit Methuschaël identisch ist.

Es konnte nämlich kein Zufall sein, dass ausgerechnet er die Doppelsilbe „Methu" in seinem Namen trug.

Das heißt also, dass im Verlauf seiner Wirkungszeit etwas Gravierendes geschah, durch den der Glaube völlig auf den Kopf gestellt wurde. Demnach bekannte sich Methuschaël zu einem späteren Zeitpunkt nicht mehr wie seine Vorfahren zu der etablierten Glaubenslehre um „El", sondern nunmehr zu dem vergöttlichten Salem, aufgrund dessen sein Name dementsprechend auf „Methu'salem" umgestellt wurde.

Dies kann nur damit erklärt werden, dass zur fraglichen Zeit jene Leiche des „Salem" in Achuzan auftauchte und feierlich zum Mittelpunkt des Glaubens erhoben wurde.

Salem war demnach eine mumifizierte Leiche, deren raffinierte Konservierungstechnik das spätere pharaonische Verfahren völlig in den Schatten stellte.

Kaum hatte sich diese Fiktion in meinem Kopf herauskristallisiert, begann ich schweratmend zu frösteln, als ob jeder klärende Gedanke an Salem einer Beschwörungsformel gleichkäme, mit der böse Geister aus einer anderen Welt gerufen wurden, die sein Geheimnis weiterhin unbeirrbar für ewig wahren wollten.

Ich war nun der festen Überzeugung, dass das Erscheinen der drei Ältesten in Achuzan einleuchtend das plötzliche Auftauchen der Gottheit Salem an diesem Ort erklärte.

Sie brachten zugleich dem neuen Kult um den zum Gotte erhobenen Leichnam mit, den sie mit List, Zauber und Täuschung nach und nach in Achuzan einführten und in dessen Mittelpunkt die frevelhafte Anbetung des Toten stand.

Und spätestens jetzt wurde mir klar, warum sich Methusalem zunächst vehement geweigert hatte, den Stier im Angesicht der Gottheit zu schlachten. Noch war er ein strenger „El"-Gläubiger, noch hatte er Scheu, der Religion seiner Väter den Rücken zu kehren.

Hätte er den Stier im Angesicht der Gottheit Salem geschlachtet und als Opfer dargebracht, hätte er damit die leblose Mumie als den eigenen Gott anerkannt und er wäre zum Götzendiener geworden.

Und genau in dem Moment, in dem er vor Salem feierlich das Tier opferte, fiel er von seinem alten Glauben ab, genau wie einst die gefallenen Engel.

Mit seiner schändlichen Tat hatte er nun auf gröbste Weise gegen die strengen theologischen Richtlinien Edens verstoßen, war vom rechten Weg des Herrn abgewichen.

Mit Methusalem und den verführerischen drei Ältesten brachen also in Achuzan sündige, „babylonische" Zeiten an; der einst von Henoch gesegnete Ort, wo seine himmlischen Bücher für zukünftige Generationen aufbewahrt wurden, wurde zur kultischen Hure.

Doch ehe ich mich in meinen Gedanken vergaloppierte, musste ich mich bremsen. Denn der eingeschlagene Weg schien mir irgendwie doch fragwürdig zu sein.

Methusalem, die Lichtgestalt unter den Urvätern und eine feste Größe im Alten Testament, sollte ein Götzendiener, ein Leichenanbeter gewesen sein?

Zögerlich fragte ich mich, ob dies alles so zutreffend sein könnte, ob sich die legendäre Urgestalt tatsächlich als theologische Altlast erweisen sollte?

Dann dachte ich laut nach: »Wenn sich meine Vermutung als richtig erweisen sollte, dann dürfte Methusalem in Ungnade gefallen sein, er hätte den Zorn des „edenitischen Herrn" in ganzer Breite auf sich geladen und das sündige Achuzan wäre unentrinnbar dem Untergang geweiht gewesen, wie später das sündige Babylon.«

Also sollte ich doch lieber einfach in Ruhe weiterschauen, was vor dem Altar in Achuzan geschah und welche Überraschungen noch zwischen den Zeilen schlummerten.

Die neu eingeführten Riten und Sitten schienen in Achuzan, wo die gesamte Gemeinde nunmehr auf dem vorgeschriebenen Weg wandelte, letztlich auf fruchtbaren Boden zu treffen. Wir finden Methusalem mit Leib und Seele in die neue theologische Rolle geschlüpft, die ganze Gemeinde hinter sich scharend.

»*Methusalem fing an zu stehen am Altar vor dem Angesicht des Herrn und alles Volk von jenem Tag an zehn Jahre hindurch, hoffend auf das ewige Erbe und das ganze Land und alles sein Volk gut ermahnend. Und nicht ward gefunden, auch nicht ein einziger Mensch, der sich abgewandt zum Eitlen von dem Herrn alle Tage, die Methusalem lebte.*«

Zehn Jahre lang stand der Leichnam Salems im Mittepunkt der Gemeinde, bestimmte ihren Glauben, wurde im Rahmen kultischer Handlungen als höchste Gottheit angebetet.

Und die Gemeinde schien in der Tat im festen Glauben zu sein, auf dem göttlich vorgeschriebenen Pfad zu wandeln.

Dann geschahen in Achuzan abermals seltsame Dinge und die Zeichen standen plötzlich auf Sturm.

Nach Ablauf der zehn Jahre Gottesdienst vernahm Methusalem, während er schlief, eine göttliche Botschaft, nämlich die Verkündung der bevorstehenden vernichtenden Sintflut, die Noah überleben sollte.

»*Und als nahte die Zeit des Heimgangs der Tage Methusalems, erschien ihm der Herr in einem Gesicht des Nachts und sprach zu ihm: Rufe Nir, den zweiten Sohn deines Sohnes Lamech, der nach Noah geboren, und kleide ihn die Kleider deines Priestertums und stelle ihn an meinen Altar und sprich zu ihm alles, so viel ihm sein wird an seinen Tagen, weil sich naht die Zeit des Untergangs der ganzen Erde. Alsdann werde ich bewahren den Sohn deines Sohnes Lamech, seinen erstgeborenen Sohn Noah, und von seinem Samen werde ich aufrichten eine andere Welt.«*

Betrübt und verbittert wachte Methusalem auf, ließ die Ältesten des Volkes versammeln und verkündete ihnen die bevorstehenden Ereignisse.

»Und es stand auf Methusalem von seinem Schlaf, und es betrübte ihn sehr sein Traum. Und er rief alle Ältesten des Volkes und tat ihnen alles kund, so viel der zu ihm geredet hatte, und das ganze Gesicht, das ihm offenbart worden war von dem Herrn.«

Dann befolgte Methusalem die göttlichen Anweisungen.

Er trat von seinem Amt zurück, ernannte seinen Enkel Nir feierlich zu seinem Nachfolger und führte ihn in den Dienst nach seinem Verständnis ein.

»Und es rief Methusalem den Nir, den Sohn Lamechs, den jüngeren Bruder Noahs, und kleidete ihn in die Kleider des Priestertums vor dem Angesicht des ganzen Volkes und stellte ihn zu Häupten des Altars und lehrte ihn in alles, so viel unter dem Volk zu tun.«

Warum ausgerechnet Nir und nicht Methusalems Sohn Lamech das ehrenvolle Erbe antrat, bleibt zunächst unklar.

Zudem begann ich darüber nachzudenken, warum Methusalem nur zehn Jahre im Amt blieb, warum er so plötzlich und unverhofft auf seinen erst kürzlich erworbenen weltlichen Thron verzichten musste?

Denn im Text wird ja betont, dass er über seinen Traum betrübt war, also von freiwilligem Verzicht kann wahrlich keine Rede sein. Und wer war nun dieser Herr, der ihm in einem Gesicht des Nachts erschien – ja, war es wirklich bloß ein Traum?

Dessen ungeachtet, hörten sich die Jahresangaben ohnehin so

an, als ob eine Ära zu Ende ging, als würden nunmehr die politischen und theologischen Karten in Achuzan neu gemischt.

Und tatsächlich gibt es einen einschneidenden Unterschied zwischen dem, was im Verlauf der zehn Jahre Amtszeit des Methusalem kultisch praktiziert wurde, und dem, was danach geschah.

Über die zehn Jahre heißt es:

»*Methusalem fing an zu stehen am Altar vor dem Angesicht des Herrn.*«

Das bedeutet unmissverständlich, dass der Altar selber in den Hintergrund gerückt war, während die am oder neben dem Altar aufgestellte Gottheit den kultischen Mittepunkt bildete.

Der als symbolische Brücke zu Gott gedachte Altar wurde aufs Gröbste geschändet, indem der Leichnam Salems darauf oder in seiner unmittelbaren Nähe aufgebahrt wurde.

Salem, die leblose Mumie, wurde zum angebeteten Gott erhoben und der heilige Ort am Altar fortwährend mit dem Blut der geopferten Tiere befleckt.

Methusalem und seine Gemeinde waren somit vom Herrn abgefallen, zu Götzendiener geworden.

Dann fällt nach Ablauf der zehn Jahre auf, dass die kultischen Handlungen nunmehr unter einem völlig anderen Stern standen, sie fanden nicht mehr im „Angesicht des Herrn" statt, sondern vor dem „bloßen" Altar.

Demnach stand die Gottheit Salem nicht mehr auf oder am Altar.

Somit wäre die Schlussfolgerung wohl unvermeidlich, dass nach Ablauf von zehn Jahren methusalemscher Regierungszeit etwas Außergewöhnliches geschah, mit dem die Weichen für einen umfassenden Umsturz der in Achuzan etablierten theologischen und politischen Ordnung neu gestellt wurden.

Und diese Ungereimtheiten setzten sich in diesen turbulenten Zeiten unvermindert fort.

Kaum war er formell seines Amtes enthoben, schon starb Methusalem.

»Und als Methusalem zum Volk gesprochen vor dem Altar, ward sein Gesicht verwirrt, und er beugte die Knie und streckte seine Arme zum Himmel und betete an den Herrn. Und während er betete, ging sein Geist zum Herrn.«

Was hier auf den ersten Blick nach würdevollem Sterben vor dem Altar aussieht, war in Wirklichkeit alles andere als ein irdisches Happyend.

Denn daran kann es keinen Zweifel geben: Die Aussage *»sein Gesicht ward verwirrt«* und wie er anschließend wie auf Bestellung just nach seiner Amtsenthebung von einer Sekunde auf die andere vor dem Altar sterbend zusammensackte, sind ein klares Indiz für einen angeordneten Mordanschlag.

Sein schmerzverzerrtes Gesicht widerspiegelt die lautlos durchgeführte Tat, die seine Knie versagen ließ.

Und instinktiv erkannte Methusalem im Augenblick des Schmerzes und des Todes die Sinnlosigkeit seiner falschen Religion: Er streckte beim Sterben seine Arme nunmehr zum Himmel, den Herrn anbetend, und bezeugte damit, dass er zuvor auf dem falschen Weg gewandelt war.

Methusalem sollte nun begraben werden.

»Und es eilte Nir und alles Volk, und sie machten ein Grab dem Methusalem am Ort Achuzan.«

Dann wird Methusalem von Nir und dem Volk *»gut gekleidet in alle Heiligtümer, mit Leuchtern«* zum Grabe getragen, das offensichtlich auf einem Hügel lag.

»Und es ging Nir mit viel Herrlichkeit, und das Volk hob auf den Leib des Methusalem, preisend legten sie ihn in das Grab, welches sie ihm gemacht hatten, und bedeckten ihn und sprachen: Benedeit war Methusalem vor dem Angesicht des Herrn und vor dem Angesicht alles Volkes. Und sie stiegen herab von dort und gingen.«

Mit Nir dürften ganz andere theologische Zeiten angebrochen sein, in denen nun das Volk einen Gott anbetete, den man mit Nir in Verbindung brachte.

»Und an jenem Tag priesen sie den Herrn, den Gott des Himmels und der Erde, des Nirs.«

Kein Zweifel, mit dem Gott des Himmels und der Erde befand sich Achuzan unter der Schirmherrschaft jener Gottheit wieder, die Henoch vor seiner endgültigen Entrückung eingeführt hatte.

Das heißt, Nir war ein „El"-Priester nach der Weise eines Henochs, der die alte edenitische Religion wiederherstellte und demzufolge als der große Religionsstifter seiner Zeit zu gelten hat.

»Von jenem Tage an war Friede und Ordnung auf der ganzen Erde, in den Tagen Nirs, zweihundert und zwei Jahre.«

Nir dürfte demnach nicht nur der große Religionist gewesen sein, sondern auch ein globaler Friedensstifter unter den Menschen. Somit schlüpfte er in die Rolle eines „Friedensfürsten", die später auch König Salomo nachgesagt wurde.

Spätestens jetzt konnte ich allerdings unmöglich der Frage ausweichen, wie Nir, den heute kaum noch ein Mensch kennt, solch einen theologischen und politischen Ruhm erlangen konnte, mit dem er sozusagen für lange Zeit den Frieden auf Erden sicherte und zu einer globalen einigenden Führerfigur aufstieg.

Als ich seinen Namen in verschiedenen Tonlagen aussprach, kam die Erlösung: Gerade dies unterstrich die höchstpriesterliche Funktion, die er verkörperte, und lieferte zugleich einen Hinweis darauf, dass er tatsächlich den alten Glauben nach der Weise

Henochs und die edenitischen Glaubenslehre einführte:

N-i-R (N-a-i-R[11]): leuchtend, glänzend.

Nir, der Leuchtende, war demnach ein Priester des Lichtes, der wie einst Henoch nach den gleichen rituellen Abläufen gesalbt worden war.

Und dies dürfte ein Hinweis darauf sein, dass er in die Rolle des Messias geschlüpft war.

Und spätestens jetzt wurde klar, warum der Herr ausgerechnet Methusalems Enkel und nicht seinen Sohn Lamech zu seinem Nachfolger bestimmte.

Als ich dann die Spuren Nirs weiterverfolgen wollte, fiel mir einmal mehr eine dieser unscheinbaren, aber grandiosen Nuancen auf.

Zwar wurde in dem Text erwähnt, dass am Ort Achuzan ein Grab für Methusalem angelegt wurde, doch die Formulierung *»Und sie stiegen herab von dort und gingen«* ließ wohl annehmen, dass sie ihn auf einem Hügel außerhalb der Umfassungsmauer von Achuzan bestatteten.

Diese Vermutung gewann immer mehr an Glaubwürdigkeit, wenn man die Tatsache ins Auge fassen würde, dass der Name Achuzan nach den Beerdigungsfeierlichkeiten überhaupt nicht mehr in den Erzählungen vorkam, als hätte es diesen Ort nie gegeben.

Warf man dann die Aussagen in die Waagschale, denen zufolge behauptet wurde, dass seit der Regierungszeit Nirs Friede und Ordnung auf der ganzen Erde herrschten, so verriet uns dies die politische Lage, kurz bevor Methusalem ermordet wurde: Weiträumig wurde von den Edeniten vernichtende Glaubenskriege durchgeführt, bei denen ganze Städte und Regionen samt ihrer Einwohner dem Erdboden gleichgemacht worden waren.

All diese Ereignisse fanden in der zweiten Hälfte des fünften Jahrtausends v. Chr. statt.

Auch das sündige religiöse Zentrum Achuzan wurde gänzlich zerstört und mit einem Fluch belegt.

Dann wurden irgendwann auch die friedensvollen Zeiten Nirs jäh gestört.

»*Und es erhob sich Streit und eine große Verwirrung. Und es erhob sich Nir und ward überaus betrübt und sprach in seinem Herzen: In Wahrheit habe ich erkannt, dass genaht ist die Zeit und das Wort, das der Herr gesprochen zu Methusalem, dem Vater meines Vaters Lamech.*«

Damals hatte der Herr Methusalem vor seinem Ableben verkündet, dass die Zeit des Untergangs der ganzen Erde nahte, sowohl eines jeden Menschen wie alle Tiere der Erde.

Denn in den Tagen Nirs »*wird sein eine überaus große Verwirrung auf der Erde, weil der Mensch neidet seinen Nächsten und Volk wider Volk sich aufbläht und Nation wider Nation Krieg erregt. Die ganze Erde wird voll Schmutzes und Blutes und allem Bösen. Und noch dazu verlassen sie ihren Schöpfer und beten an eitle Götter und was befestigt ist am Himmel. Alsdann werde ich dem Abgrund befehlen, dass er sich ergieße auf die Erde. Und die großen Schatzkammern der Gewässer des Himmels werden herabkommen auf die Erde zu großer Wesenheit und nach der ersten Wesenheit; und es wird umkommen der ganze Bestand der Erde, und die ganze Erde wird erschüttert werden und beraubt werden ihrer Kräftigkeit von jenem Tage an.*«

Diese apokalyptische Wasserkatastrophe sollte allerdings der erstgeborene Sohn Lamechs überleben.

»*Alsdann werde ich bewahren den Sohn deines Sohnes Lamech, seinen erstgeborenen Sohn Noah, und von seinem Samen werde ich aufrichten eine andere Welt, und sein Same wird bleiben in Ewigkeit, bis zum zweiten Untergang.*«

Es ist eigenartig!

Nicht vom Samen der Lichtgestalt und des Friedensfürsten Nir sollte eine andere und heile Welt aufgerichtet werden, sondern von dem seines Bruders Noah.

Das hieß also, dass Nir von vornherein nur eine befristete Aufgabe zu erfüllen hatte, nämlich zunächst die politisch-theologische Lücke zu füllen, die mit der Beseitigung Methusalems entstanden war.

Während Nir die Zeichen der Zeit erkannte und das nun bevorstehende Ende erahnte, drang das Schreien der Opfer immer dringlicher gen Himmel und rief die „guten" Engel auf den Plan.

»Da blickten Michael, Gabriel, Surjan und Urjan vom Himmel und sahen das viele Blut, das auf der Erde vergossen wurde, und all das Unrecht, das auf der Erde verübt wurde.«

Beim Lesen der Namen der vier Engel musste ich einfach meinen Kopf vor lauter Begeisterung unentwegt schütteln und mich darüber wundern, wie solche feinen Nuancen den ungeheuren Zeitraum seit ihrer Entstehung mal mündlich, mal schriftlich überlebt hatten.

Die beiden ersten Engel Michael und Gabriel wiesen eine „el"-Endung auf und aus anderen Textteilen haben wir bereits erfahren, dass diese Gattung von Engel Zugang zum heiligen Bezirk in Eden hatte.

Sie waren für den Glauben zuständig.

Diese beiden Engel hatten sich damals nicht an der Entführung Henochs beteiligt, sondern auf seine Ankunft in Eden gewartet.

Und dies aus gutem Grund.

Beide hatten, jeder auf seinem Spezialgebiet, eine wichtige Aufgabe zu erfüllen, nämlich Henoch vor Ort in Eden in das Amt des höchsten priesterlichen Oberhaupts feierlich einzuführen, um so die theologische Weltordnung wiederherzustellen.

Diese Einsetzung war zu jener Zeit auf Grund der hierfür erforderlichen kultischen Einrichtungen und gültigen Legitima-tionen nur in Eden möglich.

Vor allem, diese kultische Zeremonie konnte nur im „Angesicht des Herrn", also in seiner Gegenwart stattfinden.

Dieser befand sich ja in Eden auf seinem hohen Thron, wie Henoch bei seiner Ankunft in Eden bezeugend berichtete.

Ihre Anwesenheit in Achuzan war also weder politisch noch theologisch erforderlich.

Die beiden anderen Engel hatten hingegen keinen theologischen Bezug zu „El", gehörten also nicht zur religiös-kultischen Kaste.

Die logische Schlussfolgerung war: Die beiden Diener im Angesicht des Herrn, Michael und Gabriel, konnten nicht „fliegen".

Sie beherrschten diese Kunst sozusagen nicht.

Um Eden zu verlassen, waren sie also auf die Hilfe von Spezialisten angewiesen, die Henoch auf dem Luftweg bereits mehrfach erfolgreich nach Eden gebracht hatten.

Surjan und Urjan waren demnach die beiden geheimnisvollen Besucher, über die Henoch zu Beginn seiner Geschichte berichtet:

»Und es erschienen mir zwei überaus sehr große Männer, welcherlei ich niemals gesehen auf Erden.«

Doch meine Begeisterung vermochte mich nicht daran zu hindern, die Frage zu stellen, warum um alles in der Welt diese beiden führenden Engel ausgerechnet diesmal die Strapazen und Gefahren der Himmelfahrt auf sich nahmen– hatten sie etwa eine wichtige Mission außerhalb Edens zu erfüllen, die ihre persönliche Anwesenheit erforderte, hatten sie Eden notgedrungen verlassen müssen?

Und in der Tat, genau so war es!

Gabriel, der Gewaltige und Vollstrecker, der Henoch *„wie ein Blatt"* durch die Lüfte hob, und Michael, der für die Reinigung, Salbung, Bekleidung und die Einsetzung eines Priesters des Höchsten im Angesicht des Herrn zuständig war, waren in einer heiligen Mission unterwegs, die zutiefst die Zukunft der Menschheit tangieren sollte.

Nur sie waren damals legitimiert, solch eine Handlung auszuführen.

Und von nun an erlebten Nir und die Seinen höchst seltsame Ereignisse.

»Und siehe, das Weib Nirs, mit Namen Sopanima, unfruchtbar seiend, hatte dem Nir niemals geboren. Und es war Sopanima in der Zeit ihres Alters, und am Tage des Todes empfing sie in ihrem Leibe. Aber Nir, der Priester, schlief nicht mit ihr, noch nahte er sich ihr von dem Tage an, da ihn der Herr gesetzt hatte, zu dienen vor dem Angesicht des Volkes.«

Als Nir davon erfuhr, war er zutiefst beschämt. Er beschimpfte seine Frau und wollte sie verstoßen. Doch sie beteuerte hartnäckig ihre Reinheit und konnte sich nicht erklären, wie ihre Unschuld und Unfruchtbarkeit letztlich zu diesem Ereignis führten.

Dann geschah abermals etwas Dubioses.

»Und es geschah, als Nir zu seinem Weibe redete, fiel Sopanima nieder zu den Füßen Nirs und starb.«

Nir war betrübt, geriet in Panik. Er verschloss sein Haus und eilte Hilfe suchend zu seinem Bruder.

»Und es eilte Nir und verschloss die Türen seines Hauses und ging zu Noah, seinem Bruder, und tat ihm kund alles, so viel geschehen in Betreff seines Weibes. Und es eilte Noah und sie gingen mit seinem Bruder Nir und sie gingen in das Haus Nirs um des Todes willen der Sopanima, und sie sprachen zueinander, wie ihr Mutterleib war als zur Zeit

der Geburt.«

Nun schlug Noah vor, den schändlichen Vorfall zu vertuschen.

»Und es sprach Noah zu Nir: Sei nicht traurig, mein Bruder Nir, denn der Herr hat heute bedeckt unsere Schmach, da niemand von dem Volk darum weiß. Jetzt seien wir eilends geschäftig und begraben wir sie heimlich, und es wird der Herr bedecken die Schande unserer Schmach. Und sie legten die Sopanima auf das Bett und bekleideten sie in schwarze Kleider und verschlossen sie in dem Haus fertig zum Begräbnis und gruben aus ein Grab im Geheimen.«

Als sie dann nach Hause zurückkehrten, um den Leichnam der Toten abzuholen, erlebten sie ein überaus erschreckendes „Wunder".

»Und als sie herausgingen von ihrem Bett, da ging hervor ein Knabe aus der toten Sopanima und setzte sich auf dem Bett zu ihrer Rechten. Und es traten hinein Noah und Nir, zu begraben die Sopanima, und sie sahen den Knaben sitzend bei der toten Sopanima und abwischend seine Kleidung. Und es erschraken Noah und Nir überaus mit großer Furcht. Denn es war der Knabe vollkommen am Leib wie ein dreijähriger, und er sprach mit seinem Mund und benedeiend den Herrn.«

Ich fragte mich nun, was dies wohl für ein eigenartiger Knabe gewesen sein sollte, der unmittelbar nach der Geburt schon reden konnte und sich in religiösen Angelegenheiten auskannte, darüber hinaus bereits so verständig war, dass er seine Kleidung von Verschmutzung selbst säubern konnte.

Und „Knabe"– das hörte sich nach alles anderem an als nach einem „dreijährigen" Kind.

Der Wunderknabe konnte auch nicht nur reden und Gott anbeten, sondern er war mit einem Zeichen versehen.

»Und es schauten ihn Noah und Nir, und siehe, der Siegelring des Priestertums an seinen Fingern und herrlich an Blick.«

Nun begann ich meinen Kopf zu schütteln über diesen eigenartigen Knaben, der auch noch mit dem Siegelring des Priestertums geboren worden war.

Schnell erkannten Noah und Nir die Bedeutung der Situation.

»*Und es sprachen Noah und Nir: Siehe, Gott erneuert das Blut des Priestertums nach uns, wie er will. Und es eilten Noah und Nir, und sie wuschen den Knaben und kleideten ihn in die Kleider des Priestertums, und sie gaben ihm das Brot des Priestertums, und er aß, und sie nannten seinen Namen Melchisedek.*«

Melchisedek ... Melchisedek!

Als ich diesen Namen las, wurde mir aus Sicht der arabischen Sprache klar, welche theologische Bedeutung dieser eigentümliche Knabe hatte.

Melchisedek: Malkizedek[12]

Malki= „*mein Engel*"   zedek= „*die Wahrheit sagend*",

demnach „*Mein Wahrheitsverkündender Engel*".

Dass der Knabe auch noch in die Kleider des Priestertums schlüpfte, die zufälligerweise am Ort des Geschehens in seiner Größe verfügbar waren, lässt eine einzige Schlussfolgerung zu: Er war ein ausgewachsener Engel aus Eden, dessen Erscheinungsbild bei Nir und Noah spontan den Eindruck vermittelte, dass es ein paar Jahre altes Kind war, da sie keine andere Erklärung dafür hatten und vor allem, weil sie zum ersten Mal ein solches Wesen erblickten.

Dann überlegte ich ein wenig in eine ganze bestimmte Richtung, kratzte mich am Kinn und war nun der festen Überzeugung, das vor meinen Augen zu sehen, was Nir an jenem Tag neben seiner toten Frau zu seinem Schrecken erblickte: Es handelte sich um einen Zwerg– ja, zweifellos ein Zwerg der besonderen Art in der Größe von 100 bis 110 Zentimetern!

Und er soll der Prototyp des Priestertums gewesen sein, da man sogar später Jesus mit ihm in Verbindung brachte.

Mit der von Nir abgehaltenen Zeremonie wurde die Wurde des Priestertums amtlich auf jenen untergeschobenen Knaben übertragen und mit dem Abendmahl wurde er als der legitime Erneuerer des Geschlechts des Priestertums anerkannt, der Bund mit dem Herrn erneuert.

Zugleich war Methusalems Nachfolger Nir ab diesem Zeitpunkt seines Amtes endgültig enthoben.

Nun war die verschmähte Sopanima rehabilitiert und sie sollte ehrenvoll begraben werden.

»*Und es nahmen Noah und Nir den Leib Sopanima und zogen aus von ihm die schwarzen Kleider und wuschen ihn und kleideten ihn in helle vorzügliche Kleider und machten ihr ein Grabmal.*«

An dem Begräbnis nahm auch der Knabe Melchisedek aktiv teil.

»*Und es gingen Noah und Nir und Melchisedek und begruben sie öffentlich.*«

Dann sprach Noah als Seher und erteilte seinem Bruder Nir wichtige Ratschläge, in deren Mittelpunkt eben dieser Melchisedek stand.

»*Und Noah sprach zu seinem Bruder Nir: Bewahre dieses Knäblein im Verborgenen bis zu der Zeit, da das Volk gottlos wird auf der ganzen Erde und es fängt an sich abzuwenden von Gott und irgendwie inne geworden, würden sie es töten. Und als dann ging Noah hinweg an seinen Ort.*«

Nun war ich wieder konsterniert!

Wohin ging Noah und warum nahm er den Knaben nicht mit? Wie dem auch sei, der zurückgelassene Nir geriet in Panik und fürchtete um das Leben des kostbaren Knaben, da die Gottlosigkeit sich auf der Erde zu vermehren begann.

Er suchte himmlischen Rat für sein Problem.

»*Und es fing an Nir, sich überaus zu kümmern, insbesondere über das Knäblein sprechend: Was soll ich ihm tun? Und es streckte Nir seine Hände aus zum Himmel und rief an den Herrn, sprechend: In meinen Tagen haben angefangen alle Gottlosigkeiten sich zu mehren auf der Erde, und ich erkenne, dass nahe ist unser Ende, vielmehr auch auf der ganzen Erde wegen der Gottlosigkeit des Volkes. Und jetzt, Herr, was ist der Anblick dieses Knaben, und welches ist sein Gericht, was soll ich ihm tun, dass nicht auch er hineingeworfen wird mit uns in die Vernichtung?*«

Kaum hatte er seine Gebete ausgestoßen, reagierte der Himmel:

»*Und es erhörte der Herr den Nir und erschien ihm in einem Gesicht des Nachts und sprach zu ihm: Nir! Da große Gottlosigkeiten geschehen sind in Menge auf der Erde, werde ich fortan es nicht dulden noch ertragen. Und siehe, ich will jetzt herabsenden eine große Vernichtung auf die Erde, und es wird umkommen der ganze Bestand der Erde. Aber über den Knaben betrübe dich nicht, Nir, da ich in Bälde senden werde meinen Archistrategen Michael, und er wird den Knaben nehmen und ihn setzen in das Paradies Edens, wo Adam zuvor verweilte sieben Jahre. Und dieser Knabe wird nicht umkommen mit den Umkommenden in diesem Geschlecht; denn ich habe gezeigt, dass er sein wird ein Priester der geweihten Priester in Ewigkeit.*«

Nun wurde mir klar, was mit dieser umständlichen Unterschiebung des Knaben bezweckt werden sollte.

Bevor das Strafgericht über der Erde hereinbrechen wird, wurden die politisch-theologischen Karten neu gemischt und vor allem die weltliche theologische Führung auf die Person Melchisedek übertragen.

Und dass der amtierende Priester Nir selber den Knaben zum Priester weihte, kam einer uneingeschränkten Anerkennung des neuen Oberhauptes gleich.

Faktisch bedeutete dies, dass die theologische Kompetenz und Macht offiziell an Eden abzutreten und es als das legitime Machtzentrum anzuerkennen, von wo aus der erwartete Messias, der künftige Herrscher über die Menschen herkommen würde.

Dass Melchisedek sogleich nach Eden gebracht wurde, bedeutet aber auch, dass dort, wo Henoch entführt wurde, ein „Zero-Age" begann, an dessen Ende die Menschheit wieder zu ihrer Kultur und ihrem göttlichen Erbe zurückkommen würde.

Das „Zero-Age", die sogenannten „Null-Jahre", haben also die Funktion einer reinigenden Auslesephase, damit nach einigen Generationen letztlich ein gerechtes und der Kultur würdiges Geschlecht hervorgebracht wird. Und in diesen Ereignissen erkennen wir, dass eine groß angelegte Intervention in der Alten Welt stattfand, bei der die Edeniten züchtigend und zerstörend über die Landschaften zogen.

Diese apokalyptischen Vernichtungsschläge fanden kurz vor Eintreffen der Sintflut Noahs statt, die vermutlich um 4.184 v. Chr. stattfand.

Und in der Tat sollte Melchisedek zu einer späteren Zeit das Haupt eines neuen Priestergeschlechtes werden.

»Und dieser Melchisedek wird sein das Haupt dieser dreizehn Priester, die zuvor waren. Und wiederum im letzten Geschlecht wird sein ein anderer Melchisedek der Anfang der zwölf Priester.«

Ich fragte mich, warum es ausgerechnet 13 Priester waren, sollte etwa damit eine Brücke zu der tausendjährigen Periode hergestellt werden; Millennium also?

Auf alle Fälle würde der betreffende Priester am Anfang des

neuen Priestergeschlechts auch Melchisedek heißen und wir erfahren, dass zu seiner Wirkungszeit etwas Einschneidendes geschehen sollte.

»Und wiederum im letzten Geschlecht wird sein ein anderer Melchisedek, Anfang der zwölf Priester. Und hernach wird sein das Haupt aller großen Hohepriester, das Wort und die Kraft Gottes, um zu vollbringen große Wunder, herrlicher als alle früheren. Jener Melchisedek wird sein Priester und König an dem Ort Achuzan, das heißt in der Mitte der Erde, wo geschaffen ward Adam, daselbst wird sein hernach sein Grab.«

Ich war eigentlich recht überrascht, den Begriff Achuzan zu lesen, da ich bereits feststellen musste, dass es zu der Endzeit Methusalems von den Edeniten dem Erdboden gleichgemacht worden war.

Das ursprüngliche Heiligtum an diesem Ort muss wohl so bedeutend gewesen sein, dass in den himmlischen Annalen bestimmt wurde, dass es nach Ablauf der vorgeschriebenen Frist in neuem Glanz wiederauferstehen und dass der künftige Priesterkönig und Friedensfürst Melchisedek dort residieren und über die geeinte Menschheit regieren würde.

Demnach sollte dieser Ort im Mittelpunkt der künftigen Geschehnisse stehen und das Schicksal der Menschen nachhaltig beeinflussen.

Nachdem Melchisedek nun 40 Tage bei Nir verweilt hatte, wurde Michael aktiv.

»Und es eilte Michael und stieg herab des Nachts, und Nir war schlafend des Nachts auf seinem Bett. Und es erschien ihm Michael und sprach zu ihm: So spricht der Herr, Nir. Lass den Knaben zu mir, welchen ich dir anvertraut habe.«

Doch Nir scheint Michael und seine Begleiter nicht zu erkennen und glaubte, es sei das Volk, welches den Knaben nun töten wollte, so täuscht er den Ahnungslosen vor.

»Hat etwa das Volk erfahren von dem Knaben, und ihn genommen haben wird es ihn töten, weil verkehrt ward das Herz dieses Volkes vor dem Angesicht des Herrn. Und es sprach Nir zu den Redenden: Nicht ist bei mir ein Knabe, und ich weiß nicht, wer du bist.«

Als ich die folgenden Zeilen las, überkam mich wieder eine Gänsehaut.

Es war einfach unglaublich, ja höchst unfassbar, dass diese Informationen in der vorliegenden Form die Zeit überdauert hatten:

»Und es antwortete ihm Michael: Fürchte dich nicht, Nir, ich bin der Archistratege des Herrn. Es hat mich der Herr gesandt. Und siehe, ich nehme deinen Knaben heute und gehe mit ihm und setze ihn in das Paradies Edens und dort wird er sein in Ewigkeit. Und wenn sein wird das zwölfte Geschlecht und sein wird tausend Jahre und siebzig, wird in diesem Geschlecht ein gerechter Mensch geboren werden, und es wird sprechen zu ihm der Herr, dass er hinaufgehe auf jenen Berg, wo stehen wird die Arche Noahs, deines Bruders, und er wird daselbst finden den anderen Melchisedek, der da selbst lebt sieben Jahre sich verbergend vor dem Volk, das den Götzen opfert, damit es ihn nicht umbringe, und er wird ihn herausführen und er wird sein Priester und der erste König in der Stadt Salem, nach dem Bilde dieses Melchisedek, der Anfang der Priester.«

Wahrlich, welche unglaublichen Zeilen!

Zunächst erfahren wir, dass alle diese theologischen Weissagungen von dem Erzengel Michael verkündet werden, was folgerichtig ist. Denn Michael war in Eden für die theologischen Angelegenheiten zuständig.

Und dieser Erzengel erklärte Nir soeben, dass nach erfolgter Strafflut 1.070 Jahre verstreichen werden, bis die Zeit erfüllt ist und ein gerechter Mensch geboren wird, der des edenitischen Erbes würdig ist.

Es wird dann ein Rendezvous zwischen dem gerechten Menschen und dem Priester Melchisedek in der Stadt Salem voraus-gesagt, welches gut ein Jahrtausend später stattfinden soll.

Mit anderen Worten, die irdische Kultur sollte sozusagen für etwa 1.000 Jahre eingefroren, die tickende Geschichtsuhr angehalten werden!

Welch ein unglaublicher, ja fast absurder Gedanke!

Und erneut werden wir mit Salem konfrontiert.

Dort, in jener Stadt soll der Bund mit ihm erneuert werden, womit zugleich die Geschichtsuhr nach tausendjährigem Stillstand wieder in Gang gesetzt wird.

Nun stolperte ich aber doch letztlich über die neue Bezeichnung: die „Stadt Salem".

Sollte etwa eine neue Stadt gegründet werden, deren theologische Schirmherrschaft Salem übernehmen wird?

Plötzlich fiel mir noch etwas ein, das ich soeben gelesen hatte.

Nach Melchisedeks Geburt war der Herr dem Nir im Traum erschienen und hatte ihm verkündet, dass jener spätere Melchisedek »*Priester und König an dem Ort Achuzan*« sein werde, wo angeblich auch Adam begraben lag.

Achuzan war also mit der späteren Stadt Salem identisch.

Mit der Identifikation der vorsintflutlichen Stadt Achuzan, von wo aus Henoch in den Himmel entrückt war, wo später das erste Abbild des Paradieses in der alten Welt entstand, sind wir also einen entscheidenden Schritt weiter.

Damit wäre auch die bereits erwähnte Namensänderung Methusalems verständlich. Schon bei seiner Amtseinführung als Gottkönig stand die Gottheit Salem in Achuzan am oder auf dem Altar, die er anbetete und der er Tiere opferte, womit er mit ihr kultisch verschmolz.

Dennoch gibt diese Stadt immer noch Rätsel auf, sie bleibt im Dunkel der in der Schwebe befindlichen Vorgeschichte tief verborgen.

Dann wartete Michael mit einer weiteren spektakulären Aussage auf.

»Es werden erfüllt sein an Jahre bis zu der Zeit dreitausenundvierhundertundzweiunddreißig Jahre von dem Anfang und der Erschaffung Adams.«

3.432 Jahre wären seit der Erschaffung Adams verflossen, wenn dieses historische Rendezvous in der Stadt Salem stattfinden würde, dort, wo er auch begraben wurde, was die Heiligkeit wie die enorme theologische Bedeutung dieses Ortes für die damaligen Menschen wohl erklärt.

Als ich weiterlesen wollte, stolperte ich doch über die Zeitraumangaben.

Der Archistratege Michael geht bei seiner Aussage davon aus, dass zwölf Priestergeschlechter 1.070 Jahre ausmachen. Zwischen Adam und seinem Enkel Henoch können aber auf keinen Fall über 3.000 Jahre liegen.

Wer hier mit Adam tatsächlich gemeint war, bleibt also ungeklärt.

Dann schritt Michael zur Tat.

»Und es nahm Michael den Knaben in jener Nacht, in der er auch herabgestiegen war, und nahm ihn auf seine Flügel und setzte ihn in das Paradies Eden. Und es stand Nir des Morgens auf und ging in das Haus und fand nicht den Knaben. Und er ward in Freude an Stelle des überaus großen Kummers.«

Dass Michael den Knaben in derselben Nacht entführte, in der er herabstieg, drückt die zu dieser Zeit herrschenden chaotischen Zustände aus, die es erforderlich machten, im Schutz der Dunkelheit schnell zu handeln. Mit der Versetzung des amtierenden theologischen Oberhauptes Melchisedek nach Eden wurde eine klare und bindende politische Ordnung in der alten Welt geschaffen.

»So endete Nir und fortan ward kein Priester unter dem Volk. Und von jener Zeit erhob sich Aufruhr auf der Erde.«

Über diese Aussage war ich recht erfreut, denn damit wurde meine frühere Vermutung bestätigt, wonach die abenteuerliche Inszenierung der Geburt Melchisedeks lediglich dazu dienen sollte, die Erbfolge des Priestertums in der alten Welt vor Eintreffen der Sintflut zu beenden und diese Tradition unter dem neuen Geschlecht nach Eden zu verlagern bzw. zu übertragen.

Nach der Rückkehr Michaels nach Eden begannen sich dann die Ereignisse, die Noah überleben sollte, zu überschlagen.

»Und es rief der Herr den Noah auf den Berg Ararat, zwischen Assyrien und Armenien, in dem Land Arabien, am Meere, und sprach zu ihm, dass er dort mache die Arche. Der Herr Gott öffnete die Schleusen des Himmels und es ging der Regen auf die Erde hundertundfünfzig Tage, und es starb alles Fleisch. Noah aber war im fünfhundertsten Jahr, er zeugte drei Söhne: Sem, Ham, Japhet. Hundert Jahre nach der Geburt der drei Söhne ging er in die Arche. Und es schwamm die Arche vierzig Tage. Nach der Sintflut lebte er dreihundertundfünfzig Jahre und starb.«

Schließlich enden mit Noah die Erzählungen.

Auch hier war ich einmal mehr enttäuscht und verärgert zugleich.

Mittendrin brachen die Botschaften ab und zwar genau dort, wo die Geschichte erst richtig Spannung zu versprechen schien.

Was genau geschah nach Noahs Abreise und wohin zog er sich zurück, welche Geheimnisse barg die Stadt Salem und hatte es tatsächlich ein tausendjähriges Zero-Age gegeben, eine Millennium-Periode also?

Vor allem aber, wer um alles in der Welt war der gerechte Mensch, der mit Melchisedek ein Jahrtausend im Voraus verabredet war– ja, würde er tatsächlich den Weg zu seinem Priester finden und wer würde ihn dorthin führen?

Und noch eins beschäftigte mich.

Wenn wir den bisherigen Erzählungen Glauben schenkten, dann hatten sich die „guten" Engel um Gabriel und Michael mit dem Gründer des künftigen Messias Geschlecht, Melchisedek, nach Eden zurückgezogen, wo sie die tausendjährige Frist absaßen und wo der dynastische „Wecker" eingestellt wurde.

Nur dort in der Ferne verfügte man nun über die erforderlichen Kenntnisse, die für die Gründung eines künftigen Reichs von Relevanz waren, und nur dort wurde eine Art Buch über die Menschheit und ihre Vergangenheit geführt.

Vor allem aber wurde dort das Wissen in all seinen unterschiedlichen Schattierungen verwaltet, das einst Henoch nach seiner Entführung aus Eden mündlich übermittelt worden war.

Mit anderen Worten, das 70er-Gremium fand sich in Eden wieder zusammen.

Und angesichts der Ereignisse kann es keinen Zweifel daran geben, dass diese „Menschen" über exzellentes astronomisches Wissen und einen Kalender verfügten, der es ihnen ermöglichte, langfristige Zeiträume exakt zu berechnen, um das Ende der tausendjährigen Frist zu bestimmen.

Auf diese Weise wurden sie nach und nach zu Sklaven der Zeit, Sklaven des eigenen vollkommenen Kalenders.

Sie lebten sozusagen, um die Tage, Monate und Jahre zu zählen, um die göttlich vorgeschriebene Zeit peinlich genau abzusitzen. So stagnierte und verkümmerte allmählich die errungene bzw. bestehende Kultur in ihren vielfältigen Zweigen zu einer sinnlosen Verwalterin der verstreichenden Jahre.

Diese Zeit des Stillstandes hatte auch gravierende Folgen für die Menschenkreise, aus denen Henoch einst entführt worden war.

Wenige Jahrhunderte reichten aus, um diesen Menschen ihre Vergangenheit fast vollständig aus dem Gedächtnis zu tilgen und ihre Vorväter zu unnahbaren Fabelfiguren, zum Mythos werden zu lassen.

Einst blühende Ortschaften, jetzt zerfallen, und von den bemerkenswerten Resten imposanter Bauten wusste niemand mehr etwas darüber zu erzählen, geschweige denn anzugeben, wer sie einst errichtet hat.

Ein alles lähmender Riss ging quer durch die menschliche Geschichte und ließ das goldene Zeitalter der Götter erblassen, seine Schöpfer zu schattenhaften, Fabel Figuren gefrieren.

Und Eden wurde letztendlich zu einem Ort, an den kein normaler Sterblicher gelangen konnte.

Und genau dieser Punkt beschäftigte mich nun auf bestimmte Weise.

Wie sollte der Kontakt zu den Menschen nach 1.000 Jahren hergestellt werden? Würde es noch Engel geben, die „fliegen" konnten und auf ähnliche Weise wie zurzeit Henochs die Geschichte neuen Leben einhauchen, die Kultur in Gang setzen würden?

Doch bevor ich mich mit dieser Frage beschäftigte, wollte ich zunächst der Angelegenheit mit dem „Zero-Age" auf den Grund gehen. Hatte die Geschichte nach Noah tatsächlich 1.000 Jahre geschwiegen, war sie in kulturellen Zwangsschlaf übergegangen?

Ich überlegte kurz, um anschließend fast kapitulierend zu fragen, wie und wo eigentlich danach geforscht werden sollte.

Einige Minuten danach begann ich, allmählich erschöpft, zu resignieren, sah keinen Anhaltspunkt, den ich hätte verfolgen können, oder einen Hinweis entreißen könnte.

Dann begann ich aus Frust mit Henoch zu hadern, der mir all das Kopfzerbrechen bescherte.

Wütend knallte ich kurz darauf seine beiden Bücher zusammen und lehnte mich mit hinter dem Kopf gekreuzten Armen zurück. Ich schlug die Beine übereinander, um sie kurz danach auf den Tisch zu legen. Dann tat ich die gleichen Schritte in umgekehrter Reihenfolge. Und als ich zur Abwechslung die Beine wieder übereinanderschlagen wollte, fiel mir ein, dass ich bereits in der Vergangenheit in dieser Richtung ausgiebig recherchiert hatte– und irgendetwas musste ich damals wohl herausgefunden haben.

Also begann ich erneut meine tausend Zettel von oben nach unten und andersherum zu durchforsten.

Nach einigem Wühlen wurde ich tatsächlich fündig– die Spur führte nunmehr zur Bibel!

Die 1.000 Jahre „Zero-Age" nach Noah hatte es gegeben, was obendrein in den Überlieferungen bezeugt wird.

Ich konnte es einfach nicht fassen, wie so etwas überhaupt möglich sein konnte.

Da erscheinen ein paar Gestalten in der Alten Welt, sprechen Weisheiten aus, diktieren und verändern auf eine unerklärliche Weise die politische Landschaft nach Gutdünken und setzen Fristen über ein Jahrtausend, in denen die Menschen, auf die es ankommt, sich zu kuschen haben. Und das Unglaubliche, das Unbegreifliche dabei war, die Weltgeschichte schwieg tatsächlich so lange, als besäßen diese Wesen in Eden eine Art Schalter, mit dem die geschichtliche Entwicklung auf unserem Planeten einfach so ein- und ausgeschaltet werden konnte.

Und tatsächlich spricht alles dafür, dass diese überaus verrückte Geschichte mit Noah ihren Anfang nahm.

Mit Adam und der Schöpfungsgeschichte begann sozusagen die goldene Urzeit- und mit Noah und der Sintflut hatte sie irgendwie abrupt geendet.

Noah markierte also das Ende eines nebulösen Zeitalters.

Was darauf folgte, lässt in der Tat aufhorchen.

Wir können nunmehr in der Genesis feststellen, dass die Zeit von Adam bis Noah ebenso lang war wie die Zeit von Sem bis Aram, der später Abraham hieß, nämlich zehn Generationen. Und doch unterscheiden sich diese beiden Epochen grundlegend voneinander.

Während das Zeitalter von Adam bis Noah eine Fülle von eindrucksvollen Schilderungen der Ereignisse während dieser langen Epoche enthält, nennt uns die Genesis aus der Zeit von Sem bis Abraham lediglich die Namen und das immer noch legendäre Lebensalter.

Hier besteht also ein geschichtliches Vakuum, das sich über zehn Generationen erstreckte, in dem wir nichts über die Nachkommen von Sem erfahren, als ob sie ausschließlich die Aufgabe hatten, sich fortzupflanzen, für Nachwuchs zu sorgen und eine vorgeschriebene Zeit abzusitzen.

Die Menschheitsgeschichte weist während dieses Zeitabschnitts wahrhaftig eine dunkle, ereignislose Lücke auf und die Alte Welt scheint während dieser Zeit tatsächlich in einen „kulturellen Schlaf" verfallen zu sein.

Dann geschieht eines Tages am Unterlauf des Euphrats etwas Entscheidendes, das von nun an die Welt in Atem halten und die politisch-kulturelle Landschaft der alten Welt in ständigen Wandeln halten wird: Die Berufung Abraham und seine Wanderung aus der Urheimat Ur.

Und genau hier, an diesem Scheidepunkt beginnt die eigentliche Geschichtsuhr von Neuem zu ticken und allmählich bricht ein neues Zeitalter an– das der frühesten Geschichte des Menschen.

Demnach kann mit gutem Grund angenommen werden, dass sich die Menschen bis dahin in eine Art geschichtlicher Warteschleife und kulturellem Dornröschenschlaf befunden hatten, der so lange andauerte, bis die vorgeschriebene Frist von 1.000 Jahren verstrichen war.

Nach der zehnten Generation war die Zeit sozusagen erfüllt und die auserwählten Menschen wurden auf die Bühne der Geschichte zurückgeführt, um aktiv an der Gestaltung ihres kulturellen Erbes mitzuwirken und das ewige Gottesreich der Vierwinde zu gründen.

Wer hätte das wohl zuvor gedacht: Der gerechte Mann, von dem bei Henoch die Rede war, der in ferner Zukunft berufen werden sollte, war kein anderer als der Patriarch Abraham.

Mühevoll stand ich auf und stellte dabei fest, wie inzwischen die Kraft aus meinen Beinen entwichen war. Schwerfällig tigerte ich einige Schritte hin und her und schüttelte dabei ständig meinen Kopf über die unerwartete Überraschung, die mir Abraham soeben beschert hatte.

Als ich mich dann erneut auf die Couch fallen ließ, dachte ich an meine Überlegung über die fliegenden Engel.

Denn mir war eigentlich klar, dass Abraham nicht nach 1.000 Jahren einfach so eines Tages in seinem Haus aufwachte und aus eigenem Instinkt wie ein Zugvogel seine Heimat verließ, um weltliche Aufgaben anzugehen, von denen er vorher nichts ahnte. Irgendetwas Ungewöhnliches musste den Stein ins Rollen gebracht haben, genau wie damals bei Henoch mit seiner Entführung.

Aber was?

Ich widmete mich weiter der Bibel und erkannte bald unschwer, dass die erteilte Aufforderung an Abraham, Ur zu verlassen, um woanders außerhalb der angestammten Heimat ein neues

Zuhause zu gründen, in der Tat eindeutig einen theologischen Hintergrund hatte:

»Geh aus deinem Vaterland und von deiner Verwandtschaft und aus deines Vaters Haus in ein Land, das ich dir zeigen will.«

Und jetzt kam es darauf an, wer Abraham aus Ur führen, ihm den Weg zeigen würde.

Doch die Antwort war zunächst recht enttäuschend:

»Da nahm Tarah seinen Sohn Abram und Lot, den Sohn seines Sohnes Haran, und seine Schwiegertochter Sarai, die Frau seines Sohnes Abram, und führte sie aus Ur in Chaldäa.«

Abrahams Vater soll für den Auszug aus Ur verantwortlich gewesen sein– also nicht ein aus dem Himmel herab gestiegener Gabriel oder ein anderes Wesen aus Eden.

Ich fragte mich, wie Tarah wohl dazu kam, nun ausgerechnet zum richtigen Zeitpunkt seinen Familienklan unter den Arm zu nehmen und politisch gestaltend in die weite Welt zu ziehen.

Woher erkannte er, dass die Zeit erfüllt war, und warum ausgerechnet er?

Nach einer kurzen Überlegungsphase gelangte ich immer mehr zu der Ansicht, dass keiner aus dem Umkreis von Abraham für diese weltlichen Aufgaben in Frage kommen konnte.

Die auslösenden Impulse konnten nach meiner Überzeugung ausschließlich aus Eden kommen, wo die tausendjährige Frist mit Beständigkeit verwaltet und wo das Vermächtnis um Melchisedek beharrlich gepflegt wurde.

Also suchte ich in der Bibel weiter nach einem Fremden mit einem ausgefallenen Namen, der nicht in den Kreis des mesopotamischen Klans passte.

Doch vergeblich war die Suche.

Dann las ich noch einmal den betreffenden Text und erkannte nunmehr, dass die Verfasser aus irgendeinem triftigen Grund keinen Zweifel daran ließen, dass Tarah, und nur Tarah, die Person war, die aktiv in das Geschehen eingriff und es steuerte, dass er für den einsetzenden großräumigen politischen Wandel verantwortlich war.

Tarah war also selber der Schlüssel zur Lösung- daran gibt es keinen Zweifel.

»Tarah, Tarah, Tarah!«, wiederholte ich immer wieder laut.

Und irgendwie begann der Name nach und nach auf meiner Zunge ebenfalls zu zerfließen.

Bald darauf kam mir dann auch der erlösende Gedanke und ich schrie aufgebracht durch den Raum:»Abrahams´ Vater? Niemals!«

Schließlich musste ich die Bewahrer der alten Texte loben.

Aus Unwissenheit machten sie einen gewissen Tarah zu Abrahams Vater, weil das Schicksal der beiden eng mit dem Auszug aus Ur verknüpft war, denn die überlieferten Handlungen nahmen mit diesen beiden zweifellos ihren Anfang.

Doch diese Verwandtschaft hatte es nie gegeben.

Andererseits aber hatten die Verfasser zum Glück den Klang des Namens ziemlich genau aufgeschnappt und relativ unentstellt wiedergegeben.

Und gerade in ihm steckte der eindeutige Beweis, dass die hier gemeinte Person tatsächlich jener Fremde sein musste, der verabredungsgemäß nach 1.000 Jahren im unteren Mesopotamien in Ur zu erscheinen hatte.

Tarah- welch ein Name, der tausend Bände spricht und zugleich ein Beleg dafür ist, dass diese Person niemals aus Mesopotamien stammen konnte, sondern enorme Entfernungen zurücklegen musste, ehe sie in Ur ihren Weg zu Abraham fand.

T-a-R-a : fliegen[13]

„T-a-R-a-H" ist die perfekte Form von „T-a-R-a"

und bedeutet *„er fliegt"* oder einfach *„Luftschiffer"*, *„Flieger"*.

Demnach ist Tarah kein Name, sondern ein Verb, welches eine Eigenschaft wiedergibt, die der Betreffende ausübte und beherrschte, nämlich das Fliegen.

Tarah gehörte also zum selben Engelskreis, der zurzeit von Henoch aktiv war und auf dem Luftweg– auf welche Weise auch immer – enorme Entfernungen überwinden konnten.

Ich war nun restlos davon überzeugt, dass es solche Wesen einst auf Erden gegeben hat und dass Henoch mit ihrer Hilfe leibhaftig durch die Lüfte getragen wurde.

Zugleich war ich wie elektrisiert.

Ohne im Ansatz die Bedeutung des Begriffes zu kennen, wussten sich die biblischen Verfasser nicht anders zu helfen, als daraus Abrahams Vater zu zaubern, erkannten aber aus den Überlieferungen, dass ausgerechnet ihm die Aufgabe zufiel, die Initiative zu ergreifen und den historischen Auszug aus Ur durchzuführen.

Und jetzt erwies sich, dass der zugeordnete Name in Wirklichkeit mit Fliegen zu tun hatte, mit einem Wesen, das durch die Lüfte reiste und aus derselben Gegend stammte, aus der Henochs Entführer vor 1.000 Jahren kamen!

Auch hier war ich nun sicher, dass diese linguistische Enthüllung in den vorliegenden Verknüpfungen die gleiche Beweiskraft wie ein archäologischer Fund hatte!

Nun musste ich abermals grinsend an die arabische Sprache denken.

Durch die Deutung eines einzelnen Namens würde damit ermöglicht, in geschichtliche Bereiche vorzustoßen und so manche Vorgänge zu durchblicken, die sonst für immer in Verborgenheit geblieben wären.

Und mitunter konnte die Umkehrung eines einzigen Wortes in seinem ursprünglichen Sinn dazu beitragen, Personen und Handlungen in der ihnen geschichtlich zugewiesenen Rolle zu platzieren und so zum Verständnis so mancher historischen Vorgänge beizutragen.

Ich strich mir nun über meine wenigen Haare und dachte dabei, was habe ich da bloß für eine Geschichte gefunden, die immer verrückter und seltsamer wird.

Dann erblickten meine Augen die beiden Bücher dieses geheimnisvollen Mannes Henoch und spontan musste ich an den wichtigsten Teil der Prophezeiung denken.

Was ist mit dem Engel der Wahrheit– hatte auch dieses Rendezvous stattgefunden, führte Tarah den Patriarchen Abraham zu dem neuen Messias Melchisedek in die Stadt Salem?

Abermals griff ich zur Bibel.

Und es war allmählich kaum auszuhalten!

Auch dieses vorhergesagte Rendezvous hat tatsächlich stattgefunden– die tausendjährige Prophezeiung ging voll in Erfüllung, als ob die menschliche Geschichte während Zeit und Raum nach einem geordneten Drehbuch ablaufen würde.   Denn die Wege des Patriarchen führten tatsächlich zur Stadt Salem, wo ein bemerkenswerter theologischer Akt vollzogen wurde.

»*Aber Melchisedek, der König von Salem, trug Brot und Wein heraus und er war ein Priester Gottes des Höchsten. Und Abram gab ihm den Zehnten von allem.*«

Brot und Wein drückten den Glauben aus, welcher nun, in der neuen Zeit in der ehemaligen Stadt Achuzan installiert wurde. Mit diesem religiösen Abendmahl wurde nämlich in Gegenwart von Salem der Bund mit Gott erneuert, mit dem zugleich der zu seinem Glauben bekehrte Abraham sich dazu verpflichtete, einen Zehnten von allem an das Gotteshaus abzugeben.

Mit anderen Worten, nach der Zerstörung des sündigen Achuzan zurzeit von Nir wurde der Tempel, wo der Leichnam Salems in dem Allerheiligsten nach der edenitischen Weise, also nach kultisch strengen Richtlinien eingebettet wurde, in neuem Glanz und ungeahnter Größe wiederaufgebaut.

Keine abscheulichen und heidnischen Tieropfer wurden in dem Heiligtum dargebracht, wie noch zurzeit Methusalems, eine Freveltat, die zur höchsten Bestrafung der damaligen Akteure führte.

So wurde Melchisedek zum Vorläufer von Jesu Christi und der von dieser gestifteten Eucharistie.

Allerdings konnte dieses Abendmahl keine religiöse Wirkungskraft oder Legitimation erhalten, wenn es nicht im Angesicht der betreffenden Gottheit abgehalten wurde, genau wie es später auf dem Berg Horeb in der Sinai-Wüste nach dem Auszug aus Ägypten vor dem „Gott Israels" praktiziert wurde.

Salem, das geheimnisumwitterte Wesen, welches von Eden nach Achuzan entführt und dort zuweilen vergöttlicht wurde, vor dem Methusalem nach seiner Verführung sündigte, befand sich zweifelsfrei in der nach ihm nun benannten Stadt.

Wie und vor allem unter welchen Umständen er in das neu gegründete Salem-Heiligtum gelangte und wo der kostbarste Leichnam der Geschichte bis dahin aufgebahrt war, ist schwer nachzuvollziehen.

Was war das nun für eine Stadt, die tausend Jahre nach der

Sintflut Noahs, von Abgesandten des einstigen Paradieses gezielt angesteuert wurde, um es endlich aus der tiefen Vergangenheit und Versenkung zu neuer weltlicher Ordnung des Glaubens zurückzuholen, das Gotteshaus im Zentrum der Umfassungsmauer zum neuen Glanz und noch nie erreichte Größe und Pracht zu erheben?

Auch hier darauf hat die arabische Sprache eine klare Antwort.

Die Stadt Salem des Abraham war keine andere als die Stadt Jerusalem. Oft las ich in diesem Zusammenhang Berichte, die diese Annahme bestätigten, andere, die dagegensprachen.

Wie dem auch sei, erst dann, wenn wir diesen Begriff aus der Sicht der arabischen Sprache betrachten, kommt die Gewissheit darüber zum Vorschein.

Jerusalem: Jeru'salem[14]

Jaru (jara : sehen) = *„sie sehen"*, *„man sieht"*.

Jaru´Salem war demnach der heilige Ort, an dem Salem „gesehen" oder „besichtigt" werden konnte.

Mit anderen Worten, sein Leichnam wurde dort aufgestellt.

Der mystische Ort Achuzan, von wo aus Henoch in den Himmel entrückt wurde, war in Wahrheit das spätere Jerusalem, der ewige Zankapfel der verschiedenen Religionen.

Und der Leichnam, welcher dort aufgebahrt wurde, davor stand Henoch vor ein Jahrtausend in Eden am ganzen Körper zitternd.

Plötzlich fiel mir an dieser Stelle die Himmelfahrt des Islams ein.

So soll nach der mystischen Entrückung der Prophet Mohammed vom Erzengel Gabriel von Mekka auf den heiligen Stein von Jerusalem entführt worden sein, der den Altar des salomonischen

Tempels bildete. Nach der Überlieferung soll sich dort der Eingang zum Himmel befunden haben, von wo aus der Prophet auch in die verschiedenen Himmel geführt wurde.

In der islamischen Tradition finden wir also eine zusätzliche Bestätigung, dass aus den vorliegenden Überlieferungen die Stadt Jerusalem selber nicht der Ausgangspunkt zum Himmel war, sondern es war genau die Stelle, wo sich der Altar befunden hat.

Auch Tarah eröffnet eine eigenwillige, aber reale Welt, die der biblischen Vorstellung von dem friedfertigen Leben Abrahams zuwiderläuft.

Die eingebürgerte Vorstellung von einem vollbärtigen Greis, der liebenswert und friedlich durch die Lande zieht, existiert nur in der Phantasie religiöser Eiferer und hat mit der damaligen erschreckenden Realität nichts zu tun.

Vom ersten Tag an, als Tarah mit einem Heer von Gehilfen und Streitkräften in Mesopotamien erschien, war seine Mission militärisch geprägt.

Im Laufe der tausendjährigen Frist hatten sich, vorwiegend im alten Orient, mit Hilfe der gefallenen Engel verschiedene Fürstenstaaten gebildet, die über beachtliche kulturelle Errungenschaften und ausgeklügelte militärischer Verteidigungs-anlagen verfügten. Mühselig und mit zerstörerischer Gewalt mussten nun die einzelnen Regionen überrannt, auf brutalste Weise vernichtet und ihre Bewohner wie Vieh abgeschlachtet und die Köpfe abgetrennt werden.

Irgendwie konnte ich von nun an die Gedanken an dieses einst vergöttlichte Geschöpf nicht mehr verdrängen und begann von Neuem, Fragen nach seinem faszinierenden Wesen zu stellen.

Warum ich dies ausgerechnet jetzt tat, war mir unklar.

Jedenfalls war es so, als würde plötzlich ein unsichtbarer Geist über mich bestimmen, mich auf irgendeinen Pfad lenken wollen, an dessen Ende die seit ewig in Verborgenheit gehütete Wahrheit offenkundig geschrieben steht.

Viele seiner Spuren bin ich oft in der Vergangenheit ohne greifbares Ergebnis gefolgt. Infolge meines gerade erlebten Streifzugs durch die Anfänge der Geschichte schien er nunmehr ein wenig aus seinem verschleiernden Schatten hervorzutreten und sein mystisches Schweigen für wenige Augenblicke aufzugeben.

In meine Gedanken vertieft, dachte ich daran, wie Henoch die erste Begegnung mit dem Allmächtigen in Eden erlebt hatte, und wie er ihn in seiner Not und Angst beschrieb.

Dabei ließ sich aus den Erzählungen zweifelsfrei erkennen, dass weder Gabriel noch Michael je daran dachten, die Gottheit vor Henoch hinter einem Schleier zu verbergen, um ihre Geheimnisse zu wahren. Die beiden Engel betrachteten den konservierten Leichnam als das, was er in Wirklichkeit war.

Zunächst konnte sich der furchtsame, aber noch völlig ahnungslose Henoch nicht im Ansatz vorstellen, sich Gott, dem Allmächtigen auf seinem Thron überhaupt zu nähern und vor ihn zu treten.

Er zitterte, weigerte sich wie ein störriger Maulesel, sich von der Stelle zu bewegen. Er haderte mit sich und zweifelte aufrichtig daran, ob er dazu würdig genug sei.

Als auch kein Zureden half, schnappte sich Gabriel den aufmüpfigen Henoch, hob ihn in die Luft und stellte ihn vor Gott.

Henoch sollte nun die Gottheit, der er bis in alle Ewigkeit dienen sollte, mit eigenen Augen anschauen, hautnah erleben.

Zitternd und mit klopfendem Herzen fiel Henoch zu Füßen der Gottheit nieder, seine Augen krampfhaft geschlossen. Er vermochte immer noch nicht, auch ein einziger flüchtiger Blick auf den „Allmächtigen" zu wagen.

Diese endlosen, schrecklichsten Augenblicke seines Lebens konnte er kaum überstehen.

Noch war er von der göttlichen Wahrheit einen einzigen Blick entfernt.

Dann geschah es schließlich: Für den Bruchteil einer Sekunde riskierte Henoch einen flüchtigen Blick nach oben und dies reichte aus, um endlich der Wahrheit ins „Gesicht" zu sehen.

Zunächst versuchte er krampfhaft, „Gott" zu verherrlichen.

Doch dessen Anblick war offensichtlich derart fremd, abstoßend und abscheulich, so dass Henoch seinen Schrecken nicht verdrängen konnte.

»So sah auch ich das Angesicht des Herrn, das Angesicht aber des Herrn ist unaussagbar, wunderbar und sehr furchtbar und überaus sehr schrecklich.«

Der Anblick Salems war also erschreckend, völlig anders als das, was Henoch von einer allmächtigen Gottheit erwartet hatte.

Und diese simplen und unbefangenen Beschreibungen drücken die Wahrheit über diesen geheimnisumwobenen „Gott der Götter" aus: er war bereits tot.

Aller Wahrscheinlichkeit nach war er eine in einem Glassarg aufgebahrte Mumie, die derart meisterlich konserviert worden war, dass sie den Augenzeugen so erschien, als würde er tatsächlich auf seinem Thron sitzen, um über seine Untertanen zu richten.

Henoch schaute also direkt in sein Gesicht, sah aber völlig fremde Wesenszüge, die er aus seinem bisherigen Umfeld nicht kannte.

Ich fragte mich immer und immer wieder, was hat Henoch bloß gesehen, was haben seine Augen in Eden für ein Wesen erblickt?

Am Ende war ich wie besessen, eine Antwort auf diese Frage zu finden.

Mühsam stand ich auf, begann im Raum ziellos zu rotieren und dabei ständig „Salem" zu rufen, als wollte ich seinen Geist aus dem mystischen Jenseits, in dem er einst regierte, herauslocken.

Dann hatte ich nach einer Weile das Gefühl, als ob meine Beschwörungen fruchteten.

Ein beklemmendes Gefühl überkam mich bald und ich glaubte, aus jedem Winkel des Raumes würden Geister des Jenseits mit großen Augen auf mich herabblicken, auf mich zeigen.

Mein Kopf begann zu dröhnen, drohte zu zerplatzen und mir kam es nun so vor, als ob eine unsichtbare Gegenkraft krampfhaft aber gezielt jede weitere Nachforschung an Salem unterbinden wollte, um das Geheimnis seines Wesens weiterhin zu wahren.

Einige Zeit blieb ich diesen zermürbenden Gegenkräften ausgesetzt, wurde willenlos zwischen ihnen hin und her gerissen.

Als ich dann auch noch schwer zu atmen begann, überkam mich der unwiderstehliche Drang, dieser explosiven wie beklemmenden Atmosphäre schleunigst zu entfliehen.

Hastig schaute ich auf die Uhr: Es war kurz vor 15 Uhr.

Der einzige Gedanke, der mir spontan einfiel, war Willi aufzusuchen, der um diese Zeit wohl seine Tennisschlachten austrug.

In Windeseile packte ich meinen Schläger in die Sporttasche und eilte, ja ich flüchtete förmlich aus der Wohnung.

Nach wenigen Minuten Fußmarsch hatte ich die kleine Halle erreicht.

Doch alles, was ich nun erblickte, war irgendwie verzerrt, als würde ich meine Umgebung aus einem ungewohnt schiefen und langgezogenen Winkel betrachten.

Als ich die Eingangstür zur Halle öffnete, kam mir Willi im selben Augenblick durchgeschwitzt entgegen. Seine Tennisstunde war wohl zu Ende. Als er mich verständnislos mit Kopfschütteln empfing, war mir klar, dass er keinen Bock mehr auf Tennis hatte.

Schnell bemerkte er mein enttäuschtes Gesicht, lächelte und meinte: »Zu spät, mein Freund. Ich dachte, du wolltest heute Tennis schwänzen.«

»Ja schon, aber inzwischen kann ich Abwechslung verdammt gut gebrauchen.«

»Abwechslung? Du hättest heute keine Freude am Spiel gehabt, ich war in Bestform.«

Dann warf er sich mit einer eleganten Bewegung den Gurt seiner Tasche über die Schulter und flüsterte leise: »Aber tierischen Hunger habe ich inzwischen.«

Ich schaute ihn zunächst ratlos an, dann klopfte ich ihm aber auf die Schulter und fragte: »Wie wäre es mit Annettes Frikadellen? Ich lade dich ein.«

Natürlich ließ sich Willi dies nicht ein zweites Mal sagen.

V. Die Deutung

Als wir das Ladenlokal betraten, war ich ein wenig irritiert.

Ich konnte nicht nachvollziehen, wie wir dahin gekommen waren. Wir standen einfach da, mittendrin in dem schmalen, spärlich beleuchteten Raum. Und dafür, dass es Sonntag war, gab es eigentlich viel zu wenige, ja fast gar keine Gäste.

»Halloooo!«, rief uns Annette in nachhallendem gekünstelten Ton entgegen, und sie kam mir dabei vor, als wäre sie meilenweit von uns entfernt.

Auf ihrer Höhe angekommen, lächelte sie mich mit weit geöffneten Augen auf eine eigenartige Weise an, als ob sie mich auf irgendetwas aufmerksam machen wollte.

Zunächst schenkte ich dieser Geste keine Beachtung und eilte hinter Willi her, schupste ihn im richtigen Moment von seinem Stammplatz mit dem Rücken zur Wand. Er hatte es gerne, wenn er aus dieser Perspektive das Geschehen im Raum im Blick behielt. Grimmig schüttelte er den Kopf und setzte sich mir widerwillig gegenüber.

Kaum hatte ich Platz genommen, schon merkte ich, dass wieder irgendetwas nicht stimmte: Unsere Sporttaschen waren verschwunden.

Ich schaute unauffällig unter den Tisch– doch dort lag nichts.

Allmählich begann ich an meinem Verstand zu zweifeln, fragte mich, ob wir überhaupt Taschen dabeigehabt hatten, als wir das Lokal betraten. Doch schnell verdrängte ich all diese einfältigen Gedanken.

»Und nun, wo bleiben die saftigen Buletten?«, fragte Willi, seinen Bauch streichelnd.

Als ich grinsend aufstand, um Annette an der Theke aufzusuchen, hob ich gleichzeitig warnend meinen Zeigefinger: »Aber du bleibst dasitzen, wo du bist.«

Mit schlurfenden Schritten watschelte ich an der Theke entlang und bewunderte die Leckereien, die Annette für den Sonntag gezaubert und appetitlich hinter den Glasscheiben zur Schau gestellt hatte.

Als sich unsere Augen trafen, schaute sie mich diesmal mit undefinierbarem Grinsen an, das ich aber erneut ignorierte.

»Wir hätten gerne vier Buletten mit dem schärfsten französischen Senf, den du hast.«

Sie behielt ihr Grinsen und erwiderte: »Sorry! Heute haben wir bloß Frikadellen.«

Ich knetete nachdenklich an meinem Kinn und meinte: »Na ja, zur Not würden wir auch die essen.«

Auf der Höhe von Willi angekommen, stellte ich zu meiner Verwunderung fest, dass in der dunklen hinteren Ecke jemand saß, den ich bis dahin nicht bemerkt hatte.

Ich verrenkte mich ein wenig, als ich um Willi herum an meinen Platz gelangen wollte und musste dabei notgedrungen in die Ecke schauen.

Und das, was meine Augen dort erblickten, ließ einen kalten Schauer über meinen Rücken ziehen.

Da saß leibhaftig ein Knabe in einem weißen, engen Kaftan und stützte seine beiden zu kurz geratenen Hände auf einen eigenartigen Stock, den er zwischen seinen Knien hielt. An einem seiner Finger trug er einen großen Ring.

Ich dachte spontan: So ein Kind und schon mit Gehstock.

Doch das war noch nicht alles, was an diesem Geschöpf zu entdecken war.

Die Proportion seines Kopfes war im Verhältnis zu seinem Körper überdimensioniert. Er war zudem kahl und in einer Art glatt, als wären seit seiner Geburt nie Haare auf seinem Kopf gewachsen. Seine Augen verdeckte er mit einer dieser Macho-Brillen, deren übergroße dunkle, farbig schimmernde Glasflächen seitlich fast bis zu den Ohren reichen.

Schwören hätte ich auch können, dass seine Augen unter der Brille ein schwaches Licht abgaben. Und seine Nase? Wenn es wirklich eine typisch semitische Nase gibt, dann war seine eine solche.

Er schaute geradeaus, so dass ich nur sein Profil sehen konnte. Alles in allem war der Bursche einfach durch und durch schaurig.

Auf ganzer Linie.

Von all dem bekam Willi nichts mit, denn er saß mit dem Rücken zu ihm.

Ich versuchte meine Verblüfftheit zu verdrängen, indem ich Willi ein gezwungen wirkendes Grinsen schenkte.

Nach wenigen Augenblicken stand ich doch noch einmal auf.

«Ich hole die Buletten», rief ich Willi zu, der mich daraufhin verständnislos anschaute.

Annette hatte inzwischen die zwei Portionen auf zwei großen Papptellern mit einigen hingezupften grünen Salatblättern garniert, die ich notorisch hasse und immer achtlos auf dem Teller liegen lasse.

Als sie mich sah, sagte sie fast beleidigt: »Ich hätte euch die Teller ja gleich gebracht.«

»Gewiss, gewiss, meine Liebe«, dann begann ich mit meinen Fingern unruhig auf die Theke zu trommeln und dabei mit meinen Augen diskret in Richtung der Ecke des Anstoßes zu blinzeln.

Zum Glück schaltete Annette schnell, kicherte und meinte: »Ja, ja, das wollte ich vorhin andeuten, damit Sie keinen Herzschlag kriegen.«

Ich beugte mich ausladend über die Theke und fragte leise: »Aber um Himmelswillen, wer soll das denn sein?«

Vor vorgehaltener Hand erklärte sie, dass der Bursche in Begleitung eines Scheichs vor gut einer halben Stunde hereingekommen war, der Scheich gebrochen deutsch sprach, während der Knabe an seiner Seite keinen Pieps von sich gab und auf eine merkwürdige Art lief, als hätte er sich in die Hose gemacht. Sie seien zielstrebig ganz nach hinten in die Ecke gegangen. Dann bestellte der Scheich eine Tasse schwarzen Tee und bat um ein Glas Wasser für den Knaben.

»Und als ich sie beim Servieren neugierig ansah, meinte der Scheich, dass er von der Falkland-Insel vor dem Irak käme …«

Ich unterbrach sie prompt: »Falkland-Insel vor dem Irak? Was für ein Quark! Du meinst bestimmt die Failaka-Insel, denn die liegt tatsächlich dort in der Nähe, im Persischen Golf.«

Annette schaute mich musternd und lachend an und meinte, dass der Scheich ziemlich undeutlich gesprochen hätte und genauso gut auch „Frikadelle" gesagt haben könnte.

»Okay! Ich nehme zur Kenntnis, dass du von einer Failaka-Insel noch nie etwas gehört hast. Macht nix, die Insel ist ohnehin unbedeutend klein. Aber wo ist nun der Scheich – ich sehe ihn nirgendwo.«

»Nachdem er hastig seinen Tee getrunken hatte, musterte er den Knaben eine ganze Weile, ohne dabei ein einziges Wort zu sagen. Dann kam er zu mir an die Theke und bezahlte reichlich, meinte dann, dass er kurz um die Ecke etwas zu erledigen habe, danach käme er, seinen Jungen holen.«

Ich schüttelte den Kopf und meinte: »Und was machst du,

wenn der Scheich nicht wiederkommt– was machst du mit diesem Ungetüm?«

Sie kratzte kurz am Kinn, zog ihre Stirn in Falten und blieb schweigsam. Dann drückte sie mir die beiden Teller in die Hand und als ich mich entfernen wollte, rief sie: »Halt! Ihr kriegt heute knusprige Röggelchen gratis dazu.«

Auf dem Weg zu unserem Tisch vermied ich es, einen Blick auf den Knaben zu werfen.

Ich stellte die beiden Teller auf den Tisch und prompt war ich Willis Lästerei sicher: »Danke, Annettchen!«

Es gibt in meinem Leben Momente, in denen ich Omas Kost gegen alle Gourmetessen dieser Erde nicht tauschen würde. So einen kulinarisch glücklichen Augenblick genossen wir jetzt wortlos für eine ganze Weile.

Nach dem letzten Biss streichelte Willi seinen Bauch und meinte: »Jetzt kann ich einen doppelten Espresso vertragen«, ein Wunsch, den ich laut in Richtung Annette durch das Lokal erschallen ließ.

Nach dem ersten Schluck schaute Willi kurz auf die Uhr.

Ich fragte ihn, ob er womöglich unter Zeitdruck stehe, was er verneinte.

Danach trank Willi den letzten Schluck von seinem Espresso, richtete seine prüfenden Blicke auf mich und meinte: »Und nun, mein Freund, zu dir bzw. zu uns, was machen die Jungfrauen?«

Ich lächelte gequält und erklärte: »Hör auf mit deinem Paradies! Die Wahrheit, die dahintersteckt, dürfte zwar verblüffend, aber alles andere als himmlisch sein.«

»Trotzdem – bleibt es bei deiner bisherigen Auslegung?«

Ich nickte zaghaft mit dem Kopf.

»Bedeutet dies ja oder nein?«

»Selbstverständlich bleibe ich bei meiner bisherigen Auslegung, die ich inzwischen soweit ergänzen möchte, dass es sich dabei um eigenartige Wesen handelt, die ursprünglich in dem sogenannten Paradies für die Fortsetzung des mündlich Überlieferten zuständig waren. Sie waren, wie ich meine, die reinsten biologischen Festplatten.«

Willi rieb seine Wange und meinte dann mit einem unzufriedenen Gesichtsausdruck: »Mich interessieren momentan eigentlich nur die Augen, deren Geheimnis ich erst gelüftet wissen möchte.«

Als ich antworten wollte, hatte ich ein eigenartiges Gefühl, als ob ich plötzlich beobachtet wurde.

Ohne meinen Kopf zu drehen, riskierte ich einen Seitenblick auf den Knaben in der Ecke. Doch dieser schaute immer noch schnurgeradeaus und zeigte mir weiterhin nur sein Profil.

»Ich bin sicher, nein, nicht bloß sicher, sondern ich gehe fest davon aus, dass diese Wesen sehr große Augen hatten – die waren ihre Markenzeichen. Die Übersetzung sagt zudem aus, dass sie sehr intensive Schwarz- und Weißanteile hatten.«

Dann erklärte ich, dass tatsächlich an vier Stellen im Koran ausdrücklich die Rede von großäugigen Huris ist.

»Doch ich gehe inzwischen von einer weiteren Eigenschaft aus, die womöglich die Erklärung dafür sein dürfte, warum überhaupt von intensiven Farben die Rede ist.«

Ich lehnte mich zurück und erklärte, dass in den Überlieferungen gelegentlich von eigenartigen Kindern berichtet wird, die den Menschen als göttliche Zeugung untergeschoben wurden. Diese würden, kaum aus dem Leib geschlüpft, schon reden und Gott preisen.

»Und es wird weitererzählt, wenn so ein Geschöpf seine Augen aufschlug, erleuchteten sie das ganze Haus, wie die Sonne ...«

Willi unterbricht seufzend: »Was erzählst du da eigentlich für Unsinn?«

Ich schüttelte den Kopf: »Ich erzähle kein Unsinn, so steht es geschrieben in dem slawischen oder äthiopischen Henochbuch über die Geburt von Noah.«

Dann erklärte ich dem verdutzten Willi, dass beispielsweise das Aussehen des „neugeborenen" Noah derart abnorm war, dass sein angeblicher Vater Lamech bei seinem Anblick fast vor Schreck starb und vor ihm die Flucht ergriff.

»Sein Fleisch war weiß wie Schnee und rot, wie die Blume der Rose, sein Haar wie Wolle weiß, seine Augen schön und wenn er sie öffnete, erleuchtete es das ganze Haus wie die Sonne«, berichtete ich anschließend.

Willi schaut mich während meiner Rede gereizt an.

Doch bevor er seine Gedanken sammeln und etwas sagen konnte, fuhr ich fort und erklärte, dass die Beschreibung, die Noah angedichtet wird, aller Wahrscheinlichkeit nach auf ein weiteres Neugeborenes zutreffe, das etwa zur gleichen Zeit in demselben Familienkreis auf wunderbare Weise auftauchte: Melchisedek. In dem slawischen Henochbuch ist es Nir, der Sohn Lamechs und Noahs Bruder, der diesen eigentümlichen Sohn bekommt.

»Ach, ach! Aber wir wollten doch eigentlich eine Reportage über die Jungfrauen schreiben, nicht über Noah oder diesen Lamech, den ich nicht einmal kenne«, unterbrach Willi schnippisch, lehnte sich zurück und starrte beleidigt die Decke an.

Ich quittierte sein mir unverständliches Verhalten mit einer abwertenden Handbewegung und blieb danach demonstrativ stumm. Wenn wir weiterreden wollten, dann nur nach meinen Regeln.

Als ich nach einer Weile drohend meine Brieftasche zückte und Richtung Annette schaute, lenkte er doch ein und meinte:

»Dann erklär mir bitte, was Noah mit unseren Jungfrauen zu tun hat?«

»Eigentlich nichts, nicht direkt. Er gehört nun mal zu dem Kreis jener Akteure, die uns zu der Lösung leiten könnten «, antwortete ich trocken.

Nach einer kurzen Pause versuchte ich in verständlichen Ausführungen meine Erkenntnisse über Henoch darzulegen, achtete dabei, dass das, worauf es ankam, auf besondere Weise zu betonen.

Danach atmete ich tief ein und riskierte währenddessen unbewusst einen Blick auf den Knaben, den ich während der intensiven Diskussion fast vergessen hatte. Nichts, aber auch gar nichts hatte sich bei ihm geändert. Immer noch kauerte er reglos in derselben Lage.

Ich stand auf, klopfte leicht auf Willis Schulter und steuerte auf Annette zu. Zu meinem Erstaunen hatte sie jetzt eine Brille auf. Ich fragte mit verdutzter Miene, seit wann sie eine trage. Sie zuckte wortlos mit den Schultern. Ich musterte sie noch einmal und irgendwie kam sie mir verändert vor.

»Wo bleibt eigentlich unser Scheich?«, fragte ich grinsend.

Erneut zuckte sie mit den Schultern und blieb weiterhin schweigsam.

»Wo ich nun schon hier bin, bringst du uns bitte eine Kanne starken Kaffee?«

Als ich zu unserem Tisch zurückkam, glaubte ich meinen Augen nicht zu trauen: neben Willi lag jetzt seine Sporttasche.

Ich schlich verunsichert auf meinen Platz und dachte dabei, was dies wohl für ein seltsamer, ja fast irrealer Tag sei.

Willi begann zu gähnen, worauf ich bemerkte: »Bist du vom Tennis etwas müde, willst du vielleicht nach Hause?«

Er winkte jedoch energisch ab.

Bald darauf erschien Annette an unserem Tisch mit dem Kaffee, den sie uns auch gleich in Zeitlupentempo einschenkte.

Als sie die Kanne wieder auf das Tablett stellen wollte, schaute sie zu dem Knaben hinüber, zuckte kurz erschrocken mit ihrem Kopf und rieb mit zitternder Hand ihre Stirn, als ob sie endlich zu begreifen begann, was ihre Augen erblickten.

Und ehe ich etwas sagen konnte, drehte sie sich um und verschwand rasch hinter ihrer Theke.

Nach einem ausgiebigen Schluck Kaffee fragte ich aus Verlegenheit, wo wir mit unserem Thema stehen geblieben waren, warf dabei einen raschen Blick auf den Knaben. Immer noch saß er wie ein Götzenbild in derselben Stellung.

»Ach ja, ach ja«, fuhr ich fort, »um wieder auf Henoch zurückzukommen, sei gesagt, dass das ganze Geheimnis um Eden im Wesen eines Geheiligten liegt, der später, vornehmlich im pharaonischen Ägypten, aus Unwissenheit zu einer Gottheit erhoben wurde. Er ist das Maß aller Dinge und die ominöse Achse unserer Geschichte.«

»Geheiligten ... was für Gottheit?«, fragte Willi schnippisch.

Ich antwortete zögerlich, weil ich erneut das eigenartige Gefühl hatte, als ob ich, sobald ich von diesem Wesen zu reden begann, mit Argusaugen beobachtet wurde.

»Er ist jener Heilige, vor dessen Leichnam Henoch in Eden stand: Salem. Sein Geheimnis zu lüften bedeutet zugleich das Mysterium um die Entstehung unserer Kultur zu entschlüsseln.«

Ohne hinzuschauen, griff ich nach meiner inzwischen leeren Tasse. Der aufmerksame Willi schnappte sich schwungvoll die Kanne und schenkte mir den letzten Rest ein.

Auch werden wir wohl nie erfahren, fuhr ich dann weiter fort, was aus Eden wurde. Was geschah dort, nach dem Henoch verstarb, was wurde aus der einstigen theologischen Lehre um Salem – ja, wo ist wohl seine geheiligte Mumie abgeblieben und wo verliert sich endgültig ihre Spur?

Ich schaute Willi nachdenklich an und meinte in fast melancholischem Ton: »Und vor allem, Willi, was wurde aus Gestalten wie Gabriel oder Michael, die fast im Alleingang die Geschichte maßgeblich beeinflussten– was wurde aus den kleinwüchsigen Wesen, auf die viele der kulturellen Errungenschaften in Eden zurückzuführen sind und zu denen die drei Ältesten gehören, die damals Methusalem erschienen waren und ihn in sein Verderben führten. Was wurde aus den 200 gefallenen Engeln, wo sind sie geblieben?«

Als ich eine Weile schwieg, meldete sich Willi mit einem gezwungenen Husten zu Wort: »Aber die Spuren dieser Wesen können doch sich nicht gänzlich im Sande verlaufen?«

»Spurlos verschwunden im Nebel der Geschichte sind sie natürlich nicht. Aber die haben uns momentan doch nicht zu interessieren.«

Willi war von meiner Antwort alles andere als begeistert.

Ich ignorierte aber sein Getue, durchbohrte ihn mit einem scharfen Blick und meinte: »Und mit deiner einstigen Bemerkung über die Attarin-Moschee können wir im Grunde eine wichtige Spur wiederaufnehmen.«

»Was für eine Bemerkung?«, fragte Willi und zog die Brauen hinter seiner Brille hoch.

Kaum hatte ich daraufhin die Zahlen 70 und 1000 erwähnt,

schon nickte er, sich erinnernd, mit dem Kopf.

Ich erklärte ihm, dass ich damals von seiner Aussage recht überrascht gewesen sei, dass die Franzosen um Napoleon die At-tarin-Moschee als „Moschee der 1000 Säulen" bzw. „Moschee der Siebzig" bezeichneten. Ich wusste aufgrund der vielen Legenden um diese Moschee, was eigentlich damit gemeint war und warum diese beiden Zahlen ausgerechnet mit ihr in Verbindung gebracht wurden.

»Diese beiden Zahlenangaben«, versicherte ich, »bezogen sich natürlich nicht auf die aktuelle Moschee, auf die die Franzosen im Jahre 1798 in Alexandria trafen, sondern auf einen anderen gewaltigen sakralen Bau, welcher einst an derselben Stelle stand, nämlich die herrliche Doppelsäulenhalle von Alexandria aus der hellenischen Zeit, von der im babylonischen Talmud behauptet wird: *„Wer die Doppelsäulenhalle von Alexandria in Ägypten nicht gesehen hat, der hat die Herrlichkeit Israels nicht gesehen."*«

Diese monumentale Basilika, erklärte ich weiter, bestand aus einer Säulenhalle in einer weiteren gigantischen Säulenhalle. Das heißt, eine bereits bestehende Säulenhalle wurde einfach in eine andere überdimensionalere integriert. Diese ungewöhnliche Basilika bestand aus 1000 Säulen.

»Und eine weitere Besonderheit innerhalb dieser gigantischen Anlage bildeten die sogenannten Lehrstühle aus Gold, 71 an der Zahl – na, dämmert es nun endlich bei dir, Willi?«

»Na ja! Es ist wohl ein Stuhl zu viel, meine ich«, antwortete er lachend.

»Es ist in der Tat so, dass in dieser Basilika und in diesen goldenen Lehrstühlen die 70 Gelehrten saßen, die Ptolemaios II. aus Jerusalem holen ließ. Also hier, genau hier in dieser Halle der 1000 Säulen wurde die Bibel ins Griechische übersetzt: die Septuaginta, was die Wiederherstellung der Schrift nach altem theologischen Brauch bedeutete. Es war der historische Ort der Rückbesinnung auf die göttliche Ära.«

Bevor ich weiterredete, schaute ich den armen Willi erwartungsvoll an, ob er eine Reaktion zeigte. Doch er starrte mich nur reglos an, was mich ermunterte, weiterzureden.

»70 Gelehrte, Wiederherstellung der Schriften und die Gründung der Stadt Alexandria, die kurz danach für mehrere Jahrhunderte zur Hauptstadt der zivilisierten Welt aufstieg, dürfte also in enger Verbindung mit dem edenitischen Zeitalter gestanden haben. Da immer wieder hartnäckig behauptet wurde, dass der Leichnam Alexanders im Innenhof der Attarin-Moschee aufbewahrt wurde, bedeutet dies, dass das seit Ewigkeiten vergeblich gesuchte Grab des Makedoniers sich tatsächlich in dem ursprünglichen griechischen Bauwerk, der Säulenhalle, befand. Also genau dort, wo später die Moschee auf den Vorgängerbauten errichtet wurde.«

Kurz darauf merkte ich, dass mich die Kräfte verließen und ich immer müder wurde. Ich begann mit quälenden Bewegungen nachdenklich mein Kinn zu kneten, ließ meine Augen durch den Raum schweifen, vermied es dabei aber einmal mehr, in die dunkle Ecke des Anstoßes zu schauen.

Plötzlich entriss Willi mich aus meiner Geistesabwesenheit und meinte zögerlich: »Die Gründung Alexandria, die Aktivierung der 70 Ältesten, um die Schrift wiederherzustellen; da befinden wir uns wohl zur Zeit Ptolemaios II. genau dreitausend Jahre später in derselben historischen Phase, die am unteren Mesopotamien mit Auftauchen der Sumerer zur Entstehung der Hochkultur führte.«

Darauf zeigte ich zunächst keine Reaktion.

Ich tat so, als ob ich nun eine Tasse Kaffee vertragen könnte, und schaute zu Annette. Doch sie stand mit dem Rücken zu uns und telefonierte einmal mehr.

Zur Abwechslung fiel mir der Knabe von nebenan ein– aber er bot das gleiche Bild wie bisher.

Mitten in meinem Schweigen reckte Willi mir plötzlich seine Hand entgegen und polterte: »Halt, halt!«, dann schwieg er nachdenklich einen Augenblick lang, um kopfschüttelnd fortzufahren.

»Es waren ja die Sumerer, die aus dem Nebel der Geschichte, sozusagen aus dem Nichts am unteren Lauf von Euphrat und Tigris auftauchten– das gibt es einfach nicht!«

Ich unterbrach: »Jetzt bin ich ausnahmsweise derjenige, der nichts versteht, was willst du damit sagen?«

Er lächelte flüchtig, konnte sich aber irgendwie nicht beruhigen und schaute mich dabei mit glänzenden Augen an.

Als er es mit seiner künstlichen Pause und seinem Getue zu übertreiben begann, wandte ich meine Blicke demonstrativ von ihm ab und lehnte mich zurück.

Kaum hatte ich damit begonnen, ungehalten die Decke anzustarren, fuhr er fort.

»Ich bin froh, dass du dich mit den Sumerern nicht so gut auskennst. Gerade jetzt fällt mir etwas sehr Wichtiges, etwas völlig Unerwartetes ein.«

Er erklärte, dass die Wissenschaft inzwischen beachtliche Fortschritte bei der Erforschung dieses geheimnisvollen Volkes aufzuweisen habe, die fast für die Geschichtsschreibung unentdeckt geblieben wäre.

Ich unterbrach, energisch einwendend: »Du willst doch nicht etwa jetzt damit anfangen, die umfangreichen kulturellen Errungenschaften der Sumerer aufzuzählen?«

»Nein, nein, mir geht es um was Bestimmtes, nämlich ihr Aussehen.«

»Aaah!«

Er grinste und erklärte, das Aussehen des langen vergessenen Volkes der Sumerer sei heute kein Geheimnis mehr. Ausgrabungen hätten zahlreiche Statuen, Köpfe und Siegelbilder aus verschiedenen Epochen zutage gefördert.

»Und eins steht dabei fest«, versicherte er, »die Sumerer, die die Bezeichnung „Schwarzköpfige" erhielten, hätten wohl niemals einen Schönheitswettbewerb gewonnen. Solange sie lebten, waren sie einfach unverwechselbar, mit keinem anderen Völkertypus ihrer Zeit vergleichbar.«

»Ja und?«

Willi lacht gekünstelt, fragt dann: »Weißt du, was an deren Kopf am auffälligsten war?«

»Sie waren wohl schwarz!«

»Sei jetzt nicht albern und spitze lieber deine Lauscher: Sie hatten auffallend groooße Augen.«

Während er mich hämisch fixierte und dabei seinen Kopf triumphierend ein wenig nach hinten neigte, blieb ich für ein Weilchen einfach sprachlos.

Als Willi dann zum Reden ansetzen wollte, zerplatzte jedoch meine Sprachlosigkeit.

»Das ist einfach unglaublich! Die Aussagen aus dem Koran werden von archäologischen Funden untermauert. Die fremdartigen Wesen mit den großen Augen im Paradies hat es also doch gegeben, sind eine historische Realität. Sie tauchen gegen Ende des 4. Jahrtausend v. Chr. im unteren Mesopotamien auf und bringen fertige Kulturelemente mit, durch die nach Aussagen des Sumerologen Samuel Kramer

die Geschichte, ja die Hochkultur zu keimen beginnt– das Vermächtnis Henochs ging damit nach tausend Jahren wahrhaftig in

Erfüllung. Welch eine unglaubliche, überaus verrückte Geschichte.«

Als ich eine kurze Pause einlegte, um meine Gedanken weiterhin auf diesen historisch faszinierenden Zeitabschnitt zu konzentrieren, merkte ich nicht, dass Willi mich bereits seit einiger Zeit grübelnd anstarrte und dabei sein Kinn streichelte.

Als unsere Blicke sich trafen, meinte er lächelnd: »Was uns nun bei dieser einzigartigen historischen Szene des ausgehenden 4. Jahrtausend v.Chr. fehlt, ist lediglich der Nachweis, dass die Sumerer außerhalb des Wirkungskreises des Fruchtbaren Halbmonds herkamen.«

Danach musterte mich Willi mit nachdenklicher Miene, zog ein weißes Tuch aus der Tasche und begann die Schweißperlen auf seiner Stirn abzutupfen. Dann hörte er plötzlich damit auf und meinte kopfschüttelnd: »Du machst mich heute einfach fertig!«

Was er damit meinte, war mir zunächst unklar, zumal dass er danach beharrlich für einige Momente nachdenklich schwieg.

Dann legte er aber unverhofft los.

Er deutete an, dass die Sumerer in Bezug auf das Alte Testament in der Tat ein Rätsel blieben, welches die Forscher vor unlösbare Probleme stellte. Nach ihrer Entdeckung begann man nach ihren Spuren in der Heiligen Schrift zu suchen. Die Geschichtsforscher konnten feststellen, dass die Bibel zwar von sehr vielen Völkern spricht, mit denen die Nachkommen Adams und Abrahams immer wieder in Kontakt kamen und in Konflikt gerieten, dass jedoch das Volk der Sumerer eigenartigerweise nirgends erwähnt wird.

An dieser Stelle fühlte ich mich angesprochen und unterbrach: »Es ist tatsächlich so, Willi, dass sich Samuel Kramer in seinem Buch „The Sumerians" fragt: Wenn die Sumerer im Nahen Osten ein Volk von so hervorragender literarischer und kultureller Bedeutung waren, dass sie ihre unverwischbaren Spuren sogar in den literarischen Werken der hebräischen Schriftgelehrten hinterließen – wieso finden sich dann keine Spuren von ihnen in der Bibel, wieso werden sie nicht beim Namen genannt, ein Umstand, der wahrlich mit ihrer allgemein angenommenen Überlegenheit nicht zu vereinbaren wäre.«

»Jetzt lässt du mich aber gefälligst weiterreden«, donnerte Willi schnippisch.

Grinsend hob ich kapitulierend die Hände.

Willi meinte dann, dass alle Versuche der Geschichtsforscher bei der Suche nach Erklärungen kläglich gescheitert seien. Mit brachialer linguistischer Gewalt sollte „Sinear" dafür herhalten. Und Kramers Lehrer und der erste Sumerologe Arno Poebel versuchte es trotz sprachlicher Bedenken redlich mit Noahs Sohn Sem – doch es blieb bei dem Versuch.

»Das heißt also im Klartext«, bekräftigte Willi, »dass die Forscher bis heute noch keine glaubwürdige Erklärung für die Nicht-Erwähnung der Sumerer in der Bibel oder in den zahlreichen nebenbiblischen Überlieferungen haben.«

An dieser Stelle hörte er heiser hustend auf zu reden, um kurz danach fortzufahren: »Und die Erklärung dafür kann nur lauten: Sie reden ja zu uns zwischen den Zeilen der Genesis – sie sind der eigentliche schöpferische Geist, welcher dahintersteckt. Und sie reden zu uns drei Jahrtausende später durch die 70 Gelehrten, die zurzeit Ptolemäus das Alte Testament ins Griechische übersetzten. Sie sind die unbekannte, anonym gebliebene Literaten-Elite, die die schimmernden Fackeln der Kultur in ihren Köpfen von Generation zur anderen beharrlich weitertrug. Sie waren sozusagen das geistige „Werkzeug" der Kultur, ja die wahren biologischen Bibliotheken der Vergangenheit.«

»Und sie sind eben ein wichtiger Teil der unbekannten Einheiten bzw. der dynastischen Ankömmlinge aus Eden, die man später pauschal als das Volk der Sumerer identifizieren wird, ein Volk, dem es in der Tat, wie bereits gesagt, aus Sicht der Völkerkunde nie gegeben hat und das deshalb als solches in den Annalen nie erwähnt wird«, ergänzte ich.

Während Willi nun tief in seine Gedanken abglitt, zog ich es vor zunächst zu schweigen.

Doch die Pause war nur von kurzer Dauer.

Plötzlich durchbohrte mich Willi mit provokanten Blicken, um mich dann lachend anzuhauchen:»Und, und – was fällt dir hierzu nun endlich ein – sag schon!«

Doch ich zuckte mit den Achseln. Mir war nicht begreiflich, was er eigentlich wollte.

Er starrte mich verständnislos an, ehe er mich mit einem steifen, aber mitleidigen Lächeln bedachte.

»Ja, mein Freund, ob wir wollen oder nicht, unsere Reportage ist wohl soeben auf spektakuläre wie unerwartete Weise zum Abschluss gebracht worden.«

»Wie das?«, fragte ich neugierig.

Willi setzte das mir an ihm so abgrundtief verhasste Schmunzeln über das ganze Gesicht auf.

Dann entspannten sich seine Gesichtszüge, meinte dann: »Die großäugigen, unsagbar schönen paradiesischen Jungfrauen haben sich soeben in männliche, hässliche, schwarzköpfige, kleinwüchsige Sumerer verwandelt. Wir waren auf der Suche nach 70 Jungfrauen und fanden am Ende 70 Sumerer am unteren Lauf der beiden Ströme – welch eine unerwartete Überraschung und Umkehrung der Dinge!«

Anschließend stieß er einen Seufzer aus, lehnte sich mit geschlossenen Augen auf seinen Stuhl zurück und verfiel in eisiges Schweigen.

Ich war nun selber völlig überrascht von diesem unerwarteten Ausgang.

Die 70 paradiesischen Jungfrauen sollen jene Art von 70 Engel gewesen sein, die in Eden seit Adam für die Wahrung der mündlichen Überlieferung zuständig gewesen waren. Ihre aus der mündlichen Überlieferung verfassten Schriften, lässt die Fackel der Kultur in das Zweistromland hell erstrahlen. Der in diesem Punkt verspottete Islam hatte also in Wahrheit geschichtliche Urgesteine aus den ersten historischen Stunden in seiner Lehre bewahrt, die uns letztlich, nach entsprechender Entschlüsselung und Umdeutung, Aufklärung über die einstigen kulturellen Strukturen in Eden, dem vermeintlichen Paradies bescheren.

Auch ich lehnte mich entspannt zurück und begann mir mit verträumten Augen fantasievoll jene nebelhafte wie fast unwirkliche Welt im Kopf zu projizieren, die damals um das Jahr 3114 v. Chr. in Mesopotamien ihren Anfang nahm.

Ich landete in Uruk-Gart, wanderte gedanklich entlang der beiden Ströme nach Norden und spekulierte über Namen der ersten Stunde wie Gilgamesch, Mene, und Narmer, ich begann die Geschichte einfach neu zu definieren– ja, sie neu zu erfinden.

Plötzlich beugte sich Willi ein wenig nach vorne und meinte: »Eigentlich wäre damit auch ein ewiges Rätsel der Geschichte gelöst, mit dem ich mich schon lange beschäftige, nämlich warum die mesopotamische Kultur kurz vor der ägyptischen ausbrach, die Nase somit ein wenig vorne hatte.«

Ich nickte zustimmend.

»Inzwischen bin ich mir dessen sicher«, meinte ich kurz darauf, »je älter die theologischen Bewegungen waren, umso eher finden wir die Menschheit unter der Schirmherrschaft der gedachten Gottheit „El" oder „Al" versammelt, der geheimnisvolle Salem am Anfang des gesprochenen Wortes im Namen des Allmächtigen redend, die Menschen kultivierend– am Anfang war das Wort, am Anfang war Salem!«

Willi schien von mir endgültig inspiriert zu sein, denn er ergänzte weiter: »Aber wenn dem so ist, dann drehte sich die Geschichtsachse tatsächlich um diese Gottheit Salem aus Eden ...«

»Nein, nein, Willi«, unterbrach ich mit verzagter Stimme, »Salem, der Unversehrte und Friedensstifter, war wie ich vorhin sagte, der Verkünder der göttlichen Verlautbarungen und der Wahrheit, er war es, der zu uns sprach, der mit seinem Mund der Menschheit die Zivilisation brachte. Er war kein Gott, sondern ein wahrer Prophet und Missionar. Vor seinem mumifizierten Leichnam stand Henoch in Eden und empfing über den redenden Vrevoel jene Botschaften, die er den Menschen einst verkündete. Vrevoel rezitierte folglich im Angesicht des toten Propheten das, was dieser zu Lebzeiten verkündet hatte. Und hier in Eden lag der Ursprung des späteren Brauchtums, „im Angesicht des Herrn ewig zu dienen" – und so für alle Zeiten in seiner Gegenwart das zu wiederholen, was er einst mit eigener Zunge zu uns sagte, als würde er wie einst zu Lebzeiten zu uns reden.«

Kaum hatte ich den Satz ausgesprochen, vernahm ich ein kurzes Blitzen aus der Ecke, wo der Knabe saß. Doch in diesem Augenblick konnte mich nichts aus meinen galoppierenden Gedanken reißen.

Ich hatte einen Siedepunkt erreicht, in dem alle Gedanken in meinem Kopf auf einen einzigen Punkt fokussiert waren.

Obwohl Willi ununterbrochen vor sich hin nuschelte, blieben meine Ohren für ihn verschlossen und unverdrossen verfolgte ich nur diesen einen Gedanken, als ob ich mich endlich, nach all den

Jahrhunderten an irgendetwas im tiefsten Dunkel der Vergangenheit erinnerte, das sich in den entlegensten Winkeln meines Gedächtnisses befand.

Mitten in dieser spannungsgeladenen Atmosphäre richtete ich meine Blicke auf Willi und rief mit verzerrtem Gesicht: »Es ist verrückt, was mir momentan im Kopf herumgeht.«

Ich drückte meine Hand vor lauter Schmerzen auf die Stirn, erklärte aber währenddessen weiter, dass der Friedensfürst und Versöhner Salem wohl der Begründer des Prophetentums gewesen sein müsse. Er war das Haupt einer langen Reihe vom Gottesdienern, die allesamt seit den Zeiten Nir, Noahs Bruder, den Namen „Malki' Sadek"[15], mein Wahrheitsengel trugen.

Auch hier, in derselben Sekunde spürte ich einmal mehr einen Blitz aus der Ecke, den ich jedoch diesmal fast auf meiner Wange zu fühlen glaubte. Es war so, als ob eine effiziente elektrische Ladung meine Haut kurz berührte.

Dennoch blieb ich in der Spur und meine Gedanken kreisten weiterhin mehr und mehr um dasselbe Thema.

Ich begann mit geschlossenen Augen meinen Kopf wie ein Mystiker hin und her zu wiegen, fast in einen Trancezustand überzugehen.

Dann war es geschehen!

Das Gesuchte, der alles auslösende Gedanke war in meinem Kopf endlich geortet.

Ich knallte mit der flachen Hand so laut auf den Tisch, dass Willi vor lauter Schreck zusammenzuckte. Und bevor er mich wütend anschreien konnte, brüllte ich, so schrill ich konnte: »Das ist es ... das ist es!«

Willi entgegnete entrüstet: »Was soll eigentlich das dumme Geschwafel?«

»Ja, Willi, das Geheimnis um die 70 mystischen Wesen wurde soeben endgültig gelüftet. Ich wusste, dass es für „Hoor" eine andere Deutung gibt und die ist mir soeben eingefallen.«

Willi schüttelte grimmig den Kopf: »Was ist bloß mit dir auf einmal los, dein Gesicht ist ja rot wie eine Rose ...«

Ich hörte einfach nicht hin und ließ meinen Gedanken weiterhin freien Lauf: »Ihre Huris, ihr einstigen Bewohner des Paradieses! Ich sehe euer Antlitz förmlich vor mir flackern.«

In genau diesem Augenblick vernahm ich zum ersten Mal aus der hinteren Ecke etwas, das sich wie ein kurz aufeinanderfolgendes Hauchen oder Kreischen anhörte, ja, eher hochfrequenten Piepstönen glich, welche eindeutig von dem Knaben nebenan stammten, die ich wegen der Heftigkeit nicht mehr ignorieren konnte.

Perplex und irritiert richtete ich meine Augen auf ihn. Und ich empfand sein Erscheinungsbild auf einmal unwiderstehlich anziehend, wie einen starken Magneten.

Fortan konnte ich von nun an meinen Blick nicht mehr von ihm wenden.

Obwohl er nach wie vor nicht in meine Richtung schaute, schien er dennoch meine durchbohrenden Blicke mit äußerstem Unbehagen wahrzunehmen.

Wenige Augenblicke später drehte er sich auf seinen Stuhl fast schwebend halb um die eigene Achse, mir den Rücken zuwendend.

Und das, was ich nun erblickte, ließ mein Herz unkontrolliert pochen!

Unter seinem weißen engen Kaftan erkannte ich über seinem Gesäß ein knorpelartiges Gebilde, als ob sein Rückenmark durch einen Stummelschwanz verlängert wurde.

Kaum hatte ich dies erblickt, erinnerte ich mich spontan an Annettes Worte, als wir das Lokal betraten und sie sinngemäß über den Burschen berichtete, dass er so liefe, als ob er sich in die Hose gemacht hätte.

Ihr war also auch das eigenartige Gebilde am Gesäß aufgefallen.

Was war das bloß für ein Ungetüm, welches eher in die undurchsichtige Zeit zuzuordnen wäre, als die Sumerer aus dem Nebel der Geschichte am unteren Mesopotamien auftauchten. Sitzt in der dunklen Ecke etwa ein Wesen, welches aus dem Jenseits kam?

Alle möglichen Gedanken schwirrten mir nun in rascher Abfolge durch den Kopf.

Kreidebleich schaute ich Willi an, wollte ihn bei Namen rufen. Doch es kamen einfach keine Töne über meine Lippen.

Die Verwirrung saß mir tief in den Gliedern!

Mit zittriger Hand nahm ich einen Bierdeckel, zog meinen Füllhalter aus der Brusttasche und schrieb in großen arabischen Buchstaben das Wort, das uns ganz zu Beginn unserer Geschichte Kopfzerbrechen bereitet hatte: „Hoor".

»Hoor … Hoor … .Hoor«, flüsterte ich nun leise mit geschlossenen Augen.

»Ja, ja, schwarze große Augen, aber das hatten wir ja schon«, entriss mich Willi einmal mehr unsanft aus meiner tiefen Konzentration.

Er hatte wohl nicht mitbekommen, was mich so vehement beschäftigte und aus dem Takt brachte.

Doch ich ignorierte ihn.

Ich war inzwischen gedanklich in eine ganz andere, unwirkliche Welt entrückt, in der noch die Wesen aus Eden das irdische

Geschehen beeinflussten und den Lauf der Geschichte nach ihrem Willen lenkten.

Immer und immer wieder wiederholte ich das Wort.

Ich war plötzlich der festen Überzeugung, dieser Begriff würde gleich wie ein in eine heiße Pfanne gelegtes Stück Butter auf meiner Zunge zerlaufen und mir eine unerwartete Überraschung bescheren.

Dann hob ich meinen Kopf und starrte Willi an.

Für einige Augenblicke herrschte Grabesstille.

Als Willi mich ungehalten mit seinen Blicken zu bombardieren begann, fand ich allmählich meine Sprache wieder.

»Willi, ich glaube, wir beide landen heute noch in der Irrenanstalt.«

Er entgegnete mit einem gezwungenen Lachen, gefolgt von einer wegwerfenden Handbewegung.

Er begriff gewiss nicht, was ich damit andeuten wollte.

»Es ist unglaublich, aber wahr. Das Wesen der Huris sehe ich inzwischen immer deutlicher vor meinen Augen flimmern«, versicherte ich und meinte, dass ich inzwischen verstehen könne, warum ausgerechnet sie bei späteren theologischen Kommentatoren für unendliche Irritation gesorgt und zu allen möglichen und unmöglichen Definitionen verleitet hatten.

»Ja, Willi, zu allem Überfluss erweist sich der Begriff, welcher sich eigentlich auf Jungfrauen beziehen sollte, in der arabischen Sprache auch noch als maskulin – entsprechend groß dürfte die Verwirrung gewesen sein, die diese mystischen Wesen in den Köpfen späterer Kommentatoren ausgelöst haben.«

Ich erklärte, all diese verworrenen Aussagen konnten im Grunde letztlich nur eins beweisen: Keiner der späteren Kommentatoren wusste, wovon er wirklich berichtete. Das Wesen der

Huris blieb so im Dunkel der Vorgeschichte verborgen wie unergründlich, so dass man darüber später nur vage und fehlerhaft spekulieren konnte.

»Aber wie kommst du ausgerechnet jetzt auf eine neue Lösung?«, fragte Willi und zuckte ungehalten mit den Achseln.

»Ob du es glaubst oder nicht, noch nie waren wir so nah an der Lösung wie in diesem Augenblick.«

Natürlich verstand Willi auch hier nicht, was ich so geheimnisvoll andeutete.

»Na gut und was bedeutet nun „Hoor"?«, fragte er ein wenig missgelaunt.

»Die beiden Buchstaben „H und R", ausgesprochen „**H'r**"[15], bedeuten nur in der ägyptischen Mundart „**Kater**"! Und die richtige Reihenfolge wäre nicht „Hoor el Ayn", sondern in umgekehrter Richtung „Ayn el Hoor": „das Auge des Katers".«

»Kater, Kater – wieso auf einmal Kater?«, giftete mich Willi an.

»Man wusste sich wohl nicht anders zu helfen, als diese sonderbaren Wesen als Kater zu identifizieren, weil tatsächlich einige Anzeichen dafürsprachen«, versicherte ich.

Willi überlegte ein wenig, um mich dann ratlos anzustarren.

Dann aber polterte er gleich los: »Was für ein Humbug du da erzählst – Kater als Träger der mündlichen Überlieferung. Also weit weg vom Irrenhaus bist du tatsächlich nicht!«

Kopfschüttelnd lehnte er sich nun zurück, kreuzte demonstrativ die Hände über der Brust und schwieg.

Ich aber begann hämisch zu lachen, dann donnerte ich zurück: »Willimännchen! Wir werden ja gleichsehen, wer von uns in der Irrenanstalt landet.«

Daraufhin erklärte ich dem sichtlich frustrierten Willi, wenn es sich auch zunächst völlig verrückt anhören mochte, es existierten tatsächlich auf altertümlichen Reliefs Abbilder von diesen Wesen, die zugleich eine anschauliche Erklärung dafür liefern, warum man sie als Kater identifizierte.

Kaum hatte ich den Satz ausgesprochen, waren wieder Blitze und knisternde Töne aus der Ecke nebenan zu vernehmen.

Doch ich blieb unberührt.

Ich war aufgrund meiner aufgewühlten Gedanken einfach nicht mehr zu bändigen, stand wie elektrisiert auf und rief: »Und jetzt hör gut zu, Willi, ob du es glaubst oder nicht, so ein Abbild habe ich zu Hause. Rühre dich bloß nicht von der Stelle, ich bin gleich wieder da.«

Dann machte ich mich schleunigst auf den Weg, um das Abbild der Huris zu holen. Als ich hastig von meinem Platz aufstand, stolperte ich allerdings über meine Sporttasche, die eigentlich gar nicht da war, konnte aber mit Mühe meinen Spurt unbeschadet fortsetzen.

Plötzlich schrie Willi mir mit entsetzter Stimme hinterher: »Pass auf ... Pass auf, hinter dir!«

Der Knabe in der Ecke war zur gleichen Zeit voller Panik mit mir zusammen aufgestanden. Sein Gehstock erwies sich als eine fürchterliche Waffe: Die untere Hälfte des Stockes bestand aus einem langen, blitzenden Stahlnagel mit einer scharfen Spitze. Als er in seiner Hektik hinter mir herrannte, stolperte auch er über meine Sporttasche, geriet bedenklich ins Straucheln, konnte sich aber in letzter Sekunde an der Theke genau vor Annette abstützen. Dabei verlor er seine Brille und das, was nun darunter zu sehen war, war einmal mehr als grauenerregend.

Seine tropfenförmigen Augen waren überdimensioniert, fast wie bei einem Vogel seitlich angeordnet und reichten ihm nahezu bis zu den Ohren. Damit konnte er vermutlich pro Auge fast ein 180°-Sichtfeld abdecken. Und diese unheimlich anmutenden Augen schimmerten auch noch grünlich wie die Leuchtziffer einer Uhr in der Dunkelheit.

Aber das war noch nicht alles.

Seine Arme waren auffallend kurz, halb so lang wie meine. Seine Hand war kräftig, mit dicken Fingern. Die Beine waren klassische Stummelbeine, die seinem Gang holprige, schaukelnde Bewegungen verliehen. Und der Stummelschwanz unter dem Kaftan erinnerte an den Spitzschwanz eines Pinguins. Alles in allem gab er das Bild eines Missgebildeten ab, der eher einem Primaten glich.

Trotz seiner Unförmigkeit war er dennoch flinker als ein Gibbon, der Ablauf seiner Bewegung ermöglichte ihm ein ungewöhnlich rasantes Tempo, als ob bei ihm die Zeit anders ticken würde.

Als dieses Monster sich leibhaftig vor Annette an der Theke abstützte, erstarrte sie bei dessen Anblick zu einer Salzsäule.

Von all dem bekam ich nichts mit.

Ich war inzwischen aus dem Lokal gerannt, bog nach rechts ab und spurtete unverdrossen den menschenleeren und endlos erscheinenden Bürgersteig entlang.

Einige Meter weiter spürte ich plötzlich einen fürchterlichen Schmerz im Rücken. Und ehe ich mich versah, bemerkte ich zu meinem Entsetzen die scharfe Spitze eines dünnen Stahlstabs, welcher nach und nach aus meiner Brust hervortrat.

Dieses undefinierbare Monster hatte seinen Stock mit voller Wucht in meinen Rücken gerammt.

Und spätestens jetzt wurde mir klar, was der Knabe in dem Lokal zu suchen hatte, dessen Geist ich bereits vorher in meiner

Wohnung förmlich verspürt hatte.

Seine warnenden Lichtblitze hatte ich zuvor einfach nicht einordnen können, vermochte die Absicht nicht zu erkennen, die dahintersteckte. Ich war wohl soeben in dem Lokal viel zu weit mit meinen Überlegungen gegangen, dabei recht bedrohlich an die Lüftung des Rätsels um Eden und seine einstigen Bewohner herangepirscht, an ein Geheimnis, das den Menschen seit jeher um jeden Preis verheimlicht wurde.

In meiner Verzweiflung packte ich die Stahlspitze mit beiden Händen und versuchte unter größtem Schmerz den Stock nach vorne aus meiner Brust zu ziehen– doch der schien endlos lang zu sein.

Völlig erschöpft sackte ich wie einst Methusalem auf die Knie und ließ vor lauter Schmerz einen bebenden Urschrei erschallen.

Und genau in diesem Moment wachte ich erschaudernd und erzitternd auf, hielt dabei krampfhaft den Stiel des langen Löffels mit beiden Händen umklammert und stieß ihn mit heftigen Bewegungen immer wieder von meinem Brustkorb weg.

Es war ein Traum – wahrlich ein unglaublicher Traum!

Mein Tee in dem Pott neben mir dampfte immer noch und die beiden Bücher Henochs lagen auf meinem Schoß, während die Beistelllampe noch gedämpftes Licht ausstrahlte.

Mit einer Reflexbewegung warf ich den Löffel auf den Boden und legte die beiden Bücher auf den Beistelltisch.

Schweißgebadet und mit Herzrasen stand ich auf, öffnete das Fenster und begann die frische Luft in tiefen, langanhaltenden Zügen einzuatmen, als sei ich soeben dem Hades gerade entwichen.

Als ich wieder einigermaßen klar denken konnte, stellte ich erstaunt fest, dass ich mich immer noch an das Wesentliche aus dem

Traum erinnern konnte, und wunderte mich in Anbetracht des noch dampfenden Tees, wie dieser endlose Streifzug durch die Geschichte innerhalb einer so kurzen Zeit in meinem Gehirn hatte erzeugt werden können.

Nun begann ich in dem Raum hin und her zu wandern, mich zu fragen, was dies alles zu bedeuten hatte.

Vor allem aber, was das wohl für eine eigenartige Geschichte gewesen war?

Dabei verspürte ich eine unerklärliche innere Unruhe, als würde ich sogleich etwas Böses erleben, ja als liefe mein Traum bei vollem Bewusstsein weiter.

Ich versuchte diese Gedanken zu verdrängen, mich aus der misslichen Lage zu befreien.

Doch vergeblich!

Henoch und immer wieder Henoch geisterte weiter unverdrossen in meinem Kopf herum.

Ich unternahm nun einen neuen Versuch und beschloss, das Fenster zu schließen und mich endlich schlafen zu legen.

Beim Schließen des Fensters erblickten meine Augen eine weiße Taube gegenüber auf dem Dach.

Von dem Krach aufgeschreckt, breitete sie rasch ihre Flügel aus und war im Begriff wegzufliegen.

Als ich ihre ausgebreiteten weißen Flügel sah, zuckte ich zusammen: Ich erinnerte mich plötzlich an etwas Eigenartiges, das eben diesen unergründlichen Henoch betraf.

Erneut nahm ich in dem Ohrensessel Platz, griff zu der slawischen Fassung und begann mit zittriger Hand die Seiten umzublättern.

Als ich die gesuchte Stelle fand, las ich die Zeilen laut und meine Vorahnung bewahrheitete sich. Die betreffende Szene war seit ewig unbewusst in meinem Gedächtnis verwahrt.

Als Henoch aus dem Kreis seiner Familie entführt werden sollte, hielt er von den Begebenheiten mit erstaunlicher Beobachtungsgabe viele Einzelheiten fest. Und wie er die beiden Männer aus Eden beschrieb, das versetzte mich nun wahrlich in Erstaunen– ja eher in Entsetzen.

Wörtlich berichtet er: »*Und es erschienen mir zwei überaus sehr große Männer, welcherlei ich niemals gesehen auf Erden – ihre Angesichter leuchtend wie die Sonne, ihre Augen wie brennende Fackeln, aus ihrem Mund Feuer hervorgehend, ihre Kleider vorzügliche Federn, und ihre Arme wie goldene Flügel.*«

Die Entführer trugen also Federschmuck!

Ob hierdurch der Betreffende mit dem Federschmuck seine „Flugfähigkeit", seine Zugehörigkeit zu den Engeln zum Ausdruck bringen wollte, sei dahingestellt.

Entscheidend für mich war, dass die Beschreibung des Federkleids auf einen einzigen Kontinent hinwies, dessen Ureinwohner bis zum heutigen Tag solche Ausschmückung bei Ausübung von ihren Bräuchen verwenden: auf dem amerikanischen Kontinent!

Kamen die Henoch-Entführer etwa über den Ozean nach Achuzan – lag das vorsintflutliche Eden also doch irgendwo auf dem amerikanischen Kontinent?

Oh nein, oh nein!

Ich wollte es einfach nicht mehr wissen und schon gar nicht sollten diese bohrenden Fragen in meinem Kopf von Neuem herumspuken.

Um nichts in der Welt war ich nun bereit, noch einmal Henoch durch das Labyrinth der Vergangenheit auf der Suche nach der historischen Wahrheit zu begleiten, und womöglich auch noch jene eigenartigen Geschöpfe aus ihrem tausendjährigen Schlaf wach zu rütteln, deren Augen wie brennende Fackeln leuchteten!

Spontan schaltete ich die Tischlampe am Ohrensessel aus.

Auf dem Weg zum Schlafzimmer stolperte ich in der Dunkelheit über das Buch von Willi, das wohl auf den Boden gerutscht war. Ich hob es auf und legte es in der Diele auf die Kommode neben meinen Hausschlüssel. Am Montag soll er als Erstes sein Buch des Anstoßes kommentarlos zurückbekommen.

Kaum hatte ich das Buch auf der Kommode gelegt, schon durchzog abermals ein gespenstisch knisternder, heller Lichtstrahl blitzartig für einen Augenblick die Wohnung.

Ehe ich atmen konnte, schlug mir der Nachdonner so heftig in die Glieder, dass ich wieder zusammenzuckte und die Augen schließen musste.

Das heftige Gewitter tobte ja immer noch.

Als ich meine Augen vorsichtig wieder öffnete, kniff ich mich spontan in meinen Schenkel und spürte zum Glück sogleich einen stechenden, realen Schmerz!

Während die Natur nun draußen weiter verrücktspielte, steuerte ich mit riesigen Schritten das Schlafzimmer an. Ich sprang in das aufgewühlte Bett, tauchte bis zu den Ohren unter die Decke ab und flehte: Bloß keinen Traum mehr, bloß keinen Traum mehr!

Während ich nun müde und kraftlos die Augen schloss, grinste ich doch diebisch über das ganze Gesicht wie einst der Schauspieler Fernandel und flüsterte: »Na ja, wenn unbedingt ein Traum, dann bitte in einem immer frischen und reich bewässerten Garten, wo in Blumen berankte Lauben auf grünen Kissen und wundervollsten Teppichen 70 wunderschöne Jungfrauen sehnsüchtig und schüchtern auf meine beglückende Ankunft warten!«

Anhang

(Britisches Museum, London)

...…......... War es ein Traum?

Definition nach dem Arabischen (Kelmatologie-Methode)

(1) Verb „S-K-H" (Sakah/سقه) = „tränken" , „gießen" oder „bewässern"

(2) Kelma/ كلمه = Wort

(3) „Bak´ka" (بكى) = weinen

(4) Hoor / حور = Schwarzäugigkeit

(5) Gabri'el   ال جبرى

　　ال = die Gottheit El

　　جبرى = „erzwingen", „etwas mit Gewalt durchsetzen"

　　demnach „Gottesvollstrecker"

(6) GBR/ جبر = „groß", „Riese" bzw. „Gigant"

(7) TaR/ طار = „fliegen"

(8) Salem/ سالم = „errettet", „wohlbehalten"

(9) Methu/ متـ, ausgesprochen »Mattu« = »in Beziehung zu jemanden stehen« oder »Verbindung zu jemandem haben«

(10) N-o-D = („N-a-D-a"/ نده) bedeutet „ausrufen"

(11) N-i-R (N-a-i-R/ نور) = „leuchtend", „glänzend"

(12) Melchisedek: Malkizedek
　　　Malki/ ملكى = „mein Engel"
　　　zedek/ صادق = „die Wahrheit sagend"
　　　demnach „Mein Wahrheitsverkündender Engel"

(13) T-a-R-a/ طره (fliegen)= „er fliegt" demnach „der Luftschiffer"

(14) Jerusalem: Jeru'salem
　　　Jaru (jara/ يرى : sehen) = „sie sehen", „man sieht"
　　　Jerusalem ist demnach der Ort, wo Salem zu sehen ist

(15) „H und R", ausgesprochen „H'r/ هر" = „Kater"

FSC
www.fsc.org
MIX
Papier | Fördert
gute Waldnutzung
FSC® C083411

Zeitfracht Medien GmbH
Ferdinand-Jühlke-Straße 7
99095 Erfurt, Deutschland
produktsicherheit@kolibri360.de